W0285688

FOLIO SCIENCE-FICTION

Chris Vuklisevic

DERNIERS JOURS D'UN MONDE OUBLIÉ

Inédit

Gallimard

L'éditeur remercie chaleureusement François Angelier,
Solène Dubois, Estelle Faye, Frédéric Harscouët,
Léo Henry et Nicolas Winter.

© *Éditions Gallimard, 2021.*

Chris Vuklisevic est née en 1992 sur la Côte d'Azur et a grandi à Antibes, près des montagnes rouges de l'Estérel. Depuis 2011, elle vit à Paris où elle a mené des études en sciences du langage et en édition à la Sorbonne. Chroniqueuse pour *La Bouquinerie Jeunesse*, une émission littéraire de Radio Campus Paris, elle est aussi membre cofondateur de l'association Heptalone, qui offre aux écrivains des retours gratuits sur leur manuscrit. *Derniers jours d'un monde oublié* est son premier roman.

À cette pierre qui se détache
et brise les statues,
répand des eaux dans le désert
et des fleuves dans la solitude.

Roi, tu regardais et tu as vu une grande statue. Cette statue était immense et d'une splendeur extraordinaire. Elle était debout devant toi et son aspect était terrifiant. La tête de cette statue était en or pur, sa poitrine et ses bras en argent, son ventre et ses cuisses en bronze, ses jambes en fer, ses pieds en partie en fer et en partie en argile.

Pendant que tu regardais, une pierre s'est détachée sans aucune intervention extérieure. Elle a frappé les pieds en fer et en argile de la statue et les a pulvérisés. Le fer, l'argile, le bronze, l'argent et l'or ont alors été pulvérisés ensemble, et ils sont devenus pareils à la bale qui s'échappe d'une aire de battage en été : le vent les a emportés et on n'a plus trouvé aucune trace d'eux.

LA BIBLE,
Livre de Daniel, chapitre 2

Matin du premier jour

La sorcière

Le matin où les étrangers arrivèrent sur l'île, la Main de Sheltel fut la première à les voir.

Elle allait revêtir son masque quand, par la fenêtre, elle aperçut un point sombre à l'horizon. Un mirage, crut-elle ; un tremblement de la chaleur sur l'eau. La mer était vide, bien sûr. Rien ne venait jamais de l'océan.

Elle ne lança pas l'alerte.

Histoire de Sheltel, chapitre premier

[Note du commentateur : Texte rédigé entre l'an 4 et 10 après la Grande Nuit. Treize copies contemporaines conservées dans la bibliothèque du Natif. D'autres chroniqueurs contemporains du cataclysme relatent des faits similaires, plaçant ce récit de la Grande Nuit parmi les plus fiables et les plus anciens.]

Le monde forgeait le fer, l'or et l'argent. Les villes s'étendaient jusqu'aux tréfonds des montagnes ; leurs tours étaient couronnées d'étoiles. Les continents échangeaient des tissus précieux et des femmes fertiles à travers l'océan. Sheltel, l'île du centre du monde, accueillait les navires venus des trois continents. Là, au milieu de la mer, les marins trouvaient de l'eau en abondance pour la suite de leur voyage en échange d'or et de soieries. Partout ailleurs, on surnommait Sheltel la bienheureuse, la fortunée, la splendide. Le Natif, le Grand Serpent, régnait sur elle de tout son pouvoir.

C'est alors que survint la Grande Nuit.

En plein jour, les ténèbres emplirent la terre. Les vagues de l'océan engloutirent les oiseaux du ciel. Il n'y eut plus de voix humaine pendant douze jours et douze nuits : le tonnerre couvrait les cris de terreur.

Au matin du treizième jour, la lumière vint éclairer à nouveau la mer. Mais au-dessus des eaux, seule Sheltel demeurait.

L'île au milieu des océans avait protégé son peuple de la Grande Nuit.

Bientôt, les nuages se déchirèrent au-dessus des eaux. Ce matin-là, les Sheltes virent approcher douze pirogues. Seuls les Ashim du Sud avaient échappé aux fléaux et trouvé refuge sur l'île miraculeuse. Les falaises et la forêt infinie, à l'ouest de la rivière, leur furent offertes. Ainsi Ashim et Sheltes se répartirent les terres.

Après les Ashim, plus aucun être humain n'accosta le rivage, et aucun ne put s'éloigner de Sheltel sans disparaître à jamais sur les eaux maudites, jusqu'à ce jour. Bien des hommes tentèrent de s'éloigner de l'île pour explorer l'océan ; des nageurs furent emportés au loin lors de tempêtes ; des pêcheurs jetèrent leur filet au-delà de l'horizon. Nul d'entre eux n'est revenu.

La pirate

Le hamac grinçait.

Les matelots ronflaient.

Le vent sifflait à travers les planches.

Sur le pont des bottes claquaient parfois.

Les gens rencontrés dans les ports se figuraient souvent des voyages en mer silencieux et calmes. Mais Erika savait que le silence, sur un bateau, n'existait pas. Surtout lorsqu'une vigie avinée se mettait à hurler au milieu de la nuit :

— Terre à l'horizon !

*

— Ta gueule, Alonzo, lança quelqu'un.

— Terre à l'horizon ! recommença l'autre, plus fort.

Si les matelots avaient prêté l'oreille, ils auraient entendu la pointe de panique dans sa voix. Mais ils avaient sommeil, ils avaient soif et ils étaient au milieu du Désert Mouillé. Ils n'allaient pas se lever pour une fausse alerte.

Lorsque Alonzo poussa son cri d'alarme pour la

troisième fois, Erika descendit de son hamac. Elle allait lui retourner la face, à ce guetteur qui voyait de la terre là où il n'y avait que de l'eau, de la putain d'eau salée qui la narguait tout le jour et attisait sa soif.

Elle se glissa entre les pirates assoupis, qui clignèrent des paupières en grognant avant de retourner à leurs rêves de fontaines. Elle se hissa sur le pont et l'air nocturne la saisit aux poumons.

— Terre à l'horizon ! s'époumonait la vigie.

Cette fois, Erika perçut dans son cri les relents de terreur. Ou était-ce de l'excitation pure ?

Elle s'approcha des haubans. Enfléchure après enfléchure, bras après jambe, ses sept couteaux à la ceinture, elle monta jusqu'au nid-de-pie. De là, déjà, elle pouvait sentir la sueur acide du guetteur. En approchant encore, elle entendit sa respiration saccadée. Il murmurait pour lui-même :

— Oh merde… merde…

La tête au niveau de la hune, Erika aperçut Alonzo qui agitait frénétiquement la main dans son caleçon.

Dégoûtée, elle enroula ses genoux autour de la vergue et se laissa retomber en arrière, la tête en bas. Son corps suspendu dans le vide se balançait au rythme des vagues. En dessous, au-delà de l'entrecroisement des haubans, la coque fendait l'océan, mer par-dessus bois. Elle dit de sa voix grave :

— Alonzo, arrête de gueuler.

Le guetteur continua de frétiller, le souffle court.

— Arrête ou je te coupe la main. J'ai un couteau exprès pour ça.

Il remua de plus belle et poussa un petit cri étouffé,

comme si Erika lui avait déjà enfoncé son poing dans l'estomac. Aussitôt, il retrouva son calme et se rhabilla.

— Combien de fois il faut te dire de la fermer pour que tu comprennes ?

— Je sais pas ce qui se passe, ma jolie, c'est un truc de dingue, je sais que vous allez tous me dire, Alonzo, on est dans le Désert Mouillé, boucle-la, il y aura pas de terre avant au moins, au moins des semaines, ni en face ni derrière ni sur les côtés ni rien du tout, à ton avis, pourquoi on appelle ça le Désert Mouillé, alors boucle-la, laisse-nous pioncer en paix.

— Je ne suis pas ta jolie.

— Je sais qu'en bas, ils doivent me maudire, mais franchement, je comprends pas pourquoi ils sont pas déjà sur le pont, parce que s'ils voyaient ce que je vois, là, il y en aurait qui se seraient déjà jetés à l'eau, et ils croiraient qu'ils sont devenus fous. Tiens, regarde, et dis-moi si je suis devenu fou.

Erika ne le croyait pas fou, elle le savait bigleux. Alonzo n'était ni méchant ni bête mais il louchait tellement qu'il la prenait pour le cuisinier la moitié du temps.

Elle se redressa et attrapa la longue-vue que lui tendait Alonzo, en essayant de ne pas penser aux traces qu'il venait d'y laisser. Elle allait regarder à travers la lunette pour le calmer, lui dire qu'il n'y avait rien, que c'était une illusion due à la soif, qu'ils avaient tous soif, qu'il fallait dormir. Et s'il se remettait à crier, elle lui glisserait l'une de ses dagues sous la mâchoire, d'une oreille jusqu'à l'autre, et ils pourraient tous rêver d'eau jusqu'au matin.

Elle colla la longue-vue contre son œil et fixa

l'horizon. Évidemment, il n'y avait rien d'autre que le ciel noir, l'eau noire, et une ligne floue entre les deux.

— Tu regardes dans la mauvaise direction. C'est par là-bas.

Erika était née sur un bateau. Elle avait grandi sur l'eau. Elle ne savait même pas ce que signifiait le mal de mer. Cette nuit-là, pour la première fois, elle sentit son estomac se soulever.

Il y avait une île.

Un rocher gris, fantomatique sous l'éclairage blafard des étoiles, s'imposait à ses yeux dont toute trace de fatigue venait de disparaître. Une oasis encore inconnue au milieu du désert, jamais cartographiée malgré les traversées incessantes et les observations de tous les pirates du monde. Si Erika ne l'avait vue d'elle-même, jamais elle ne l'aurait cru.

Ils allaient boire, enfin.

Et elle, elle pourrait s'enfuir.

*

Plus ils approchaient de l'île, plus il faisait chaud. Erika avait laissé sur le pont sa veste de laine et ne se séparait plus de la longue-vue. À califourchon sur le mât de beaupré, elle scrutait le continent qui prenait forme devant elle.

Cette nuit, quand ils descendraient du bateau à la recherche d'un ruisseau ou d'un étang, elle s'abreuverait, puis elle disparaîtrait. Elle courait plus vite que n'importe lequel d'entre eux, et même s'ils la rattrapaient, elle se battait mieux.

Elle pouvait déjà imaginer la pierre sous ses pieds,

le parfum frais des arbres, le goût de la viande à peine chassée. Elle n'aurait plus à avaler les biscuits secs comme du sable, grouillants de vers, ni à sentir l'haleine viciée des pirates. Leurs odeurs de sueur, de crasse et de merde ne lui envahiraient plus la gorge dans son sommeil.

Elle n'aurait plus à jouer les chiens de combat pour amuser la capitaine.

Elle avait égorgé tellement d'hommes dans ces parodies de duels qu'elle en avait perdu le compte. Pour le premier, elle n'avait que huit ans. Le jeune mousse du navire pillé avait failli lui planter une lame dans le ventre, mais la capitaine l'avait attrapé à la dernière seconde et exigé d'Erika qu'elle tue le garçon avec son propre sabre. Erika ne voulait pas le regarder. Elle n'avait que huit ans et pleurait de peur. Mais les hommes s'étaient mis à la bousculer, à l'appeler traîtresse, à crier qu'elle allait rejoindre les passagers du bateau attaqué au fond de la mer. Alors la fillette avait pris l'arme à deux mains et l'avait plantée dans le crâne du garçon avec un grand cri. Cela avait tant amusé les hommes que, depuis, la capitaine la faisait combattre chaque fois que l'ennui guettait l'équipage.

Les matelots s'agglutinaient contre le bastingage pour tenter d'entrevoir l'île providentielle. La lunette qu'ils s'arrachaient ne leur montrait qu'une pierre encore floue, mais déjà leur esprit parait cette terre de ruisseaux, de fleuves et de jungles.

Un claquement régulier s'éleva, bois contre bois.

— Capitaine… grognèrent les marins en retournant à leurs tâches.

Au-dessus de sa jambe en bois ouvragé, la capitaine toisait Erika depuis les hauteurs de sa monstrueuse taille.

— Voici aujourd'hui la trente-deuxième fois que je passe ici, affirma Kreed. J'ai refait les calculs. Le compas et le sextant le confirment : nous connaissons parfaitement cette portion du Désert Mouillé. Tous les navires qui choisissent de couper par l'océan plutôt que de longer les côtes passent par là. En fait, nous nous trouvons à peu près ici.

Elle étala sur le bastingage une carte ronde. Au centre, la mer occupait tout l'espace. Parmi les dessins de dragons, de voiliers et de tortues, une main avait tracé à l'encre : « Désert Mouillé ». Trois continents semblaient repoussés sur les bords par l'étendue bleue.

Kreed indiqua de son crochet le milieu de la carte, où se croisaient les lignes pointillées des routes maritimes.

— Erika, nous venons de découvrir une terre inconnue, un rocher où jaillit peut-être une source d'eau douce. Nous deviendrons bientôt célèbres. Et si nous y trouvons à boire, nous serons bientôt riches. Un point de ravitaillement pour les navires des trois continents ! Plus aucun capitaine n'aura besoin de longer les côtes et les marchands du monde entier paieront pour accoster sur notre île. Tu devrais sourire, ma fille.

Et elle n'était pas sa fille, même si elle n'arrivait pas à cesser de l'appeler « mère ». Si les pirates étaient écœurants, Kreed était à vomir. Eux, au moins, ne se prenaient pas pour autre chose que ce qu'ils étaient : les raclures de l'océan.

— Penses-tu que nous devrions accoster par l'est ? Il y fera plus sombre.

— Je ne vois pas ce que ça change.

— Cela change, reprit sa mère en repliant la carte, que nous devons nous montrer prudents. Nous ne savons pas si l'endroit est habité.

Erika fut forcée d'admettre qu'elle n'y avait pas songé.

Une histoire lui revint en mémoire, qu'un vieux marin à moitié fou lui avait un soir racontée au port de Tarabeth – ou celui de Rascar, les tavernes des quais se ressemblaient toutes. Le vieillard lui avait parlé d'un peuple prospère au centre du monde, englouti par les flots lors de la Dernière Éruption. Erika s'en souvenait parce qu'à l'époque, elle ne savait pas ce que « prospère » voulait dire, mais elle avait eu peur de croiser les fantômes qui, selon le matelot, hantaient la surface des eaux et se nourrissaient des pirates qui approchaient leur île noyée. Et puis le vieux l'avait effrayée, avec ses dents rongées par la gnôle et son œil de verre.

Mais désormais, et depuis bien longtemps, Erika n'avait plus peur des fantômes. Elle ne craignait qu'une seule chose : rester pour toujours le chien de combat docile et puissant que sa mère voulait qu'elle soit.

TÉLÉGRAMME
SHELTEL COMMUNICATIONS

À destination du Natif
SECRET D'ÉTAT

OBJET

Personnel
Natalité/Unions
Diplomatie
Crime
X Situation exceptionnelle
Autre

URGENCE ABSOLUE ·

BÂTEAU ÉTRANGER EN VUE · HAUTEUR 4 MÂTS · LONGUEUR 6 PIROGUES ·
INTENTIONS INCONNUES ·

RECOMMANDONS DE CONVOQUER SOURCIERS POUR ÉLEVER BARRIÈRE D'EAU EN ATTENDANT DÉCISION ·
SALUTATIONS AU VÉNÉRÉ NATIF DE SHELTEL ·

Sheltel Communications est un service fondé et soutenu par le Natif

Aucune réclamation acceptée

La sorcière

La Main frappa quatre coups à la porte. Tous les commerces étaient clos à cette heure brûlante ; le panneau sur la porte de l'armurier Vipérine indiquait « FERMÉ » en lettres épaisses.

Comme on ne réagissait pas, elle poussa le vantail et entra sans se presser. L'intérieur, par contraste avec la fournaise de la rue, lui parut frais tandis qu'elle passait devant les étals de pistolets, de fusils, de carabines et de mousquets. Derrière le comptoir, une carapace retournée débordait de munitions. L'air sentait la poudre et le métal.

Elle ouvrit une porte au fond du magasin. Là, dans un salon étroit où fanaient des dentelles et des porcelaines, une vieille oscillait sur un fauteuil à bascule. Près d'elle, un homme triturait son chapeau en cuir. Il se figea en voyant la cape noire surmontée du masque blanc. Sans nez ni bouche, sans expression, le grand ovale immaculé le fixait de ses deux fentes sombres, penché sur le côté.

La Main était dans la maison.

Un hurlement de femme, dans la pièce attenante, vint briser le silence. La Main sentit que l'homme voulait lui demander de partir ; mais face à la sorcière obscure et impassible, quelque chose de plus profond, de plus ancré que sa panique le retenait de parler. Les joues moites sous ses favoris, il serrait et desserrait les mâchoires en regardant en coin le revolver posé entre eux, sur la table en bois.

— S'il vous plaît, finit-il par murmurer en baissant la tête. Attendez au moins que l'aïeule puisse voir le…

Il s'interrompit de lui-même et ne finit jamais sa phrase. La Main ne bougea pas. Une goutte de sueur glissa sur sa tempe. La vieille continua de somnoler en oscillant.

Quand un nouveau cri retentit de l'autre côté de la cloison, la Main posa le bout de ses gants argentés sur l'arme ; l'homme tressaillit mais n'osa pas l'en empêcher.

— Laissez-nous, dit-elle de son timbre assourdi par le masque.

Il jeta un regard angoissé vers sa mère, hésita, ouvrit la bouche, la referma, puis passa en hâte dans la chambre de travail.

La Main tira une chaise et s'assit face à la vieillarde en attendant qu'un pleur de nourrisson annonce le moment de la tuer.

— Que voudriez-vous faire avant de mourir ?

La vieille ouvrit ses yeux embrumés sans répondre.

— Vos remplaçants ne sont pas très efficaces. Hier, deux Ashim ont pu remplir quatre seaux à la rivière sans être repérés. Vous étiez moins faillible.

La lèvre inférieure de la vieille se mit à trembler. Elle aurait dû fulminer, elle qui avait passé sa vie à lutter contre les voleurs d'eau, mais n'était désormais capable que de baver. Oui, il était vraiment temps pour elle de laisser la place à une autre vie que la sienne. Un souffle naissait, un sang coulait ; l'équilibre était préservé. La Main y veillait. Elle avait longtemps observé, depuis sa fenêtre, cette femme au chapeau de cuir et au fusil à pompe arpenter la frontière. Elles n'avaient jamais échangé le moindre mot ; qui aurait voulu s'approcher de la Main sans y avoir été invité ? Pour cette dernière, cela avait presque ressemblé à une amitié.

Un nouveau hurlement et une odeur de sang montèrent de sous la porte. La Main commençait à avoir chaud, ses gants la démangeaient entre les doigts et de la buée s'était formée sous son masque. Elle n'aurait pas dû se montrer si bavarde.

Enfin, alors que l'accouchement s'éternisait tant que la Main allait partir, pensant que ni la mère ni l'enfant n'y survivraient, elle entendit le faible braillement du nouveau-né – trop faible. Elle vit bientôt sortir de la chambre l'un de ses apprentis accoucheurs, Pouce, le bébé propre et emmailloté dans les bras.

— Je ne savais pas que vous viendriez, s'excusa-t-il. Je voulais montrer l'enfant à son aïeule…

La Main se leva sans hâte. Derrière le garçon, le père pétrissait plus que jamais son chapeau dans l'encadrement de la porte.

— Je n'ai pas encore procédé à l'éveil de l'enfant, avertit Pouce en lui tendant le nourrisson.

Le bébé installé au creux du bras, elle entama le rituel d'éveil des sens. Elle passa la main devant ses yeux, posa un index argenté dans sa paume. Il ne la suivit pas du regard et ne serra pas son doigt. Elle plaça son majeur sur les petites lèvres rosées, mais l'enfant détourna la tête au lieu de le sucer.

Elle rendit le nourrisson à l'apprenti, qui annonça au père :

— L'équilibre est rompu. Cette maison comporte désormais deux serviteurs inutiles : votre mère et votre fils. La Main, dans sa clémence, vous offre de choisir maintenant lequel de ces deux souffles elle reprendra. Deux autres choix s'offrent à vous : payer l'impôt des inutiles que réclame le Natif, ou placer l'enfant au refuge de la Bénie.

L'homme en laissa tomber son chapeau. Ses yeux fiévreux allaient et venaient entre son nourrisson débile et son aïeule inerte. Il dut s'appuyer au chambranle de la porte.

— Choisissez ou la Main décidera pour vous, continua Pouce. Sa sagesse est sans limite, mais son temps est précieux.

Le père ne parvenait pas à desserrer les mâchoires. Il n'était pas pauvre, mais l'amende réclamée pour toute personne jugée inutile était bien trop élevée pour lui ; quant à l'orphelinat de la Bénie, il lui aurait fallu vendre le magasin pour y placer son fils qui, dans quelques semaines ou quelques années, mourrait de mort précoce.

— Prenez… Laissez-moi…

La Main fit un pas.

— Monsieur, dit doucement l'accoucheur, vous devriez faire votre choix maintenant.

— Prenez ma mère, souffla l'homme.

La Main ne fut pas surprise : les imbéciles choisissaient toujours leurs enfants, aussi affligeants soient-ils. Elle pointa un doigt en direction de la vieille.

— Cette femme a servi Sheltel avec loyauté chaque jour de sa vie. Elle s'est dévouée pour nous protéger tous de la sécheresse et de la guerre. Elle méritait un meilleur fils que vous et une descendance saine ; vous l'aurez privée de tout.

Avec délicatesse, elle se pencha au-dessus de la grand-mère et appuya les lèvres de son masque contre sa bouche humide. La tête retomba mollement. Ce fut tout ; son souffle avait été aspiré. La Main passa les doigts sur le visage inerte pour lui clore les paupières, puis essuya la bave qu'avaient laissée les lèvres de la vieille sur celles de son masque.

— Donnez-moi vos clés.

L'homme, terrifié qu'elle s'en prenne à son enfant, fouilla en tremblant dans ses poches et en sortit un trousseau.

— L'odeur du sang de votre femme est mauvaise. Elle ne survivra pas et vous ne pourrez pas élever seul ce nourrisson malade. Votre fils va finir sa courte vie au refuge ; la vente de la boutique payera pour ses soins. Pouce, emmène l'enfant aux gouvernantes et les clés à la Bénie.

L'apprenti partit avec le bébé. Son père n'avait pas eu le temps de le tenir dans ses bras. La Main baissa son ovale blanc vers celui qui avait été un fils, un mari, un père, et qui n'était plus rien.

— Le souffle et le sang, dit-elle.

À peine eut-elle passé la porte de l'armurerie que, depuis l'arrière-boutique, retentit un unique coup de feu. Il résonna longtemps dans la rue déserte.

VEND LOCAL, FONDS DE COMMERCE ET LOGEMENT ATTENANT

Armurerie Vipérine
Boutique vendue avec meubles et stock, excellent état
Bon chiffre d'affaires, excellent potentiel
Rue passante, accessible en calèche, proche tous commerces
Logement confortable, vendu meublé
Cause : décès

Prix à négocier

Agence Immob'île – Entreprise au capital détenu par la Bénie

En cas d'absence, contacter l'agence par télégramme

Le vieux marchand

À presque quatre-vingts ans, Arthur Pozar refusait de se considérer comme un vieil homme. Même si sa moustache était blanche et sa peau ridée de soleil, il se vexait chaque fois que le petit l'appelait « grand-papa ».

— Alev, je ne suis pas ton grand-père.

— Je sais.

— Alors pourquoi est-ce que tu continues ?

— Parce que ça te fait râler.

Arthur sourit sous son chapeau. Les fleurs grimpantes sentaient les épices et le sucre autour du banc. Dans le refuge pour enfants malades fondé par la Bénie, seul ce jardin portait les signes du début de l'été. Le reste de la vie s'y déroulait toujours au même rythme.

— Et maman, demanda Alev, pourquoi ne vient-elle pas me voir ?

— Je te l'ai déjà expliqué.

— Elle ne peut pas être toujours aussi occupée.

— Si, figure-toi. C'est quelqu'un d'important, elle doit rencontrer du monde. Tu devrais être fier de la partager avec les Sheltes.

Le petit prit un air si triste qu'Arthur ajouta :

— De toute façon, elle n'est pas très divertissante. Elle sait surtout être belle, et toi, qu'est-ce que ça pourrait bien te faire ?

Le garçon lui donna un coup de coude et se retint de rire.

— Tu vois, moi aussi je sais te faire râler, le taquina Arthur. Il ne fallait pas me traiter de vieillard. Un point partout.

Alev rit cette fois de bon cœur en balançant les jambes sous le banc de pierre. Sans la taie bleuâtre qui lui voilait les yeux, il aurait ressemblé à tous les garçons de son âge. Les autres enfants du refuge étaient, pour la plupart, bien plus difformes.

Mais la Bénie ne pouvait être mère de la moindre imperfection.

*

Lors de son intronisation, sept ans plus tôt, la prêtresse avait annoncé se retirer dans les montagnes pour se préparer à son office. Là-bas, elle avait grossi en secret, pleine d'un enfant dont la Main avait prédit l'infirmité. L'ascendance du père contenait plusieurs branches touchées de cécité.

La Bénie avait passé plusieurs mois dans une cabane construite entre deux rochers, sous un pin fendu. Arthur y avait lancé un feu qui ne s'éteignait pas, et la prêtresse y avait fait jaillir une source. L'ensemble était tenu par des lanières en cuir invisibilisant de la maison Shay ; personne ne l'aurait trouvée sans savoir où la chercher.

Le jour du terme, la Main elle-même, masquée de

rouge, avait sorti le nouveau-né des entrailles de la jeune femme. Seul Arthur lui avait tenu la main pendant le travail. Lorsque le petit était sorti, aussi rose et vivant que n'importe quel autre, sa mère n'avait pas même voulu poser les yeux sur lui.

C'était contre la peau d'Arthur que la Main avait placé le nourrisson, et c'était lui qui avait choisi son nom. C'était aussi sur sa suggestion que la Bénie, dès sa prise de fonction, avait fondé un refuge pour jeunes infirmes.

— Le prix d'entrée remplira vos caisses. L'endroit ne sera jamais vide ; malgré la vigilance de la Main, il y aura toujours sur cette île trop de cousins au sang frelaté, avait argué le vieux conseiller.

Et le garçon avait pu vivre.

Alev dormait dans une chambre à part, recevait à manger dès qu'il le souhaitait, pouvait se promener dans l'établissement sans contrainte. Nul ne savait pourquoi, sauf la Bénie, Arthur et la Main.

— Je peux donc dire à ta mère que tu te portes bien ?

— Non. Dis-lui que je vais très mal.

— Si tu continues à débiter autant de bêtises, je vais finir par le croire.

— Ne pars pas déjà, dit le garçon en posant sa main sur celle du vieil homme.

— Je reviendrai bientôt.

— Tu ne me rends visite que tous les douze jours. Je le sais, j'ai compté.

Alev grandissait vite et devenait trop perspicace. S'il continuait ainsi, il ne tarderait pas à comprendre qui était sa mère. Et la Bénie enverrait dans la nuit l'un de ses amants éperdus l'étouffer en silence.

Arthur essaya de ne pas s'en préoccuper. Quelle différence ferait un infirme de plus ou de moins sur cette île ? Sa vie et son héritage se trouvaient auprès de ses élèves et de la prêtresse, dans la vie d'honneurs qu'il s'était bâtie à force de ténacité depuis les taudis où il était né.

En quittant les lieux, il laissa à l'une des gouvernantes vêtues de blanc une caisse de figurines Flamboyance pour les enfants ; les pensionnaires raffolaient de ces petits animaux en verre remplis de Feu Origine. La femme s'inclina et se répandit en remerciements, faisant tinter le rideau de petits coquillages qui dissimulait son visage.

Arthur avait commandé lui-même ces tenues pour les gouvernantes lorsqu'il avait créé le refuge. Il s'était inspiré de celle de la Main. Les masques étranges qu'elle portait, ses gants, les voiles obscurs dans lesquels elle se drapait, tout cet apparat suscitait la crainte des Sheltes. Ils s'inclinaient plus facilement, semblait-il, devant ceux qu'ils ne pouvaient regarder dans les yeux. Seule une puissance supérieure devait cacher son visage aux mortels ; seule une nature autre devait dissimuler sa peau sous tant de tissu. Or la Bénie insistait pour que la plus insignifiante de ses servantes impose le plus profond des respects.

Arthur, lui, restait insensible à de tels artifices. Il avait vécu assez longtemps pour savoir que chacun portait un masque, qu'il soit fait de bois, de coquillages ou de chair.

*

Aussitôt qu'il eut rejoint la rue, l'habituel ballet de nécessiteux se mit à lui tourner autour :

— Monsieur Pozar, je pensais justement à vous ! Auriez-vous quelques secondes ? Je prépare un projet qui…

Commerçants en mal de fonds et représentants de nobles causes se succédaient tandis qu'il avançait entre les bâtisses en bois, une cigarette fumante entre les lèvres. Il leur répondait de manière à faire briller leurs pupilles d'espoir et d'admiration sans avoir à leur donner le moindre shel.

Arthur avait pourtant besoin de dépenser ; les sacs de billets encombraient sa chambre et débordaient de ses meubles. Il avait beau acheter les artefacts des Sheltes les plus doués, financer les démonstrations de générosité de la Bénie, rénover les rues de Dust tous les ans et offrir l'entrée de son école du feu, les bénéfices de ses investissements continuaient d'affluer.

Il traversait Dust, ville de bois et de fer aux habitants cloîtrés à l'heure de la sieste. Les volets étaient clos, la taverne silencieuse. Au premier étage, la coursive du bar était vidée de ses catins qui, aux fraîcheurs du soir, racoleraient les passants dans leurs robes à froufrous. Le plancher en pin des trottoirs couverts, le long des boutiques, craquait sous la chaleur. Dans les vitrines de la chapelière et du barbier, même les mannequins semblaient assoupis. La poussière se soulevait sous les pas d'Arthur, en chemin vers le palais du Natif pour conclure un nouveau contrat.

— Monsieur le conseiller de la Bénie entre toutes… Je vous en prie, un shel, un shel pour un pauvre Dustie…

Un adolescent tirait sur sa gabardine. Arthur accéléra le pas. La puanteur du garçon lui rappelait le quartier où il était né : un mélange de pisse, de sueur et d'oignon cuit qui lui donnait des nausées et des cauchemars.

— Un shel, juste un, pour Gratien, un pauvre Dustie.

Arthur sortit précipitamment de sa poche un billet de vingt shels et le lui jeta. Le garçon, qui n'avait jamais tenu autant d'argent, s'agenouilla dans la poussière. Arthur détourna le regard. Il avait grandi au milieu de choses et de gens abîmés, pauvres et sales. Il ne voulait plus rien avoir en commun avec ce monde de misère en dehors de la charité qu'il lui offrait de loin.

Il atteignit enfin le bout de l'île. Accroché au bord de la falaise, le pont des Tempêtes pouvait paraître fragile ; il semblait dessiné d'un seul trait de fusain, long et fin comme un arc d'Ashim, large pour un seul homme. Ses pierres résistaient pourtant à tous les orages depuis des siècles. De l'autre côté, au-delà des récifs où s'abattaient les vagues, le château jaillissait de l'eau comme l'aileron d'un requin géant. C'était dans ce piton aux contours déchiquetés que les Natifs avaient creusé mille ans plus tôt leur palais, à même la roche rouge. Les tours se fondaient dans la forme tordue des parois, ornées de gargouilles aux visages de tortues et de vipères. Au sommet de cette termitière humaine, un lézard pétrifié enroulait sa queue autour du donjon et dardait sa langue vers l'île. Sa collerette déployée, de la taille de la grand-place, avait autrefois été peinte de jaune et de bleu. Mais les Natifs n'étaient plus aussi riches que leurs ancêtres et la peinture avait depuis longtemps pâli ; la fortune avait changé de camp.

Lorsqu'il eut franchi le pont, Arthur passa sous la corne qui barrait les portes et s'engouffra dans le labyrinthe des escaliers, des passerelles et des coursives. Tout ici était humide et frais. Arthur avait toujours eu en aversion ce repaire de reptiles où ne perçait jamais le soleil. Les Natifs se terraient dans l'obscurité ; lui avait besoin de lumière et d'une scène où jouer son rôle aux yeux du monde.

Il était constamment surpris par le mauvais goût de la décoration. Partout, dans toutes les pièces et dans chaque couloir, des objets anciens couvraient le moindre pan de mur, s'agrippant comme des huîtres jusqu'aux fresques défraîchies des plafonds. Même dans la salle du trône, d'immenses étagères s'élevaient jusqu'aux voûtes, surchargées de bibelots d'avant la Grande Nuit. Fioles, cartes, tissus, épices, armes, bijoux et ustensiles à l'usage oublié s'entassaient dans l'édifice où résonnait l'écho des vagues. En dehors du clapotis de l'eau et du souffle du vent, aucun bruit n'animait ces espaces minéraux.

— J'ai rendez-vous avec le Natif, déclara-t-il au garde qui l'accueillit dans une salle semblable à une grotte.

— Il est annulé, monsieur. Veuillez quitter le palais. Et éteindre votre cigarette.

— Puis-je savoir pourquoi ?

— Il est interdit de fumer ici ; l'odeur incommode le Natif.

— Je te demande pourquoi mon rendez-vous est annulé, triple moule.

Arthur jeta sa cigarette entre les pieds du garde.

— Je n’ai pas l’autorisation de vous le dire.

— Allons. Le Natif ne peut pas faire traverser l’île à un homme de mon âge sous un soleil brûlant pour le renvoyer aussitôt.

— Je suis désolé, monsieur. Votre rendez-vous est annulé, vous devez partir.

Cette nervosité était anormale. Dans le palais, la lenteur et le calme étaient de mise, à l’image de la tortue dont les souverains avaient fait leur emblème.

— Je ne vous crois pas, résonna une voix masculine dans un couloir voisin. Je veux le voir par moi-même.

— Votre Altesse, vous ne devriez pas, vous risquez d’alarmer les Sheltes…

Les voix se rapprochèrent et, soudain, le Natif surgit d’une fissure rocheuse, suivi d’une conseillère.

Les écailles sur la bouche du roi suscitaient la vénération de la plupart des Sheltes ; Arthur, lui, sentait chaque fois un frisson de dégoût lui parcourir le ventre.

— Votre Majesté, quel bonheur de vous voir. Ce garde zélé m’assure que…

— Je n’ai pas le temps, coupa le souverain. Dites à la Bénie que nous avons un problème. Le chef ashim, elle et moi devons nous retrouver à la frontière pour un concile exceptionnel au coucher du soleil.

— Un problème, Votre Majesté ?

Le Natif perdit un instant sa moue arrogante et se passa une main sur le visage en soupirant.

— Nous ne sommes pas seuls, Pozar. Un navire arrive. Un navire qui vient d’ailleurs.

Le choc dura très exactement six secondes. Puis Arthur alluma une cigarette.

Il avait toujours voulu mourir dans la gloire, auprès de la Bénie devenue reine de Sheltel, certain que son commerce et son école lui survivraient. Tout bouleversement, avait-il appris, portait sa part de risques et d'opportunités. Celui-ci serait colossal ; les possibilités aussi. Son dernier coup d'éclat serait le plus brillant.

Il était impatient de rencontrer ces étrangers.

DÉCLARATION DES DROITS ET DES DEVOIRS DU SHELTE
Décrétée par les Natifs en 11 ap. G.N. – Amendée par les Bénis en 264 ap. G.N.

EXTRAITS

LIVRE I – RÉPARTITION DES TERRES ET DU POUVOIR SHELTES

I – La lignée des Natifs, issue de l'île-tortue même dont ils tiennent leurs écailles, est dépositaire de l'autorité ultime sur tout Sheltel, sa terre et ses eaux.

I bis – La lignée des Bénis, qui se déclare issue de l'île-coquillage dont elle tient sa blancheur, est élue à perpétuité en tant que prêtres et bienfaiteurs des Dusties.

II – Depuis la sécheresse et la guerre de l'eau qui décimèrent le peuple en l'an 8 après la Grande Nuit, barrières et patrouilleurs le long de la rivière en protègent l'accès. Il est formellement interdit à tout Shelte autre que le Natif de puiser sans autorisation l'eau de la rivière, sous peine de subir le châtiment réservé aux traîtres. Le Natif s'assure que les Sheltes reçoivent toujours leur part d'eau.

II bis – Le Béni est également dépositaire du libre accès à l'eau de la rivière.

III – Le Natif règne sur l'est et sur l'ouest, et sur les eaux autour de Sheltel. Les Dusties occupent les terres à l'est de l'île. Est attribué aux Ashim, représentés par leur chef, l'ouest de l'île, de la rivière à la forêt infinie. Le peuple ashim est libre sur ces terres de cultiver, de creuser, de construire ou d'effectuer toute autre activité, après accord du Natif. Toute production issue du sol prêté aux Ashim devra être déclarée ; un tiers en sera rendu au Natif.

IV – Les Dusties sont libres de protéger leur côté de la rivière par les moyens qu'ils jugeront utiles. Les Ashim sont soumis aux directives du Natif pour la protection de l'ouest ; ils participent à l'effort de maintien de l'ordre en consacrant la moitié de leurs hommes aux forces dusties et ashim pour le Natif (DAN).

[...]

XVI – Deux terrains échappent à la répartition des terres entre Ashim et Dusties : le palais natif et ses jardins, ainsi que le domicile de la Main. Toute intrusion sera traitée selon des moyens laissés au libre jugement de leurs propriétaires.

Le vieux marchand

— Laisser accoster ces inconnus ? Vous ne pouvez pas être sérieux.

— Je n'ai jamais été plus sérieux. Qui sait si nos fils disparus en mer ne sont pas sur cette embarcation ?

— Nos fils sont partis sur des pirogues, pourquoi reviendraient-ils sur un navire monstrueux ?

— Vos fils ne sont jamais partis, voilà la vérité. Vous ne connaissez rien du deuil de votre propre peuple.

— Messieurs, les interrompit Arthur, pendant que vous parlementez, le bateau approche.

L'ombre des deux montagnes commençait à s'allonger. La lumière de la fin d'après-midi dorait les aiguilles des pins et rougissait la roche. Le tableau était splendide, mais Arthur laissait l'admiration de la nature aux oisifs et aux crétins. Il avait plus sérieux à faire : rallier à son opinion un chef de clan et un roi qui le méprisaient sans retenue, dans une réunion à laquelle nul ne l'avait convié.

La chaleur était plus supportable au bord de la rivière, mais ces deux-là auraient rendu n'importe quel brasier agréable en comparaison de leur conversation. D'autant plus que, sur le pont où ils se trouvaient, ils devaient hausser la voix pour se faire entendre malgré le vacarme du torrent.

Le chef ashim, dont le visage était barré de haut en bas par trois traits de suie, fixait Arthur avec condescendance sous sa coiffe de plumes de goéland et d'algues sèches. Il en fallait cependant davantage pour faire perdre au conseiller sa façade de grand-père bienveillant. Il continua de sourire comme si rien en Sheltel ne pouvait ébranler sa bonté d'âme et lui dit :

— Mon cher Maloh, résumez vos sages recommandations à notre roi.

Le chef des Ashim se tourna de mauvaise grâce vers le Natif :

— Notre clan était étranger et assoiffé lorsque votre île nous a offert son généreux accueil. De même, aujourd'hui, le peuple ashim souhaite laisser les naufragés de l'océan s'abreuver à son eau. Et je ne mentionnerai pas les nombreux hommes qui, partis pêcher, ont été emportés malgré eux au-delà de l'aura de Sheltel. Bien des mères espèrent le retour de leurs disparus.

L'emplumé agita son bâton à grelots pour signifier qu'il avait fini. Le roi allait maintenant ouvrir sa bouche squameuse. Ce soir-là, habillé d'une chemise et de bretelles comme un simple Dustie, le Natif n'avait rien d'un monarque. Il avait à peine eu le temps de revêtir sa couronne taillée dans la roche ocre de l'île, ornée d'émeraudes et de minuscules carapaces.

Arthur connaissait d'avance son discours de poltron.

— Ce navire immense n'a rien de commun avec ceux que nous connaissons, répéta le roi. Il ne ressemble pas à une embarcation naufragée, mais aux armées décrites dans nos légendes, celles qui attaquaient notre île pour la piller jusqu'à ce qu'elles soient éradiquées lors de la Grande Nuit. Pour la protection des Sheltes, nous devons le maintenir à distance en attendant de connaître ses intentions. Mais si vous êtes ici, Arthur, ce n'est pas seulement pour payer vos hommages. J'imagine que la Bénie a son point de vue sur la question.

— Pourquoi a-t-elle encore envoyé son sbire à sa place ? lança Maloh. Nous trouverait-elle indignes de sa présence ?

Les banalités venaient de se terminer ; on arrivait enfin au cœur des négociations.

— Vous savez à quel point la Bénie se soucie des plus démunis, répondit Arthur. Elle ne pouvait pas manquer à sa distribution de vivres hebdomadaire. Elle est néanmoins reconnaissante de pouvoir participer à cette rencontre à travers son humble conseiller, alors même qu'elle n'a d'autorité ni sur les clans ni sur les terres. Elle m'a chargé de vous faire part de ses meilleurs sentiments et de ses excuses les plus sincères.

Il avait dû discuter âprement pour la remplacer, sous le prétexte que les deux dirigeants seraient plus attentifs à la voix d'un homme dans une telle situation de crise. Elle s'était emportée, comme à son habitude, contre les mâles immondes qui la prenaient pour une pouliche qu'on laisse à l'écurie. Il avait approuvé, et elle l'avait enfin laissé partir.

— Messieurs, reprit Arthur, après la Grande Nuit,

nos ancêtres ont reconstruit leur île dans l'espoir d'accueillir à nouveau les marchands de tous les continents. Mais plus aucun navire ne visita Sheltel ; ils durent réapprendre à vivre, seuls.

L'Ashim s'impatienta :

— Nous savons tout cela. Si la Bénie voulait nous prodiguer un cours d'histoire, elle n'avait qu'à nous envoyer un parchemin du musée. Où voulez-vous en venir ?

C'était le moment de jouer la carte des cheveux blancs et de préparer sa retraite. Toutes ses luttes dans l'ombre des puissants l'avaient mené à cet instant.

— Je ne suis qu'un vieil homme qui a acquis un peu d'expérience au cours de sa longue vie, dit Arthur. Pourtant, en voyant ce monstre de bois s'approcher de nous, je m'interroge. De toute évidence, et malgré ce que nous tenions pour vrai, la vie n'a pas cessé sur les continents. Les survivants de la Grande Nuit ont-ils mis trois siècles à s'avancer si loin dans l'océan ? S'agit-il de leur premier voyage au milieu de la mer ? Regardez ce navire ; il n'a pas été construit hier. Je crois plutôt que les continentaux ont recommencé à sillonner la mer il y a bien longtemps, sans jamais nous trouver… jusqu'à aujourd'hui. Se pourrait-il que leur civilisation, autrefois dépendante de la nôtre, se soit fortifiée dans l'adversité et la dépasse désormais en habileté et en connaissances ?

Aucun des deux hommes ne répondit, mais Arthur perçut chez chacun d'eux un léger mouvement. L'Ashim se renfrogna davantage et une ombre d'inquiétude passa sur le visage du Natif. Ils étaient dubitatifs, mais il avait retenu leur attention.

— Peut-être sommes-nous devenus les arriérés du monde nouveau, nous qui pensions avoir survécu à la Grande Nuit grâce à notre puissance. Laisserons-nous pour autant réduire à néant notre civilisation millénaire et préservée ? Je ne sais pas, chers amis. Je suis fatigué. Si ce bateau signe la fin de Sheltel, je ne serai bientôt plus là pour le voir. Mais je pense à ceux qui nous suivront, aux précieux enfants des Sheltes qui perpétueront nos dons et poursuivront notre tâche. Ils méritent de jouir longtemps de cette île et de vivre en paix, comme nous. Et je souhaite pour eux bien plus encore : imaginez, Votre Altesse, vos descendants régner sur l'océan comme le firent vos ancêtres avant la Grande Nuit. Se pourrait-il qu'en ce jour, les continents et leurs richesses nous ouvrent à nouveau leurs portes ? Que Sheltel nous invite à lui rendre sa gloire passée, pour devenir à nouveau l'île du centre du monde ?

Arthur observa le front strié de l'Ashim. Malgré les siècles écoulés, son clan gardait le statut de réfugié, installé dans la partie la plus inhospitalière de l'île, négligé et privé de ressources. Il leur suffirait d'ouvrir leur crique aux eaux profondes pour obliger le roi à céder du terrain.

Quant au Natif, sa dynastie régnait sans partage sur Sheltel depuis bien avant la Grande Nuit. Et même s'il avait perdu en influence depuis que les Bénis avaient converti la majorité des Dusties à leur philosophie, laquelle affirmait que Sheltel était un coquillage plutôt qu'une tortue et que le dénuement et la blancheur surpassaient le faste des reptiles, il demeurait le souverain incontesté de l'île. Le mythe tenace des rois-serpents qu'ils auraient été avant le cataclysme leur conférait une majesté qu'ils ne méritaient pas.

La Bénie, quant à elle, avait pour seules armes les mots d'Arthur, son conseiller, et l'adoration de ses fidèles – une vénération due surtout à l'argent et aux vivres qu'elle leur distribuait avec générosité. Mais instiller une idée parmi le peuple, la répandre, l'amplifier en clameur, prenait du temps. Beaucoup trop de temps ; le bateau était déjà plus proche qu'une heure auparavant. En de telles urgences, la Bénie était impuissante.

Le Natif reprit la parole avec prudence :

— Nos légendes rapportent des épisodes moins heureux. Nous étions l'oasis des marchands et des voyageurs, mais aussi la proie des pirates et des armées. De nombreux empires ont tenté de s'emparer de notre terre. Nous ne savons pas ce que veulent ces étrangers.

— Nous ne le saurons jamais si nous ne leur laissons pas l'occasion d'approcher, répondit l'Ashim en agitant sa coiffe.

Le souverain parut soudain épuisé. Il se tourna vers la mer, où le point sombre grandissait contre le ciel rouge.

Arthur s'essuya le front. Rester debout par ces températures lui coûtait. Cette partie-là de son personnage de grand-père inoffensif, il n'avait pas besoin de la feindre : il vieillissait beaucoup trop vite à son goût. Il détestait ce corps décrépit qui trahissait son esprit vif. En cet instant, l'impatience d'un adolescent de quinze ans le dévorait. Il aurait voulu hâter leur décision, les provoquer et leur prouver qu'ils avaient tort, tous les deux. Mais il n'avait plus quinze ans, et il savait que tout se jouait dans cet instant de silence.

Ce fut finalement l'Ashim qui brisa le silence.

— Votre Majesté ?

Le Natif ne quitta pas sa contemplation de l'horizon.

— Oui, Maloh ?

— Les Sheltes ont remarqué le navire. Que leur dirons-nous ?

Arthur baissa les yeux vers le rivage. Un petit groupe s'agglutinait sur la plage pour observer le bateau, hérissé de plus de mâts et de voiles que tous ceux dessinés dans leurs livres d'histoire.

— Si nous ne les rassurons pas, la panique s'emparera des deux côtés de la rivière avant la nuit, prévint Arthur.

Le souverain détacha son regard du lointain pour le poser sur le vieux marchand. Les plis de ses paupières étaient lourds de lassitude.

— Nous élèverons une vague de protection pendant trois jours, le temps de préparer nos forces. Puis, si les étrangers sont toujours là, nous les laisserons accoster pour rencontrer leur capitaine. J'espère, Pozar, que les opportunités de commerce qu'ils vous offriront sauront justifier le risque que nous prenons pour la sécurité de notre peuple.

Le soulagement s'empara d'Arthur en même temps que l'euphorie de la victoire. Ses intentions avaient été démasquées mais il avait gagné. Son visage, néanmoins, n'afficha qu'une acceptation soumise.

Chacun quitta le pont pour regagner son côté de la rivière. Arthur laissa le Natif retourner à son palais de roche et l'Ashim remonter vers le plateau où se dressait sa tente. Il regarda les quartiers misérables du nord de Dust et sut enfin que, s'il y était né, il n'y mourrait pas.

Seul au bord de la rivière, sous les étoiles qui commençaient à luire derrière les nuages mauves, Arthur sortit de sa poche un flacon. À l'intérieur pulsait un minuscule soleil froid. L'étiquette en tissu qui scellait le couvercle déclarait :

ARTHUR X. POZAR
Feu Origine Sheltel
Flammes froides de qualité
Marque déposée
Ne pas ouvrir sans l'aide d'un feutier

Si les légendes disaient vrai, les artisans de l'île approvisionnaient autrefois les voyageurs en eau douce, en nourriture, et en flammes. Les hommes du monde entier en achetaient pour leurs canons, leur confort et leur cuisine. Ces flammes, Arthur les avait portées à leur perfection en créant le Feu Origine. « N'incendie pas le bois, ne craint ni eau ni vent, s'éteint et se rallume… » Mais depuis la Grande Nuit, seule restait la clientèle shelte.

Le marché venait de s'ouvrir à nouveau.

JOURNAL DE BORD DE GUERN, SCRIBE DU NATIF, 8 AP. G.N. COPIE DE FRAGMENTS

Archives de la bibliothèque privée du Natif
Consultation sur place uniquement

1er jour du 4e mois
Nous sommes trop nombreux. J'avais averti le Natif ; hélas, toutes nos prévisions furent en deçà de la réalité. Nous avons franchi hier le seuil critique. Les enfants nés ce matin connaîtront la soif, la famine, la noyade même, faute de terre pour les accueillir et pour les nourrir. Nous sommes trop nombreux, et la sécheresse nous guette. Sheltel nous protégera-t-elle encore ? Si seulement nous avions [fragment illisible]

21e jour du 5e mois
Un premier enfant et deux vieillards sont aujourd'hui morts de déshydratation – leur âme soit rendue à Sheltel. Avec les rationnements d'eau et de nourriture, les citoyens se montrent apathiques, au mieux. La plupart cependant deviennent agressifs. Une rixe a éclaté ce matin près de la rivière asséchée. J'ai tenté d'inter[fragment illisible] en sang.

2e jour du 6e mois
Voilà trois jours que je ne suis plus sorti, même la nuit. Heureusement, le Natif a gardé ici au palais beaucoup d'eau pour sa cour. Mais les Sheltes l'ont su et, depuis une heure, ils frappent de plus en plus violemment aux [fragment manquant] Hier, un groupe d'hommes a pillé l'hôpital. Ils criaient que les consanguins et les infirmes n'avaient pas à être mieux nourris que leurs enfants sains et utiles. J'ai entendu les hurlements des infirmières depuis ma chambre.

10e jour du 6e mois

[fragment manquant] et il ne reste ici qu'un neveu du Natif, sa femme et moi. Dehors, il n'y a plus de bruit. Les Sheltes ont mangé les corps de leurs grands-parents et de leurs nourrissons et ils en sont tombés malades. Des Ashim sont partis en quête d'eau dans la forêt infinie, dont ils ne reviendront pas. D'autres ont pris la fuite sur leurs pirogues. Ils erreront en mer jusqu'à mourir de soif ou de folie.

Le neveu du Natif [fragment illisible] distribution de ce qui reste au palais. Il a compris ce que son oncle n'a jamais voulu écouter. Il a accepté la proposition de cette femme descendue hier de la montagne : désormais, elle consignera les naissances, les morts, les généalogies ; et lorsqu'il le faudra, elle rétablira l'équilibre. Les gens ont déjà peur d'elle et de la capuche noire qui lui assombrit le visage. C'est bien ainsi.

13e jour du 6e mois

Il pleut sur Sheltel.

MATIN DU DEUXIÈME JOUR

La sorcière

— Petit, sais-tu ce qui est écrit sur le phare ?

Sans s'arrêter de lire, l'apprenti répondit :

— Rien, notre Main.

— C'est juste. Autrefois, il portait des inscriptions destinées aux voyageurs. Trois siècles de vent les ont effacées.

La Main observait la plage au-delà de sa fenêtre. Elle voyait depuis les hauteurs la foule qui s'amassait à l'embouchure de la rivière. À une encablure du rivage, les sourciers avaient créé une vague immobile, haute comme dix hommes. En roulis perpétuel sur elle-même autour de l'île, elle empêchait le navire d'accoster. Rien n'aurait pu rassurer Nawomi davantage.

— Nos sourciers sont notre bien le plus précieux, continua-t-elle. Sans leur don pour l'eau, nous serions morts depuis longtemps. Et aujourd'hui, nous aurions été envahis et pillés.

Le garçon acquiesça sans lever les yeux de son travail. L'immense livre posé devant lui, plus large que l'envergure de ses bras, absorbait toute son attention.

— Notre Main, il ne s'agit pas du bon registre. Le lien familial que nous cherchons doit se situer dans la décennie suivante.

Nawomi soupira sous son masque. Il aurait fallu embaucher un Shelte doué pour l'air, qui aurait su faire léviter les gigantesques cahiers. Elle se détourna de la fenêtre et alla aider Petit à fermer le registre. Un nuage de poussière s'éleva quand la couverture en cuir claqua sur les pages. Ils le firent glisser pour l'attraper chacun par un côté et le transportèrent ainsi, comme un meuble encombrant, à travers la maison étroite.

Des cognements retentirent depuis le sous-sol.

— Les canalisations, expliqua la Main.

Le pauvre apprenti soufflait sous l'effort. Ils firent enfin basculer le livre à la verticale pour le ranger dans l'emplacement de la bibliothèque qui lui était réservé.

Pendant que Petit allait chercher une lampe à gaz pour éclairer la pièce, Nawomi patienta quelques instants dans la pénombre. Une odeur de renfermé étrangement agréable, presque sucrée, alourdissait l'air. Chaque mouvement, chaque bruit était à la fois amplifié et étouffé par l'épaisseur du papier. Elle aurait voulu se ranger elle aussi sur une étagère, loin des scandales et de la mer, et laisser le silence et l'obscurité l'engloutir avec ses secrets.

Tous les murs étaient couverts de registres sauf celui du fond de la bibliothèque où, posés sur des présentoirs, ses masques la toisaient dans l'ombre. Le cercle écarlate de la vie, dont le front portait trois mains vertes ; le masque gris à la bouche grimaçante, pour dénoncer l'inceste ; l'œuf carmin des unions, affublé d'un trop large sourire et de larmes sans yeux ; l'ovale immaculé de la mort, inexpressif, percé de deux fentes obscures. Seul manquait celui que portait Nawomi : le noir de la constante vigilance, orné d'un grand œil blanc.

Petit revint avec la lampe. Les visages de bois parurent se réveiller et les dorures s'illuminèrent sur les reliures de cuir. La Main se dirigea vers un grimoire dont le dos indiquait :

IIIe siècle ap. G.N.
Dusties
Années 290 à 300
Certifié conforme par Kêlon, 23e Natif

Lorsque le bon registre fut enfin ouvert, Petit était en nage et essoufflé. L'enfant n'était pas endurant, mais il était minutieux et doué pour la lecture rapide. C'était tout ce dont il avait besoin pour accomplir sa tâche.

En quelques minutes, il repéra le nom que Nawomi cherchait. Elle s'approcha pour lire. La graphie de sa mère était nerveuse ; la plume avait transpercé par endroits le papier jauni. Le texte, codé par les Mains qui se succédaient, n'était qu'une suite de formes géométriques : points, traits, demi-cercles, carrés emboîtés et triangles inversés s'amoncelaient dans un ordre en apparence aléatoire.

— Là, pointa la Main en désignant quatre boucles suivies d'un rectangle ouvert.

Les symboles racontaient l'histoire d'une femme qui, quarante ans plus tôt, avait accouché d'un fils dont nul ne connaissait le père, sauf elle-même – et la Main, bien sûr. Comme l'enfant ne savait pas qu'il avait des demi-sœurs une rue plus bas, il avait épousé l'une d'elles malgré l'interdiction de la Main. Lorsque la jeune fille était tombée enceinte de son demi-frère, les phalanges de la Main avaient essayé de la faire avorter, mais toutes les tentatives étaient restées vaines. Le bébé consanguin était né, en parfaite santé, et tout à fait ignorant de son incestueuse parenté.

— Cet enfant, né il y a vingt ans, c'est le jeune homme qui nous a missionnés en vue de son mariage. Nous ne pouvons pas le laisser transmettre son sang déficient à sa descendance, déclara Nawomi. Quand il viendra ce soir avec sa fiancée pour connaître l'issue de nos recherches, tu m'apporteras le masque dédié aux refus d'unions. Et tu diras à Anneau de les surveiller. Qu'il se tienne prêt en cas de lignée à éteindre.

Petit nota les ordres dans le carnet des phalanges, puis continua ses recherches à propos du prochain couple de clients. Ces deux-là avaient plus d'argent. La remontée dans l'histoire familiale serait plus approfondie : il allait devoir sortir les registres jusqu'au milieu du IIe siècle.

La Main se posta à nouveau près de la fenêtre. Depuis le matin, elle ne cessait de penser à l'instant où elle avait aperçu le navire. À ce moment-là, personne encore n'avait distingué la forme au loin. Aucun Shelte ne perdait de temps à regarder la mer déserte. Sauf elle, depuis sa maison, elle qui avait pour seul théâtre les changements de la lumière sur la surface de l'océan.

Elle contempla ses registres rangés dans un ordre

immuable. Elle seule connaissait tout leur contenu, toutes les généalogies, tous les noms reliés, barrés, ajoutés au fil des décennies et des siècles. Elle connaissait le vrai père de chaque enfant et inscrivait son nom dans le secret des runes ; aucun adultère, aucun viol n'avait jamais été dénoncé par la Main. Elle pouvait prévoir si les enfants à naître seraient viables, quelles difformités ils porteraient, quelles hérédités ils charriaient dans leur sang. Elle savait qui tuer, qui laisser vivre. Qui marier et qui avorter.

Mais si des étrangers débarquaient avec leur sang nouveau, si les Sheltes pouvaient aller et venir hors de l'île, épouser des impies dont aucun ancêtre n'apparaissait dans ses livres, que lui resterait-il ? Qui aurait encore peur d'elle quand disparaîtraient les spectres de la consanguinité, de la surpopulation et de l'extinction ? De la Main, aujourd'hui redoutée, il ne resterait plus qu'un monstre du folklore, une vieille légende que nul ne penserait à consulter. Elle pourrait brûler ses registres et effacer sa mémoire. On ne la paierait plus. Il faudrait redevenir Nawomi, une femme, une simple Shelte, et travailler à la ville le visage découvert.

De cela, il n'était pas question.

Elle avait mis tant d'années à construire sa façade, à peindre et à repeindre tous ses masques, jusqu'à ce que Nawomi disparaisse derrière la Main. Et elle avait réussi : aux yeux du monde, Nawomi n'existait pas. Elle n'avait jamais existé. Seule la Main demeurait, immortelle, mystérieuse, terrifiante. Personne n'aurait songé à demander quelles mains se cachaient sous les fils argentés de ses gants. Elle était la plus célèbre et la plus seule parmi les Sheltes.

Elle n'avait pas même joui, avant de devenir Main, d'une enfance libre et insouciante. Elle n'avait connu que le confinement de la cave et les étoffes, toujours douces, toujours épaisses, sous lesquelles on l'avait dissimulée. Elles étaient son bouclier contre la barbarie des hommes. Sous la coque des masques, elle s'entendait respirer. Elle s'entendait vivre.

Car sous les masques et sous le sol de sa maison, elle cachait deux secrets, et tous deux pouvaient lui coûter la vie.

*

Au crépuscule, la Main releva sa capuche sur son masque noir. C'était l'heure du bilan mensuel des phalanges.

Elle sortit dès que le disque embrasé du soleil eut fini de plonger derrière l'horizon. Près de la porte, une torche allumée éclairait le seuil – Petit était chargé d'entretenir ce feu nuit et jour ; la Main refusait de dépendre de ce crabe de Pozar et de son Feu Origine pour se chauffer et s'éclairer.

Les cinq apprentis alignés devant la maison avaient revêtu leur tunique sombre et le loup qui leur cachait le haut du visage. Majeure et Anneau, qui s'occupaient des morts, portaient des masques blancs ; ceux d'Index et de Pouce, en charge des naissances, étaient écarlates. Seul Petit, l'assistant de la Main, restait à visage découvert.

Nawomi avança dans la clairière où la chaleur la saisit malgré le soir tombant.

— Qu'ont pris les phalanges de la Main ?

— Le souffle et le sang, répondirent-ils d'une même voix assourdie par le cercle des arbres autour d'eux.

— Pouce, qu'as-tu pris depuis la dernière lune pleine ?

— J'ai recueilli le sang de sept mères dusties et le souffle de leurs nourrissons, dit le jeune homme. Deux de ces mères ont offert leur souffle à leurs nouveau-nés, pour qu'ils vivent et qu'ils servent. Un garçon, jumeau d'une fille, a donné son souffle à sa sœur, pour qu'elle vive et qu'elle serve. Un dernier enfant, le fils de l'armurier, est mort peu après son arrivée au refuge, notre Main. J'ai rendu son corps à la mer pour l'éloigner du peuple qu'il n'a jamais servi. Maudit soit-il.

— Maudit soit-il, répétèrent les trois autres à voix basse.

— Va inscrire leurs noms sur la feuille à brûler.

Le jeune homme croisa ses deux pouces sur sa bouche et entra dans la maison. À son tour, Index énuméra les naissances du mois chez les Ashim dont elle avait la charge et alla écrire son rapport. Puis ce fut le tour des masques blancs.

— Majeure, qu'as-tu pris ?

— Le souffle de trois vieux Ashim, en paiement des trois enfants qui leur ont été donnés. Je les ai accompagnés à l'orée de la forêt infinie, et ils y sont entrés pour ne plus en sortir.

— Tu as rétabli l'équilibre. Va inscrire leurs noms sur la feuille à brûler.

Majeure croisa ses longs doigts sur ses lèvres peintes en rouge et alla rejoindre les deux premières phalanges à l'intérieur. Anneau fit la liste des morts parmi les Dusties et rentra à sa suite.

— Petit. Qu'as-tu appris de ton après-midi sur le rivage ?

— J'ai écouté ce qui se dit parmi les Sheltes, sur le bateau et sur ses passagers.

— Approche, ordonna Nawomi.

Les gants lui faisaient transpirer les mains et démanger les doigts plus violemment que des orties. Elle se retint de les gratter.

— Je t'écoute.

— Les Dusties ont peur, chuchota Petit de sa voix enfantine. Le scribe public crie partout qu'autrefois, des voyageurs ont rapporté du continent un air que les Sheltes ne peuvent pas respirer. D'après lui, si nous ne nous protégeons pas, l'air entrera dans notre corps et remplacera notre âme. Il dit que si quelqu'un commence à délirer, il faut l'attacher à un radeau et l'envoyer en mer où il ne pourra transmettre son mal à personne.

Cela n'avait aucun sens, songea Nawomi ; si c'était l'air qui était en cause, à quoi cela servirait-il d'éloigner les malades ?

— Il dit aussi que l'arrivée des étrangers est le signe du retour des rois-serpents. Que le Natif va retrouver ses pouvoirs d'antan.

Avant la Grande Nuit, trois siècles auparavant, les Natifs avaient été bien plus puissants et leur symbole le serpent plutôt que la tortue – c'était du moins ce que racontait la légende. Leurs corps couverts d'écailles étaient sculptés dans les parois abruptes du château. Mais au fil des générations, leur sang s'était dilué ; Nawomi le voyait dans ses runes. À force de mariages hors de leur propre famille, les Natifs devenaient un peu plus humains à chaque génération, la maladie de leur peau moins virulente, mais aussi plus répandue parmi les Sheltes. La croyance populaire estimait en revanche que, depuis qu'ils soignaient leur peau à grand renfort de prystine, une fleur jaune et fragile aux vertus innombrables, ils se privaient, en même temps que d'écailles, des fabuleux pouvoirs attribués à leurs ancêtres. Nawomi s'étonnait de voir qu'un scribe se fiait à cette histoire. On la racontait aux enfants pour les effrayer : s'ils contrôlaient mal leurs dons, le fantôme d'un roi-serpent viendrait les mordre dans la nuit.

Mais les parents savaient que le vrai monstre était ailleurs, et qu'il se contenterait de les enfermer en cellule rouge.

— D'autres redoutent la sécheresse qui vient, continua Petit, comme chaque été. Ils craignent que les étrangers ne prennent le peu d'eau qui nous reste. Une dispute a éclaté avec un sourcier. Les gens l'accusaient de cacher une réserve d'eau chez lui alors que nous allons bientôt être rationnés.

Les jambes de Nawomi fourmillaient. Elle ne devait pas les frotter. Elle devait penser à l'espoir que Petit lui donnait par ces nouvelles : les Sheltes ne voulaient pas non plus de ces étrangers.

— Et les Ashim ? demanda-t-elle.

— Quelques-uns d'entre eux se tenaient à l'écart. Une femme leur a dit que si d'autres réfugiés arrivaient, la terre où ils vivent leur serait reprise et qu'ils n'auraient nulle part où aller. Mais la plupart semblent vouloir accueillir les matelots, parce qu'alors ils ne seront plus les seuls étrangers sur l'île. Cela a mis en colère les Dusties, ceux qui avaient frappé le sourcier, et ils leur ont jeté des galets par-dessus la rivière. Le conseiller de la Bénie était là aussi, et il offrait des cigarettes à ceux qui lançaient des pierres, pour les calmer.

Qu'avait-il encore derrière la tête, ce vieux retors ?

— Le Natif, as-tu eu vent de ce qu'il compte faire ?

— Certains affirment qu'il souhaite négocier avec les étrangers.

Nawomi laissa échapper une exclamation.

— Négocier ?

— C'est ce qu'ont répondu les Ashim, quand les Dusties ont commencé à les insulter. Ils disaient que leur chef avait convaincu le roi d'ouvrir les portes de l'île. Mais je ne sais pas si c'est la vérité, notre Main, ou s'ils essayaient de narguer les Dusties.

Hélas, les gens de l'ouest avaient de nombreux défauts, mais ils n'étaient pas menteurs.

— Quoi d'autre ? demanda Nawomi, impatiente d'en finir.

— Je suis monté au lavoir. Les domestiques du palais… Elles ont dit qu'un bateau aussi grand ne pouvait que transporter des objets extraordinaires, des grains de blé aussi gros que des poings et des diamants comme des théières et que, pour les acheter, le Natif allait prélever des taxes. Une lavandière a voulu consoler les autres en disant que les hommes sur le navire devaient être assortis à leurs marchandises, et qu'elle épouserait volontiers…

— J'ai entendu. N'écris rien de cela sur la feuille à brûler.

Sur la mer, le bateau éclairé reflétait dans l'eau son double déformé. La température baissait, mais la Main avait de plus en plus chaud.

Elle rappela ses phalanges et, plus vite que d'habitude, prononça les paroles d'envoi.

— Oubliez ces noms, car le recueil et moi nous rappelons pour vous. Nous sommes la mémoire de Sheltel. La mission des phalanges n'est jamais finie : allez de nouveau recueillir leur souffle et leur sang.

— Leur souffle et leur sang, reprirent en chœur les adolescents.

S'ils perçurent sa hâte d'en finir, ils n'en montrèrent rien. Ils disparurent l'un derrière l'autre dans la nuit opaque.

Nawomi brûla la feuille sur laquelle ils avaient inscrit leur bilan aux flammes de la torche, puis arracha son masque et ses gants. Toute l'étendue de sa peau l'irritait ; elle luttait pour ne pas frotter ses ongles contre ses joues jusqu'à ce que la piqûre s'efface sous la douleur. Elle avait besoin de se plonger dans l'eau glacée.

Dans la bibliothèque, elle roula le tapis qui recouvrait le sol. Là, dissimulée dans les lattes du parquet, se trouvait une trappe. Elle la souleva et s'y engouffra.

Elle devait prendre soin de son premier secret.

RECOPIER LA PHRASE SUIVANTE –
JE DOIS LE RESPECT À MA CAPITAINE
ET CESSER D'APPELER MA MÈRE LA NUIT
CAR ELLE EST MORTE
NE PAS S'ARRÊTER TANT QUE LES DOIGTS N'ONT
PAS D'AMPOULES –

Je dois le respect à ma Capitaine et cesser d'appeler ma mère la nuit car elle est morte
Je dois le respect à ma Capitaine et cesser d'appeler ma mère la nuit car elle est morte
Je dois le respect à ma Capitaine et cesser d'appeler ma mère la nuit car elle est morte
Je dois le respect à ma Capitaine et cesser d'appeler ma mère la nuit car elle est morte
Je dois le respect à ma Capitaine et cesser d'appeler ma mère car elle est morte la nuit
Je dois le respect à ma Capitaine et cesser de rêver de ma mère la nuit car elle est morte
Je dois le respect à ma Capitaine et cesser d'appeler la nuit ma mère car elle est morte
Je dois le respect à ma Capitaine et arrêter de mourir la nuit en appelant ma mère
Je dois le respect à ma mère car elle est morte et cesser de tuer la Capitaine la nuit
Je dois le respect à ma Capitaine qui a tué ma mère mon père et m'a laissé la nuit
Je dois cesser de penser la nuit à la Capitaine qui appelait ma mère et l'a laissée morte
Je dois le respect à ma Capitaine et cesser de rêver de ma mère la nuit car elle est morte
Je veux respecter ma Capitaine et cesser d'appeler la nuit ma mère car elle est morte
Je veux ma mère la nuit mais elle est morte et je dois le respect à ma Capitaine
Je veux ma mère la nuit mais elle est morte je dois cesser d'appeler mère ma Capitaine
Je dois le respect à ma Capitai

Erika, 7 ans,
10 jours après l'attaque

Matin du troisième jour

La pirate

Le vieux marin aux dents pourries avait eu tout faux. L'île n'était pas hantée par des fantômes : elle était peuplée de sorciers.

Devant ce mur d'eau érigé par un pouvoir contre-nature, Kreed pestait, envoyait des canots à l'assaut de la vague pour se fracasser contre elle, ordonnait à d'autres d'en faire le tour pour y trouver une faille. Mais l'eau se dressait, infranchissable, entre eux et cette terre miraculeuse.

Erika observait le mur d'eau, désabusée. Alors qu'elle avait espéré pouvoir enfin s'enfuir, sa situation était pire qu'auparavant. L'immobilisme que la capitaine imposait à l'équipage depuis deux jours, son obsession croissante d'accoster, le ralentissement causé au voyage rendaient les matelots plus pénibles encore que d'habitude.

Pour les éviter tous, Erika avait élu domicile sur une barque de sauvetage. Elle n'y profitait d'aucune fraîcheur mais y était tranquille – sauf lorsque des tortues passaient calmement sous son canot et manquaient de le renverser. Elle les scrutait avec attention ; elle n'en avait vu qu'une fois auparavant, dans la soute d'un roi pirate. L'espèce avait presque disparu lors de la Dernière Éruption et celles qui restaient étaient minuscules, sans commune mesure avec ces géantes qui sillonnaient l'eau. Une seule de ces bêtes aurait offert à son propriétaire une vie de luxe et d'abondance sur n'importe quel continent.

Pour passer le temps, elle agrémentait sur son avant-bras la sirène qu'elle s'était tatouée, des vies entières auparavant, après avoir tué son premier homme. Elle sortit l'aiguille et l'encrier de sa poche de poitrine et lui ajouta des serpents dans les cheveux, une épée dans la main, quelques écailles sous les seins. La créature avait le nez cassé et les iris pâles, comme elle. Lorsque Erika commença à voir ondoyer la queue de la sirène, elle sut que l'insolation guettait ; elle retourna à regret chercher l'ombre du bateau.

Après s'être rafraîchie et avoir avalé un biscuit, elle monta de nouveau au poste de vigie pour observer la terre. Elle ne se lassait pas de cet amas de roche rouge ourlé de forêts de pins. Vues de la cime du mât, les maisons de bois au pied des monts ressemblaient à un village de santons. À gauche, sur un plateau, des panaches de fumée s'élevaient avec lenteur de ce qui ressemblait à des tentes. Entre les deux montagnes ocre, un cours d'eau émergeait et parcourait la vallée jusqu'à la mer. Rien qu'en voyant ce fil d'argent qui reflétait la blancheur du soleil, elle sentait sa gorge s'assécher.

Tout semblait si paisible. Si les matelots alcoolisés avaient suspendu leurs vociférations une seconde, elle aurait pu s'imaginer sur l'île, auprès d'un feu, sans autre bruit que le crépitement des bûches et les gouttes d'eau sur la mousse. Elle aurait pu se rêver fille de la terre, vêtue d'une robe de paysanne au lieu d'une chemise en toile de voile, les mains souillées par l'engrais plutôt que par le sang, la voix doucereuse de Kreed remplacée par le bêlement simple des chèvres.

*

Erika n'eut pas le temps d'essuyer le sang qui lui coulait dans la bouche – Gros Bill abattit un autre coup de massue sur son oreille. Un vrombissement lui emplit les tympans. Elle perdit l'équilibre et tituba jusque dans les bras des pirates qui les entouraient. Ils la repoussèrent dans le cercle de duel en hurlant d'excitation.

— Allez, frangin ! s'égosillait Petit Bill parmi les autres. Troue-la !

Le soleil et la sueur qui lui dégoulinait dans les yeux aveuglaient Erika. Un goût de métal lui tapissait la langue.

Les pas lourds de Gros Bill tonnèrent quand il lui fonça dessus, mais la jeune fille était plus vive et, au dernier instant, elle l'esquiva. Il s'affala sur le pont de tout son poids. Lorsqu'il se releva, son ventre rencontra l'une des sept dagues d'Erika.

La lame transperça la peau, la graisse, les entrailles de Gros Bill, qui prit un air interloqué et lâcha sa massue. Erika retira son avant-bras du corps tiède du pirate juste avant qu'il ne s'écroule.

Elle se retourna vers l'équipage qui les observait en silence.

— Qui veut le suivre ? demanda-t-elle sans colère en crachant du sang.

Les matelots dépités retournèrent à leurs tâches. Erika les regarda s'en aller un à un, essoufflée, les dents rouges.

Un applaudissement s'éleva derrière elle.

— Regarde comme il est gras. Il fera un excellent appât pour les requins.

Kreed s'approcha en claudiquant.

— Tu aurais pu faire durer le plaisir. Ils s'ennuient ; c'est pour les divertir de cette pause forcée que j'ai lancé le combat, et non pour perdre un homme en moins de trois minutes.

La capitaine se baissa pour attraper Gros Bill par les cheveux, dégaina son épée et la lui abattit en travers de la gorge. Le corps retomba pesamment. Une flaque noire se répandit sur le bois.

Un élancement brutal, qu'Erika n'avait pas senti au moment où le pirate lui avait frappé l'oreille, lui parcourut les sourcils, le front, et explosa au sommet de son crâne. Dès que Kreed eut déserté le pont, elle sortit sa fiole de rhum et en avala trois gorgées.

Elle n'entendit pas Petit Bill se glisser derrière elle, ni ne vit venir ses mains autour de son cou.

*

Elle se réveilla deux heures plus tard dans un lit qui n'était pas le sien. On lui avait enlevé sa ceinture de couteaux. Des jambes sculptées et des crochets d'argent ou d'or étaient pendus à la cloison devant elle.

— Te voilà, fit la voix de Kreed. Tiens, bois.

Erika tenta de se lever mais la cabine tournoyait.

— Reste allongée. Et sois tranquille, Petit Bill ne cherchera plus à venger son frère.

Kreed désigna un scalp encore frais posé sur la table de nuit. Elle démêlait avec douceur les cheveux blonds de la jeune fille, passant la pointe de son crochet dans les mèches agglutinées par le sang.

Voilà qu'elle redevenait nostalgique.

— Te rappelles-tu le jour où je t'ai adoptée ?

Les écluses des souvenirs venaient de s'ouvrir ; impossible d'échapper à ce flot d'eau croupie, mille fois bue et recrachée.

— L'équipage hissait déjà notre pavillon au-dessus du navire de commerce, récita Kreed. Je me suis approchée de la femme du marchand, inerte. Il y avait du sang sur sa robe, mais quand je l'ai soulevée, je n'ai vu aucune blessure. L'attaque avait dû interrompre les premières semaines d'une grossesse.

C'était le seul conte qu'Erika connaissait depuis l'enfance. Sa tête tournait et sa gorge étranglée restait douloureuse. Elle décida de laisser les mots rassurants, familiers, l'envelopper.

— J'ai vu alors la chaînette autour de son cou. Dans le médaillon ovale, j'ai trouvé une mèche de cheveux fins, presque blancs. Des cheveux d'enfant.

Erika toussa et Kreed lui donna à boire.

— Je t'ai cherchée là où vont les enfants. Mais sous le lit, personne ne se cachait. Dans l'armoire non plus. Je suis retournée sur le pont et, aussitôt, une flèche est tombée entre mes pieds. J'ai levé les yeux. Tu étais là.

Au début, les souvenirs d'Erika avaient pris la forme et les contours de ce récit triomphant. Les mots de Kreed s'étaient mêlés à sa mémoire, y avaient posé leur empreinte et leurs couleurs. Ils avaient remplacé la fillette terrifiée par une enfant invincible, digne d'être adoptée par la plus grande capitaine de l'océan. Mais à force d'entendre les matelots parler de leurs mamans quand elle en tatouait le prénom sur leurs épaules, elle avait fini par comprendre qu'une véritable mère serait prête à se battre pour son enfant. Pas l'inverse.

« Plus blonde que les nuages », dirait bientôt Kreed. Perchée au poste de vigie, Erika avait lancé à mains nues les flèches prises dans le carquois de son père. Elle n'avait pas retrouvé l'arc, et même alors, elle n'aurait pas su le bander.

— Plus blonde que les nuages. Tu n'étais pas une gamine démunie ou criarde comme celles de tous les navires que j'avais pillés. Tu étais une guerrière magnifique, le visage rouge, la jupe remontée sur les cuisses, jetant du haut du ciel tes flèches comme une déesse antique. Tu étais belle… Tu étais déjà ma fille.

Tous les traits d'Erika avaient manqué la capitaine. À chaque jet, elle désespérait davantage de sauver ses parents attachés sur le pont. Près d'eux gisait son grand frère égorgé, son instructrice, et même le flûtiste qui jouait chaque soir contre les vents nocturnes. Son monde se noyait dans le sang et elle n'avait que des flèches sans arc pour en retarder l'agonie.

— Tu es restée là-haut même après que j'ai effacé les traces de ton ancienne vie. J'attendais que la faim te pousse à descendre de la hune. Deux jours plus tard, tu es venue. Je t'ai offert à manger et tu as repris ta chambre.

Son lit avait été dévasté. De ses poupées de

porcelaine il ne restait rien, ni de ses couvertures en soie. Il y avait du sang sur les murs lambrissés.

Kreed avait fait du bateau le navire amiral de sa flotte et s'y était installée – pour qu'Erika garde ses repères, avait-elle affirmé. Jamais elle n'avait songé à ce que pouvait éprouver une orpheline de sept ans voyant le lit de ses parents, les costumes de son père, les miroirs de sa mère, profanés et portés par des brutes aux dents noires. Seule la capitaine, au milieu de ce cauchemar, lui avait offert un peu de sécurité.

Et Erika l'avait aimée comme une mère.

— Je t'ai donné de nouveaux vêtements et je t'ai appris à te battre. Il fallait que tu saches résister aux hommes qui t'entouraient et à ceux que tu rencontrerais. Et vois ce que tu es devenue ; personne ne peut te faire mal.

Elle avait d'abord détesté le poids de l'épée dans sa main et les combats à l'aveugle, un bandeau sur les yeux. Kreed lui lançait à chaque entraînement des insultes pires que celles de la veille pour lui enseigner à ne plus les entendre. À dix ans, elle répondait aux hommes avec la gouaille d'un vieux pirate, sans tout à fait comprendre ce qu'elle disait. Ça faisait rire les marins. Et plus tard, quand ceux qui avaient ri face à la fillette s'intéressèrent à l'adolescente, elle avait su se défendre.

Sans Kreed, elle serait morte sur ce pont l'année de ses sept ans.

— Sans moi, tu serais morte aux mains des hommes, murmura la capitaine en lui embrassant le front. Une femme pirate, ça n'existe pas. Mais nous, nous existons, tant que nous savons rendre coup pour coup.

*

Quand Erika quitta la cabine, la tête de Gros Bill roulait sur le pont au rythme des vagues, étalant une traînée de liquide sombre sur les planches. Ses joues rondes étaient figées, ses yeux globuleux écarquillés jusqu'à l'absurde. Erika se dirigea vers la figure de proue, la tête de Bill sous le bras.

Celle de son précédent vaincu était encore plantée au-dessus du corps de la sirène, qui n'avait pour visage que ceux que les morts lui donnaient. À part quelques cheveux et des lambeaux de chair, aucune trace du pirate ne subsistait sur le crâne battu par les flots. Erika l'arracha du pic où il était planté et le jeta derrière elle.

Avant d'empaler la tête de Gros Bill, elle prit dans sa poche l'aiguille et l'encrier. D'une écriture irrégulière, elle lui tatoua sur le front : « TROU DU CU ».

Puis elle lui cracha sur le nez et l'enfonça d'un seul coup sur la pique. Avec ça, elle espérait être tranquille quelques jours avant qu'un autre cherche à se plaindre auprès de Kreed de l'immobilisme qu'on leur infligeait, et qu'elle soit missionnée pour lui régler son compte.

Mais Erika savait qu'elle se montrait trop optimiste. La capitaine n'attendrait pas une rébellion pour recommencer. Dès que l'ennui menacerait de nouveau, un pirate plus faible que les autres serait désigné pour se faire sortir les tripes. Lorsque Erika humiliait l'un d'entre eux, elle les humiliait tous. Rien ne plaisait plus à Kreed que d'exciter la colère de ses hommes en leur prouvant qu'ils étaient moins virils qu'une jeune fille. Et puis cela permettait de renouveler la figure de proue et d'utiliser le corps comme appât pour la pêche aux requins. On ne mangeait jamais mieux qu'au lendemain d'un massacre.

Chaque fois qu'elle tuait ainsi pour l'amusement de la capitaine, Erika revoyait les combats de chiens qui attiraient les badauds dans les ports. Les bêtes étaient affamées jusqu'à la folie. Elles s'entredéchiraient pour divertir les spectateurs et enrichir leurs maîtres. Quand la mort arrivait enfin, le soulagement se lisait dans leurs prunelles.

Erika ramassa le visage en décomposition qu'elle venait de remplacer. Les orbites vides semblaient vouloir lui adresser un message, mais elle était incapable de deviner lequel. Elle le jeta dans l'eau.

Elle ne tuerait plus pour le spectacle ; elle ne mourrait pas comme une bête.

Le chien ne suivrait pas le chemin de son maître.

REÇU AU TITRE DES DONS
À UNE ENTITÉ D'INTÉRÊT GÉNÉRAL

Bénéficiaire du don

FOBIS (Fondation des Bénis pour l'Intérêt du peuple Shelte)

Objet : Assistance et bienfaisance au service des populations démunies de Sheltel. La FOBIS, créée en 276 ap. G.N. par les Bénis, est une fondation à but humanitaire. Elle fournit gratuitement aide alimentaire, soins médicaux et aide financière aux Sheltes en difficulté.

Donateur

Association « École de feutiers Arthur X. Pozar »

Au titre des investissements votés à l'unanimité par le conseil administratif

Somme

La FOBIS reconnaît avoir reçu au titre des dons la somme totale de 85 800 shels pour l'année 334 ap. G.N.

Fait à Dust, le 3e jour du 3e mois de l'an 335 ap. G.N.

~FOBIS~

Matin du quatrième jour

Le vieux marchand

— Bénie entre tous, salua Arthur avant de remettre son chapeau.

Il attendit qu'elle baigne ses pieds nus dans le bassin des Deux Sirènes devant le temple. En bas des escaliers, retenus par des gardes du corps, les mendiants tendaient les bras vers elle :

— Sois bénie, sois bénie entre tous !

Seul un scribe troublait l'adoration unanime en criant :

— C'est l'heure du Serpent. Bientôt nous reverrons la Sheltel d'avant la Grande Nuit, bientôt les Natifs retrouveront leur pouvoir !

Les fidèles de la Bénie le firent taire ; ils voulaient mériter le pain et l'argent qu'on venait de leur distribuer. Et le Natif, lui, ne leur avait rien donné à manger.

Lorsqu'elle eut fini ses ablutions sous les bourrelets pétrifiés des deux immenses sirènes, la prêtresse entra dans le temple et, avant que les portes arrondies ne se ferment, elle se tourna vers eux. Face au soleil, sa robe immaculée obligeait à plisser les paupières. Arthur lui avait changé les couches et essuyé la morve du nez, mais sa beauté de statue le surprenait toujours. De tout ce qu'il avait façonné sur son chemin de l'indigence vers la gloire, cette jeune femme grasse et blanche était sa plus grande fierté.

— Des nouvelles du navire ? demanda-t-elle sans se départir de son sourire.

— Quelques-unes. Je venais vous en entretenir.

Elle écarta les bras comme pour embrasser la foule. Les cris des miséreux atteignirent leur apogée, puis les portes du temple tournèrent sur leurs gonds, éclipsèrent le ciel et se fermèrent enfin. Dans l'écho de leur vacarme, la Bénie ôta sa couronne de coquillages et de bois flotté. Le soleil éclairait d'une lumière aquatique, à travers les vitraux circulaires, les murs de chaux incrustés de perles et de nacre. Arthur décela quelques plis de fatigue aux paupières de la jeune femme.

— La chaleur les rend encore plus nauséabonds, soupira-t-elle.

Son murmure résonna sous les multiples dômes du sanctuaire. On entendait encore, au-delà de l'entrée, les louanges des démunis. Si les aïeux de la prêtresse avaient converti la plupart des Dusties, la distribution d'une partie de leurs richesses n'était pas pour rien dans leur succès populaire.

— Accompagnez-moi à mes appartements, j'ai besoin de me purifier.

— Moi qui croyais votre pureté inaltérable…

— Vous êtes toujours aussi drôle.

— En parlant d'impureté, tenta Arthur, le jeune Alev vous réclame. Il grandit. Vous ne l'avez pas vu depuis plus d'un an. Vous devriez y aller.

— Oui, décidément, Arthur, lorsque vous prendrez

votre retraite, je vous suggère d'entamer une carrière de bouffon.

Elle s'appuya sur son bras et l'entraîna vers le fond de l'immense salle. Ses pieds mouillés laissaient des traces sur le parquet blanchi.

— Combien de temps encore devrai-je me livrer à ces spectacles pitoyables ?

Arthur connaissait par cœur ces emportements. Ils se répétaient à chaque retour de distribution. Plus que quelques secondes et elle pesterait contre les souverains qui, eux, n'avaient pas à faire étalage de leur générosité pour conserver leurs privilèges.

— Jamais un Natif ne se ridiculiserait de cette façon.

— Jamais un Natif n'a été aimé comme vous.

— Ils n'ont pas besoin d'être aimés puisqu'ils sont puissants ! Le respect et la crainte leur suffisent.

— Vous possédez un pouvoir plus grand. Le vôtre vient du peuple même. Votre temple déborde de fidèles à chaque cérémonie. Ils vous vénèrent. La chapelle des Natifs n'a pas connu une telle dévotion depuis des années.

— Alors pourquoi continuent-ils de régner, Arthur ? Pourquoi le roi, qui n'a de cesse de me provoquer…

— Ce n'est pas contre vous. Il ne sait qu'humilier ceux qui l'entourent.

— J'aurai bientôt vingt-cinq ans. Vingt-cinq années d'outrages qui s'ajoutent, jour après jour, aux siècles d'abaissements subis par ma lignée. Je n'en supporterai pas une de plus. Je mourrai avant, Arthur, soit de honte, soit du choléra que j'aurai attrapé dans un de leurs taudis.

— Je suis heureux de constater que votre sens de la modération s'affine de jour en jour.

Ils contournèrent le trône en galets blancs au centre du temple et empruntèrent une porte dissimulée dans un mur. Dès que le battant se fut refermé derrière eux, la Bénie se détendit, plus à l'aise dans ce couloir sombre que dans la clarté du sanctuaire.

— Nous voilà seuls, dit la jeune femme tandis qu'ils s'engageaient dans le tunnel éclairé de loin en loin par une ampoule Origine. Qu'en est-il de ce bateau ?

— Il semble bel et bien dédié à la piraterie.

— Voilà qui devrait calmer les ardeurs de notre ami à plumes.

— Et les pirates ont soif. La mer autour de nous n'est pas infinie comme nous le croyions, certes, mais elle est assez grande pour contraindre un équipage à rêver d'eau.

— Comment le savez-vous ?

— Un corps a été retrouvé ce matin sur le rivage, ramené là par une tortue sacrée. Déshydraté et le ventre plein d'eau salée.

La Bénie tourna vers lui un regard malicieux où se refléta fugitivement la flamme d'une lampe.

— Merveilleux. Il nous suffit de les laisser périr.

Comme il ne disait rien, elle ajouta avec un sourire :

— Bien sûr, vous n'êtes pas de cet avis. L'occasion est trop belle, et vous n'en laissez jamais passer une.

Ils étaient arrivés au bout du couloir. Devant eux se dressait un miroir où un reflet de la Bénie s'alanguissait dans un sofa. Ses longs cheveux étaient étalés jusque sur un tapis tissé d'or, son corps tout en rondeurs à peine caché par un tournoiement de voiles. Elle ressemblait à un vitrail vivant.

— Qui est-ce ? demanda l'apparition sans cesser d'observer ses propres mains.

— C'est moi, idiote, répondit la prêtresse.

Le reflet bâilla et, le plus lentement du monde, déplia chacune de ses jambes, se redressa, s'étira avec grâce, se leva enfin. Ses cheveux et ses voilages flottaient autour d'elle.

— Oh, c'est toi, s'étonna-t-elle d'un ton ensommeillé.

Chacune des deux femmes posa les deux mains et le front contre le miroir. Peu à peu, leurs doigts se rejoignirent, leurs souffles s'accordèrent. Le reflet s'effaça en même temps que la glace.

Le miroir s'était évaporé, mais le décor resta identique. La Bénie avança dans la pièce jusque derrière un paravent orné d'oiseaux. Arthur entra à sa suite ; le miroir se reforma derrière lui. Quelques secondes plus tard, il entendit la jeune femme se plonger dans son bain en soupirant d'aise.

Assis au bord des coussins, il observait cette pièce où elle l'invitait rarement. Pour autant qu'il le sût, il était le seul admis dans ces appartements secrets, en dehors de quelques amants. Sur les lambris de bois étaient accrochés des tableaux anciens. Le plus vieux, aux couleurs passées, représentait un groupe de Sheltes sur une plage en train d'échanger de l'eau et des armes avec des étrangers coiffés de turbans jaunes et verts. Les Sheltes d'antan n'étaient plus, les hommes aux turbans avaient disparu, mais le rivage demeurait le même, jusque dans la forme de ses rochers. Cette seule peinture avait dû coûter cent fois le montant de la distribution aux pauvres ; le Natif ne cédait pas ses reliques du monde éteint à bon marché.

— Si ce miroir de sécurité est inviolable d'après le vitrier, dit la jeune femme depuis sa baignoire, il est perfectible. L'image est incroyablement vivante, c'est vrai, mais ce qu'elle peut être sotte…

Arthur se demanda si elle offrait le même numéro à tous les hommes qu'elle emmenait ici. Avec les autres, elle devait se montrer plus provocante, les laisser l'imaginer nue, ses larges cuisses couvertes d'eau étincelante de l'autre côté du tissu orné d'oiseaux, jusqu'à ce qu'ils ne puissent plus s'empêcher d'aller l'y rejoindre.

Mais Arthur l'avait vue naître. Il l'avait vue vomir le lait de sa mère et faire déborder ses langes de merde, bien avant qu'elle ne devienne cette beauté d'albâtre.

Un ruissellement derrière le paravent lui indiqua que la jeune femme sortait du bain. Elle réapparut enveloppée dans un peignoir de soie vert pin que ses cheveux imbibaient d'eau et s'assit à sa coiffeuse.

— Parlez-moi de cette fameuse occasion à saisir.

— Nous avons d'abord cru que ces étrangers étaient une menace pour l'équilibre que nous avons construit, exposa Arthur. Notre alliance avec les Natifs est proche ; ils ont trop besoin de nos richesses pour nous laisser encore dans l'ombre.

— Je l'espère, Arthur, car ma patience arrive à son terme. J'en ai plus qu'assez de mendier l'amour des mendiants. Je veux régner sur eux, sur leurs chefs et sur les chefs de leurs chefs. Venez-en au fait.

— L'Ashim est obstiné ; c'est pour lui l'occasion de prendre enfin l'ascendant. Il va laisser accoster les étrangers dans sa crique. Quant au Natif, il essaie de cacher à quel point il est démuni. Il cherche au fond de sa bibliothèque des archives qui pourraient l'aider, mais son grand-père a brûlé beaucoup de manuscrits. Il a tout de même décidé de parlementer avec le capitaine du navire. Bref, si l'équipage du bateau débarque sur l'île, il ne trouvera aucune défense sérieuse.

La Bénie brossait sa chevelure à gestes lents, le regard perdu dans le vague.

— Nous n'avons pas les moyens d'être les ennemis de ces étrangers, murmura-t-elle.

Elle posa son peigne sur la coiffeuse. Arthur sut, à cet instant, que les années de leçons de stratégie qu'il lui avait infligées n'avaient pas été vaines : son expérience et sa finesse ne mourraient pas avec lui.

— Obtenez-moi un rendez-vous avec leur capitaine, avant qu'il rencontre le Natif. Je compte évidemment sur votre discrétion.

Elle vint déposer un baiser sur sa joue.

— Vous voyez, je suis une élève assidue, dit-elle en riant. Je connais toutes vos ruses. Bientôt, je n'aurai peut-être même plus besoin de vous.

LES PIRES CHÂTIMENTS D'HIER À AUJOURD'HUI AUGUSTIN TRUCHET, ÉDITIONS DE LA CARAPACE

Coup de cœur du libraire
Saviez-vous qu'à Elal, sur le continent est, les métisses étaient autrefois coupés en deux et leurs moitiés peintes, l'une en noir, l'autre en blanc ? Qu'au Nord, le propriétaire d'un chien ayant dévisagé un enfant s'était vu condamné à être dévoré par les loups ? Pendaisons, humiliations publiques, mutilations : l'auteur réunit ici les punitions les plus cruelles de l'histoire. Mention spéciale pour celle réservée aux Sheltes qui auraient le malheur de naître avec une ou deux écailles en trop… Mieux leur vaudrait mourir, mais les Natifs n'ont pas prévu de leur laisser cette chance.
Un livre érudit et passionnant, sordide et fascinant.
Frissons garantis ! À lire de toute urgence !

La sorcière

Autour de la Main, les commerçants en train de rouvrir leurs échoppes après l'heure de la sieste trouvaient soudain, à mesure qu'elle avançait dans la grand-rue de Dust, des raisons de fermer à nouveau boutique. Les édifices en bois s'alignaient de chaque côté en une haie d'honneur silencieuse, volets clos, balcons déserts. Tout au fond, au-delà de l'ondulation ardente de l'air, Nawomi apercevait les deux montagnes rouges de Sheltel ; quelque part entre leurs pins parasols jaillissait la source de l'île. Comme chaque année à l'approche de l'époque sèche, les patrouilleurs allaient devoir repousser des voleurs d'eau mus par le désespoir ou la cupidité, auxquels s'ajouterait bientôt la peur des étrangers.

Nawomi songeait à cela en revenant de chez un Dustie fortuné. Grâce à ses amulettes qui accéléraient la pousse des plantes, on avait pu manger depuis trente ans des carottes plantées la veille. Sa mort s'était bien passée. Un peu trop bien, même. Lorsque la Main avait pris le souffle du vieillard, ses trois enfants avaient à peine attendu qu'elle passe la porte pour trinquer. Si les jeunes couples auxquels

Nawomi refusait l'union voyaient cela, pensa-t-elle, ils ne se lamenteraient pas tant de ne pouvoir enfanter. Ils sauraient que la Main leur offrait une vie longue et paisible. Mais la plupart d'entre eux étaient assez crétins pour désirer malgré tout concevoir leurs propres bourreaux.

Toute à ses pensées, Nawomi ne s'aperçut pas qu'elle avait emprunté le mauvais chemin et se dirigeait, sans s'en rendre compte, vers les gorges qui menaient aux cellules rouges. Lorsqu'elle comprit où elle était, elle voulut aussitôt faire demi-tour, mais ses yeux se posèrent sur une vision d'horreur qui la paralysa.

Une femme était attachée à une planche. Il lui manquait les avant-bras et les tibias. La Main connaissait son nom, sa mère et son visage d'autrefois. Tout cela lui avait été arraché.

Quelques années plus tôt, à l'âge où d'autres ont les seins qui poussent et des poils sur les jambes, la petite Navu avait vu ses ongles se transformer en griffes et ses doigts se couvrir de plaques. Elle avait porté des gants, mais la rumeur de sa divine difformité était arrivée au palais.

On avait commencé par l'accuser d'usurpation du sang royal ; d'avoir mangé de la terre volée au jardin des Natifs ; de s'être tatoué par orgueil des écailles sur les paumes ; de tout ce qui pouvait faire passer sa peau de reptile pour fausse, et sa personne pour traîtresse.

On lui avait dépecé les mains. On l'avait attachée à cette planche, et tous les hommes de l'île avaient été invités à venir la féconder pour voir s'il sortait un enfant-tortue de cette catin qui se prenait pour une noble descendante de Sheltel. Peu à peu, chaque membre qui s'était couvert d'écailles lui avait été amputé. Chaque fois qu'elle était tombée enceinte, on lui avait frappé le ventre jusqu'à ce qu'elle saigne.

Des années plus tard, elle était toujours là, sur sa planche, bras et tibias en moins, et certains soirs les hommes faisaient la queue pour profiter de la seule putain gratuite de l'île.

— De l'eau… grogna celle qui s'était autrefois appelée Navu.

Nawomi recula. Elle n'avait pas d'eau. Elle devait rentrer.

*

La vague protectrice allait être abaissée. Le Natif l'avait annoncé : trois jours de préparation, puis ils laisseraient accoster les étrangers. Le navire était si petit vu d'ici, si semblable à une maquette qu'elle aurait pu briser entre ses doigts. Nawomi serrait sous ses gants le linteau de la fenêtre.

— Va-t'en, Petit.

— Notre Main ? Je dois terminer…

— Pars.

L'enfant posa à la hâte un marque-page, descendit de sa chaise et sortit en courant.

Les continents n'étaient pas morts et ils allaient tout renverser. Si ce que les Sheltes considéraient comme précieux s'y vendait comme du pain, si ce qu'ils tenaient pour sacré n'y était qu'un folklore oublié, que deviendraient-ils ? Comment les riches vendraient-ils leur poivre aux enchères si le monde entier en assaisonnait ses salades ? Et la Main aurait-elle encore lieu d'exister quand des croyances neuves viendraient la remplacer ?

Les questions l'obsédaient. Elle n'avait plus été terrorisée ainsi depuis des années. Cela lui rappelait des souvenirs d'enfance qu'elle n'aimait pas voir ressurgir. Cette sensation d'étouffement quand le plafond semblait trop bas. Ces nuits sans lune qu'elle attendait de tout son corps, lorsqu'elle pouvait enfin marcher dehors quelques minutes et sentir l'air salé. Jusqu'à ses vingt ans, elle n'avait jamais vu les marchés ni les fêtes que sa mère lui racontait, sinon sur les tableaux qui ornaient la cave. Elle en rêvait, mais sa mère lui expliquait qu'elle devait rester cachée et qu'elle devait rester sage. Puis elle était devenue Main. Elle avait parcouru l'île, et elle avait été révulsée par ce monde poussiéreux.

Il ne fallait pas se rappeler ces choses-là. Elle n'avait plus de raison d'avoir peur. Elle était la Main : elle-même était la peur des Sheltes.

Mais ces étrangers n'étaient pas sheltes.

Sa peau la démangeait de plus en plus ; elle descendit au sous-sol pour en retrouver la fraîcheur apaisante.

En bas, sa main trouva d'elle-même le bec de gaz. La lueur vacillante fit apparaître une bassine en bois et un puits en pierre, laissant dans l'ombre le reste de la pièce dénuée de miroirs. Elle ôta ses chaussures, passa sa tunique par-dessus sa tête et enjamba les planches vermoulues pour s'immerger dans la baignoire.

Le froid enveloppa son corps entier comme une couverture de soie liquide. Nawomi resta sous l'eau, immobile. Ses cheveux sombres flottaient autour de son visage dans l'obscurité, le froid et le silence.

Elle remonta lentement à la surface. Sur le sol, près de la bassine, elle ramassa un bol empli d'onguent de prystine. Bientôt, elle n'en aurait plus ; il faudrait aller en cueillir. Elle étala la mixture sur ses seins, son ventre et ses jambes. Elle détestait s'enduire ainsi de cette boue brunâtre. Malgré les années, elle ne s'était jamais habituée à la sensation de son propre corps sous ses paumes.

L'intérieur de ses mains, encore intact et souple, sentait chaque rugosité de sa peau de serpent.

Les lamelles de ses cuisses et de son dos étaient aussi larges et épaisses que de l'écorce. Autour des genoux, des coudes et au creux des aines, elles se chevauchaient comme des graviers.

Pas un Natif n'avait porté plus d'une traînée d'écailles depuis des siècles. Ils avaient beau se protéger de la lumière pour favoriser l'apparition d'une peau de reptile, terrés dans leur château humide, aucun n'avait passé sa vie enfermé dans une cave.

Nawomi, si.

Elle était née avec un minuscule cercle vert autour du nombril. Sa mère l'avait cachée pour qu'elle vive. Dans le sous-sol de son enfance, les lamelles avaient poussé une à une, transperçant comme des ongles la peau souple, d'abord fines et translucides pour devenir violacées, de plus en plus dures et noires. Nawomi avait souvent essayé de les arracher, mais l'écaille qui repoussait était plus dense encore.

Depuis les canicules de cette année, même son visage n'était pas épargné. Désormais, un tentacule rose grimpait dans son cou et remontait sur sa joue, jusqu'au coin de l'œil. Encore délicate et fine comme de la peau brûlée, c'était cette partie qui la démangeait le plus. Les lamelles lui déformaient la bouche. Chaque fois qu'elle parlait, le gonflement rugueux lui frottait les gencives.

Du bout des doigts, elle fit pénétrer l'onguent dans la peau de ses lèvres. Il avait un goût de marécage.

TRAITÉ DE TALENTOLOGIE SHELTE
Des dons et des talents accordés par Sheltel à ceux qui la peuplent
Par Noloth, savant de la cour du Natif, en l'an 77 après la Grande Nuit

Introduction

De tous les talents accordés par Sheltel à ceux qui la peuplent, il en est quatre parfaitement nobles :

le don de modeler la terre,
le don d'assujettir les airs,
le don de dominer le feu,
et, admirable parmi eux,
le don de subjuguer les eaux.

Les rois-serpents d'autrefois maîtrisaient ces quatre talents. Les véritables descendants de ces premiers hommes, tirés des profondeurs de l'île-tortue, possèdent l'un de ces dons ; c'est à ce signe qu'ils se peuvent reconnaître. Mais seul le sang le plus pur saurait maîtriser l'eau, qui est la vie. Et la pureté suprême se reconnaît à ceci : ses porteurs ont sur la peau la marque de l'île-tortue, d'où ils ont été tirés.

Un Shelte pourrait recevoir deux de ces dons, bien qu'un tel talent soit rare. Il est cependant impossible à un homme de contenir en lui deux talents contraires – feu et eau, air et terre –, sans quoi ils s'éteindraient l'un et l'autre, et cet homme serait sans don, ou ils s'affronteraient au sein de cet homme et le tueraient dans le ventre de sa mère.

Sheltel, néanmoins, offre aussi ses bienfaits à ceux qui ne sont pas nés d'elle. Quiconque voit le jour sur ses terres, même issu d'un sang étranger, recevra sa part de don. Le plus célèbre et le plus terrible d'entre eux est celui de la Main, issue de Sheltes et d'Ashim, qui sait donner la mort en aspirant le souffle. D'autres sont plus humbles mais non moins remarquables. Le chant de l'un endormira les armées, les mains de l'autre apaiseront la douleur ; l'une pourra recueillir les souvenirs d'un peuple, l'autre verra plus loin que l'aigle et le faucon.

Les dons que Sheltel prodigue à ses enfants sont infinis ; nul n'en est privé.

DÉCLARATION DES DROITS ET DES DEVOIRS DU SHELTE

Décrétée par les Natifs en 11 ap. G.N. – Amendée par les Bénis en 264 ap. G.N.

EXTRAITS

LIVRE II – DU GÉNIE SHELTE ET DE SES BORNES

I – Chaque citoyen est invité à mettre ses qualités et ses dons, des plus insignifiants aux plus glorieux, au service de Sheltel.

II – Le juge des talents évalue les capacités de chaque citoyen. Il se réserve le droit d'interner une personne aux aptitudes dangereuses pour la communauté.

II bis – Le juge des talents est nommé par décret des Bénis.

III – Sont sujettes à examen les facultés suivantes : visions du futur ou du passé ; perception des pensées ; changement d'apparence ; invisibilité ; dédoublement. Tout autre don jugé excessif ou incontrôlable pourra faire l'objet d'une mise en quarantaine temporaire ou définitive.

[…]

XII & XII bis – Les Natifs et les Bénis sont les seuls véritables sourciers. Liés par leur nature à la terre de Sheltel, ils sont dotés d'un génie pour l'eau surpassant celui des autres citoyens. Ce talent est le signe et le sceau de leur autorité. Ainsi doués plus que tout autre Shelte, et pour la protection du peuple, ils se réservent le droit d'évaluer les habitants dotés d'un contrôle moindre de l'eau, pour juger de l'utilité ou du danger de ceux-ci.

XIII – Chaque individu se découvrant des qualités de sourcier doit en avertir le juge des talents dans les plus brefs délais, sous peine d'être condamné pour trahison.

Le vieux marchand

L'enfant grelottait. Nu au milieu de la pièce, il agrippait son propre corps de ses bras frêles.

— Que sais-tu faire, mon garçon ?

Face à lui, Arthur était assis sur un tabouret, paré contre la fraîcheur grâce à son chapeau, sa veste en cuir et ses bottes.

— David, tes voisins m'ont dit que toute l'eau de leur puits s'était évaporée pour retomber en pluie sur le jardin de tes parents.

L'enfant ne dit rien. Un violent frisson le secoua.

— Tu peux aussi faire bouillir une marmite en quelques secondes, m'a-t-on rapporté. Est-ce que tu peux me le montrer ? Je serais très impressionné.

Deux servantes en tablier sortirent de l'ombre. Elles portaient un chaudron de cuivre plein d'eau, aussi haut que le garçon qui claquait des dents, de plus en plus pâle.

Arthur était un homme occupé. Il n'avait pas le temps d'attendre que le garçon lui fasse confiance. D'un geste infime de la main, il ordonna aux deux femmes de l'attraper. Le petit essaya de se débattre, mais elles le soulevèrent aussi aisément qu'une baudruche. Ses cris aigus s'arrêtèrent net quand elles le plongèrent jusqu'au cou dans le bac glacé. Son visage n'exprimait plus que de la stupeur.

— Je suis désolé, David, dit Arthur.

Il agita l'eau du bout des doigts. Elle était devenue tiède.

— Allez, mon grand, je suis sûr que tu peux mieux faire.

L'enfant ferma les yeux pour ne pas voir l'expression rassurante du vieil homme. Ses parents avaient dû le prévenir. Arthur se souvenait encore du père, passé dans cette même pièce trente ans plus tôt. Il avait dévoilé ses dons bien plus vite. Le fils était mieux préparé et, à en croire ses voisins, beaucoup plus talentueux.

— Je suis vraiment désolé, répéta Arthur d'un air sincère.

L'une des deux servantes plaça sa grosse main rouge sur la tête de l'enfant et l'enfonça sous la surface. La marmite tangua sous les coups du petit mais l'autre femme tenait fermement les anses. Des bulles remontèrent sur les bords, puis tout s'immobilisa.

Arthur songea que s'il venait de noyer un enfant, les jours à venir seraient pénibles. La période était peu propice aux explications publiques.

Tout à coup, un nuage blanc s'éleva au-dessus de l'eau, se densifia, s'étendit autour du chaudron jusqu'à former un brouillard opaque. Les gardiennes s'écartèrent.

La vapeur se liquéfia, tombant en une pluie légère sur le sol. Lorsqu'elle se fut totalement dissipée, elle révéla l'enfant étendu par terre, les jambes dans la marmite renversée.

Arthur s'approcha du petit corps et s'accroupit. Il respirait encore.

— Emmenez-le. Cellule 56.

L'une des deux matrones hissa le garçon sur son épaule comme un sac. L'autre redressa le chaudron et se tourna vers Arthur :

— Monsieur Pozar, par rapport à ce matin, la nouvelle prisonnière…

— Vous ne l'avez pas trouvée ?

— Si, monsieur, mais…

— Alors nous en parlerons plus tard, j'ai plus urgent à faire. Occupez-vous du garçon.

— Bien, monsieur.

Elles s'éloignèrent ensemble dans les méandres de la prison.

Les parents du gamin ne seraient pas ravis de cette incarcération. Le Natif se chargerait de leur rappeler qu'ils étaient libres d'exprimer leur désaccord, à condition de quitter leurs fonctions de sourciers au palais. Or, ces gens aimaient trop leur richesse et leur prestige. Leur fils demeurerait prisonnier le temps d'apprendre à maîtriser ses aptitudes. S'il réussissait, il deviendrait à son tour sourcier pour le souverain ; sinon, il resterait là. Il était trop doué pour l'eau et, sur Sheltel, seuls les puissants avaient le droit d'être aussi talentueux.

Arthur sortit à son tour et s'enfonça au cœur du labyrinthe au plafond bas. Dans sa main, la lampe Origine éclairait la pierre ocre des murs. Les prisonniers les plus récents l'interpellaient depuis leur cellule, espérant passer en deuxième jugement. D'autres, internés depuis l'enfance, n'essayaient même plus. Peut-être avaient-ils oublié pourquoi ils étaient là. Ils jouissaient chacun d'un lit, d'une bougie, d'eau et de nourriture deux fois par jour, et le vide entre les barreaux leur permettait de discuter. Que pouvaient-ils souhaiter de plus ?

Arthur tourna dans un boyau étroit et se dirigea vers la cellule 61.

— Clementine.

La vieille prisonnière, assise sur un matelas sommaire, interrompit la lecture de son livre.

— Arthur.

— Je voudrais t'inviter.

— M'inviter ?

— À dîner avec moi.

Il poussa les barreaux. Ils n'étaient même pas fermés ; ils n'avaient pas besoin de l'être.

Comme la dame aux longs cheveux gris ne bougeait pas, Arthur lui dit :

— Viens, j'ai fait préparer un repas pour toi.

Quelques respirations plus tard, elle posa son livre et se leva. Elle ne laissa rien paraître de sa fébrilité lorsque, pour la première fois depuis plus de trente années, elle passa le seuil de sa cellule.

*

La sauce aux épices et le vin miellé embaumaient l'air. Clementine mangeait avec application. Elle n'avait rien oublié des bonnes habitudes de son adolescence : coudes en arrière, menton haut, la prisonnière portait la viande à sa bouche avec grâce.

— J'ai un service à te demander.

— De toute évidence.

— Rien ne t'empêche de refuser. Ce repas est un simple cadeau.

Elle posa ses couverts et tapota ses lèvres avec sa serviette en tissu.

— Je voudrais que tu voles pour moi, dit Arthur.

Clementine se figea.

— Je ne comprends pas.

— Le monde n'est pas éteint comme nous le pensions. La vie a repris son cours sans nous sur les continents. Un bateau est arrivé.

— Et en quoi cela me concerne-t-il ?

— Je voudrais que tu ailles parler pour moi à leur capitaine.

— Le grand Arthur Pozar, comme tous les enfants de l'île, a peur de s'éloigner du rivage, sourit-elle.

— Les sourciers ont érigé une vague autour de Sheltel pour nous protéger d'eux. Je ne peux pas les rejoindre.

Le regard perdu de Clementine trahit son désarroi.

— Arthur… Il est possible que je ne sache même plus voler. J'ai tant essayé de désapprendre.

— Et tu n'as pas pu. Autant oublier de faire pulser ton sang.

— Tu n'as pas peur que je m'échappe ?

— Où irais-tu ?

Comme elle hésitait, il fit servir les desserts. Elle ne pourrait pas résister aux beignets couverts de sucre et aux écorces d'orange enveloppées de chocolat. Il lui fit enfin boire une infusion de plante anti-vomitive ; elle n'avait pas l'habitude de manger si richement.

— Laisse-moi jusqu'à demain, Arthur. J'ai besoin de dormir.

— Pardon, Clementine… J'ai besoin que tu partes ce soir.

Elle soupira.

— Et que dois-je lui dire, à ce capitaine ?

— Qu'il est invité à rencontrer la femme la plus belle et la plus riche de cette île. Il faudra te vêtir pauvrement, ou il risque de croire qu'il l'a déjà devant les yeux.

Même si elle ne le crut pas, la flatterie ralluma son sourire.

Arthur lui prêta son propre manteau. Il faisait chaud à l'extérieur, mais elle n'avait plus l'habitude du vent. Elle tressa ses cheveux gris pour qu'ils ne s'emmêlent pas en vol et dut s'appuyer sur le bras d'Arthur pour monter les marches qui menaient dehors. Elle eut un mouvement de recul lorsqu'il ouvrit la porte.

— Ne t'inquiète pas, Clementine. Personne ne te verra dans la nuit.

Il avait fait amener son fauteuil le plus confortable devant la sortie des cachots. La vieille femme savait encore voler, il en était sûr, mais elle se fatiguerait vite. Mieux valait qu'elle soit assise.

Il l'installa sur le siège tapissé de vert sombre. Elle semblait minuscule, posée entre les accoudoirs sous le large manteau. Elle frissonna.

Elle avait tout perdu à cause de son don. Petite, déjà, elle était incapable de s'empêcher de quitter le sol. Elle aurait pu s'envoler au-delà des limites de Sheltel, là d'où personne ne revenait jamais. On l'avait trouvée accrochée à la flèche du temple béni, criant à l'aide. Ses parents l'avaient enfermée dans la maison et l'avaient trouvée en haut d'une fenêtre, son petit frère dans les bras. Le petit hurlait de terreur, les mains agrippées au chambranle. Il avait fallu enfermer Clementine.

Elle resta si longtemps ainsi, les yeux clos, qu'Arthur crut qu'elle s'était endormie. Mais le siège se mit alors à léviter au-dessus du sol, s'éleva doucement d'abord, puis de plus en plus vite, et dépassa bientôt les pins. Il la regarda s'envoler vers la mer, assise dans son fauteuil, jusqu'à ce qu'elle disparaisse dans le ciel étoilé.

*

Il devait encore rendre visite à une dernière détenue.

Celle-ci était particulière et précieuse. Elle n'avait aucun don, pourtant – pas qu'il sache, du moins, d'après les archives. Aux dernières nouvelles, qui dataient d'à peine trois cent cinquante ans, on n'avait sur les continents aucun talent comparable à ceux des Sheltes.

Elle était là, toujours inconsciente depuis qu'il l'avait trouvée échouée entre deux rochers déchiquetés au bord de la mer, accrochée à une tortue sacrée. Il n'avait pas tout à fait menti à la Bénie : la fille trouvée sur le rivage avait avalé beaucoup d'eau de mer, mais elle n'était pas morte.

Il regarda la prisonnière vêtue d'une simple chemise et d'un pantalon de toile. Elle était plus grande que la moyenne mais avait tout d'un être humain, ce qui était déjà une bonne nouvelle : si les autres matelots lui ressemblaient, ils n'avaient rien de monstrueux. Eût-elle été moins maigre et son nez moins tordu, elle aurait pu être jolie avec ses cheveux blonds, presque blancs.

Arthur avait tant de questions à lui poser. Il était temps de la réveiller.

Recto

FEUILLE DE MISSION – CELLULES ROUGES

Date : 4e jr 3e ms – an 335
Missionnés : Prema, Gratielle

Urgences
Aller AU PLUS VITE aux rochers derrière les marécages. Grosse pierre grise, jeune femme blonde ligotée. Incarcérer cellule 38 – lui retirer ses liens – ne pas lui donner à boire. DISCRÉTION ABSOLUE

Courant
Cellule 34 : faire sortir Damien pour préparer festin (2 convives)
Cellule 56 : préparer pour arrivée de détenu (enfant)
Cellule 61 : ne pas faire déjeuner Clementine

A.X.P.

Si anomalies ou obstacles rencontrés, remplir au verso la rubrique « Signalements et observations »

La pirate

Erika se rappelait.

Le clapotis la berçait. Elle avait besoin de repos. Et d'eau – il ne fallait pas y penser. Kreed lui donnerait de l'eau si elle quittait le canot. Elle n'aurait plus la gorge aussi sèche. Elle avait été étranglée par Petit Bill, elle avait besoin de boire.

Tout à coup, la barque avait fait une embardée. Erika s'était redressée en sursaut ; encore une tortue.

Ronde et large comme une poêle de cantine, sa carapace fendait la mer en direction de la vague. La jeune femme avait placé ses doigts en visière ; plus loin, d'autres tortues sillonnaient l'océan, dans un sens comme dans l'autre. Elles traversaient le mur d'eau sans encombre. Si Kreed avait pris la peine de les regarder passer au lieu de les pêcher pour leur carapace, s'était dit Erika, l'équipage aurait pu accoster depuis longtemps déjà.

Elle avait observé le navire, puis l'image déformée de l'île au-delà de la houle.

En quelques brassées, elle avait rejoint la tortue la plus proche et s'était arrimée à sa carapace. Le mur s'approchait ; Erika avait pris une grande inspiration et fermé les yeux, se préparant au choc.

Mais l'animal, un mètre avant le rouleau, avait plongé sous la surface.

Quelques secondes de flottement puis, soudain, un déferlement. Elle s'était accrochée de tous ses doigts, de tout son corps à la tortue qui, sans vaciller, se laissait porter par le courant sous-marin. Le tourbillon les entraînait à une vitesse d'ouragan. Il n'y avait plus de soleil, plus de chaleur, plus de soif, seulement les trombes d'eau partout autour et les écailles contre ses paumes et l'air enfermé dans ses poumons.

Des étincelles clignotaient sous ses paupières ; ses mains ankylosées allaient lâcher prise.

Elle sombra.

*

Chacun de ses muscles était engourdi. Des entailles lui mordaient la chair ; ses vêtements et ses lèvres étaient rigides de sel. Sous elle, le sol était dur et, devant elle, dans la pénombre, se dressaient des barreaux de métal. Il flottait dans l'air une odeur d'humidité et de renfermé.

Quelqu'un l'avait emprisonnée.

Des bruits de pas résonnèrent dans le couloir en même temps qu'approchait une lueur. Elle baissa les paupières.

— Bonsoir, fit une voix masculine.

Elle ne bougea pas.

— Es-tu vraiment évanouie ou espères-tu échapper à mes questions ?

L'homme parlait dans la langue des gens de la mer, mais il prononçait les mots dans des intonations pleines d'emphase. Cela rappela à Erika un spectacle sur l'ère archaïque qu'elle avait vu, un soir de son enfance, dans sa vie d'avant Kreed. Les marionnettes avaient le même accent. Tout le reste s'était effacé de sa mémoire ; mais de cela, elle se souvenait, car tout près d'elle sa mère, sa vraie mère, imitait l'accent pompeux à voix basse et Erika, la petite Erika d'avant Kreed, avait ri.

— Très bien, continua le geôlier, peut-être qu'un peu d'eau te fera sortir du sommeil.

Elle ne put retenir une brusque contraction des mâchoires. Pour un peu d'eau, oui, même une gorgée, elle ouvrirait les yeux. Elle entendit le claquement d'un verre posé sur le sol, puis de l'eau couler d'une bouteille.

— Allez, dit l'homme en tapant contre les barreaux, il faut me parler maintenant.

La pirate fit semblant d'émerger à cause du bruit et prit une attitude qu'elle espérait perdue et désarmée. Cela marchait parfois sur les soldats, dans les ports ; les gens de la terre osaient rarement blesser une jeune fille démunie.

— Te voilà enfin. Regarde, je t'ai amené de l'eau.

Erika tendit la main vers le gobelet mais, à la dernière seconde, l'autre le retira.

— Si tu veux boire, il faut d'abord me dire ton nom.

Un nombre certain d'insultes lui monta dans la gorge. Elle parvint à les ravaler et secoua la tête comme si elle ne comprenait pas.

— Ton nom. Moi, je suis Arthur. Ar-thur. Et

toi ? fit-il en désignant chacun d'eux à grands gestes, accroupi face à elle.

Elle le montra du doigt :

— Arthur.

— Oui, Arthur. Et toi ?

— Klara.

— Klara… Bienvenue à Sheltel, Klara.

Erika jubila : elle ne se battait jamais mieux que lorsqu'on la sous-estimait.

Celui qui s'appelait Arthur aurait pu être le père de son grand-père ; son visage était bruni par le soleil et couronné de cheveux blancs. Mais il se tenait droit et fier, comme s'il avait enjambé sa tombe au moment où la mort l'y poussait et se savait désormais immortel. Sous ses paupières translucides de vieillard, Erika devinait un regard redoutable.

Il lui donna enfin le verre. Cette fois, elle se jeta dessus, le vida d'un trait et le tendit pour qu'on le lui remplisse à nouveau. L'homme rit :

— Oh là, doucement ! L'eau de Sheltel est précieuse, elle se mérite. Alors si tu as envie d'une deuxième rasade, conclut-il en y versant le reste de la bouteille, raconte-moi d'où tu viens.

Erika transforma aussi vite qu'elle le put son expression de rage en mimique d'incompréhension.

— Volrenn kaani, dit-elle dans la langue de sa province natale, volrenn loor…

— Qu'est-ce que tu racontes ?

— Volrenn loor, koloo fenn naaki.

— C'était une possibilité, murmura Arthur. Les tractations risquent de se révéler comiques.

Il se releva avec un soupir et vida le verre sur le sol en un long filet d'eau.

— La prochaine fois, Klara, si tu veux boire, il faudra me parler. Je te laisse en compagnie de tes colocataires, ils t'apprendront l'art de la conversation.

Le geôlier s'éloigna, emportant avec lui la lumière, et Erika se retrouva seule. Elle se mit à plat ventre pour lécher les gouttes qui venaient de tomber. Elles avaient un goût de vase et de fer qu'elle trouva sublime.

Soudain, une voix s'éleva dans la demi-nuit :

— Bravo. Il t'a presque crue.

Erika s'immobilisa – impossible de voir qui lui parlait. Des lampes étranges éclairaient faiblement le couloir, mais les cellules restaient dans l'ombre.

— Je t'ai écoutée dans ta fièvre. Tu as été bavarde pour une presque noyée. L'accent est étrange, certes, et quelques mots m'échappent. Mais tu connais notre langue.

La jeune fille se redressa, cherchant à percer l'obscurité pour entrevoir qui l'avait démasquée. Tout à coup, en face d'elle, une flamme jaillit et alluma une bougie. Dans le halo, une femme apparut, assise en tailleur. Ses cheveux formaient autour de son visage une rivière grise. Elle regardait Erika derrière ses barreaux, dont l'ombre sur le sol traçait des chemins obscurs entre leurs deux cellules.

— Où sommes-nous ? demanda la pirate.

— Là où vont les dangereux. Ou ceux que le juge des talents veut garder à son service.

Erika ne comprenait rien. Où avait-elle donc atterri ?

— Quel est cet endroit ?

— Ta prison, et la mienne.

Pour l'instant, cela ressemblait davantage à un asile de fous.

— D'où viens-tu ? demanda alors la femme. Tu n'es ni une Ashim, ni une Dustie. Serais-tu de l'île de Ration ?

— Non, de…

D'où venait-elle, exactement ?

— De l'océan.

La prisonnière perdit son sourire.

— Je suis née sur un bateau au large de Vanell, continua Erika, dans la province de Pelivenn. Mon père était marchand d'épices. Quand j'avais sept ans, notre navire a été attaqué.

Les pirates ayant rarement bonne réputation parmi les gens de la terre, mieux valait s'arrêter là. D'autant qu'à chaque mot qu'elle prononçait, la femme rapprochait son visage ébahi.

— Pelivenn, chuchota-t-elle, a disparu il y a des siècles. Tu es un fantôme du monde passé.

— Pelivenn n'a jamais été aussi riche, rétorqua Erika. Votre île, en revanche, a été engloutie dans la Dernière Éruption. Elle n'est plus sur les cartes depuis trois cents ans. Pour le reste du monde, c'est vous, les fantômes.

Tandis que la détenue continuait de la fixer la bouche ouverte, d'autres bougies s'allumèrent, révélant dans les cachots d'en face des femmes et des hommes qui posaient sur elle les mêmes yeux avides.

Erika recula au fond de sa geôle.

— Quand M. Pozar va l'apprendre… s'inquiéta une voix.

— Il sait, dit la vieille femme. Il m'a envoyée leur transmettre un message, il y a une heure à peine.

— Alors pourquoi ne nous as-tu rien dit ?

— Depuis quand aucun d'entre nous a-t-il le droit de répéter ce que lui dit Arthur en privé ?

— Tout de même, le monde ancien qui ressurgit... Il aurait pu nous avertir...

— Arrêtez, finit par couper une voix, vous faites peur à la petite.

C'était bien la première fois qu'on désignait ainsi Erika ou qu'on avait le souci de ne pas l'effrayer. Elle en fut assez surprise pour avancer dans la lueur des bougies. Celui qui avait mis fin aux suppositions était à sa gauche, dans une cellule trop lointaine pour qu'elle puisse le voir.

— Je suis là, signala-t-il en agitant un bras entre ses barreaux. Tu as déjà fait la rencontre d'Arthur Pozar, juge des dons, ainsi que de Gratielle et Prema, nos gardiennes, et de Clementine, ta voisine d'en face. Moi, je suis Elio. Bienvenue dans les cellules rouges.

— Qu'est-ce qu'un juge des dents ? s'enquit Erika en essayant de faire abstraction de la femme qui la dévorait du regard.

Il y eut un silence, puis les discussions éclatèrent à nouveau, sans qu'Erika comprenne qui parlait à qui :

— Un juge des dents ! Elle ne sait même pas...

— Tout de même, elle ne peut ignorer ce que fait Arthur sur cette île.

— Elle vient de débarquer, bien sûr qu'elle l'ignore.

— Et si elle avait un talent inconnu et nous faisait dire des choses que nous préférerions garder pour nous ?

— N'importe quoi. Le jour où on arrivera à te faire taire, voilà un talent nouveau qui méritera qu'on s'y penche.

— Attention, elles arrivent !

Le bruit et les chandelles s'éteignirent. On approchait dans le couloir. À chacun des pas résonnait le lourd tintement de trousseaux de clés. La pirate reprit sa pose d'évanouie et tenta d'observer le corridor à travers ses yeux mi-clos. Deux femmes trapues et peu avenantes, arborant de grosses tresses noires de chaque côté de leurs visages courtauds, firent halte devant Erika.

— Elle est toujours là, dit la plus jeune à voix basse.

— Oui, mais on ne sait jamais, répondit la plus âgée sur le même ton. Il faudra prévenir M. Pozar.

— J'ai essayé tout à l'heure, il ne m'a pas écoutée, tu as bien vu.

— Alors il faut l'écrire sur notre feuille de mission.

Elles se remirent en marche ; derrière elles, un jeune homme flottait – oui, flottait, Erika dut ouvrir davantage les paupières pour en être sûre –, recroquevillé sur lui-même à une coudée du sol. Les deux gardiennes s'arrêtèrent devant une cellule voisine. Il y eut le son d'une clé dans une serrure, puis le gémissement du garçon lorsqu'elles le laissèrent retomber sur la pierre de son cachot. Après un autre claquement métallique, les pas s'éloignèrent et le silence revint.

Un à un, les prisonniers de la rangée d'en face rallumèrent leurs bougies.

— Nous avons une nouvelle amie, Damien, chuchota quelqu'un.

— Ah ? Où cela ? demanda celui que les deux femmes venaient de ramener.

— Quatre cellules à ta droite.

— Quel talent t'a valu de te retrouver ici, chère voisine ? interrogea Damien.

Erika n'en avait pas la moindre idée.

— Je ne suis ici qu'en étrangère, répondit-elle.

— Étrangère ?

Lorsque les inévitables questions, discussions et commentaires furent passés, celui qui s'appelait Elio tenta de clarifier la situation :

— Tu as été enfermée dans la section des dons divers. C'est donc que tu as bien un talent.

— Non, vraiment. Pourquoi êtes-vous ici, vous ?

— Nous sommes la section du feu, répondit Elio.

Erika se passa une main sur le visage. Elle allait devenir folle. Elle ne comprenait rien de ce qu'ils racontaient. Peut-être la langue des pirates avait-elle trop évolué sur cette île et chaque mot recouvrait-il un tout autre sens. Peut-être était-ce ici l'enfer des matelots qui avaient le malheur de mourir sur terre.

— J'ai l'impression d'avoir atterri sur une autre planète.

Personne n'osa élever la voix.

— Vous ne savez pas ce qu'est une planète, se désola-t-elle.

— Non, dit Elio, mais tu ne sais pas ce qu'est un juge des dons.

— Alors expliquez-moi.

Le navire de Kreed avait fait visiter à Erika tous les rivages des continents. Elle avait vu des ogres servir de montures à des enfants pour quelques gouttes de Nectar des rêves. Elle avait rencontré, sur le port de Neono, un roi pirate qui se prenait pour un cachalot et s'exprimait par mugissements. Dans l'oasis de diamants du Nord, au bord du désert de charbon, elle avait même joué aux dés avec une femme à trois yeux. Mais ce soir-là, au fond des cellules rouges, elle découvrit en une heure plus d'étrangetés que sur n'importe quel continent.

Les prisonniers éteignirent leurs bougies pour ne pas les gaspiller et racontèrent leur île dans la pénombre.

Elle apprit que Damien, de la cellule 34, n'avait qu'à cracher sur des légumes à peine sortis de terre pour les changer en ragoût digne d'une table de prince – et qu'il transformait parfois les moutons de poussière en confiseries pour ses camarades. Lorsque Arthur Pozar avait repéré ce talent, il lui avait proposé un poste de pâtissier pour la Bénie. Damien avait refusé car il souhaitait ouvrir son propre restaurant, et le juge des dons l'avait enfermé pour profiter malgré tout de ses services.

Elle apprit qu'une fille de la section de la terre, du nom de Gemma, pouvait faire surgir de la roche des essaims d'épées ou des monstres. Parmi les prisonniers de la section des dons divers, non loin de sa propre cellule, un garçon avait été vu à deux endroits à la fois ; un autre, nommé Diego, faisait des rêves suspectés de montrer le passé ou l'avenir.

— L'autre nuit, j'ai vu des gens qui vivaient sur des barques, se rappela Diego. Certains étaient poilus comme des loups ; d'autres avaient la peau brune et les cheveux rouges, les mains et les pieds peints en blanc, et leurs navires avaient des cheminées et des canons ; sur une embarcation, trois femmes rousses jouaient avec un fauve et un singe. Près d'elles mouillait un vaisseau conduit par des hommes aussi hauts que des enfants, très laids, avec de grandes barbes. Et tout ce monde-là allait d'un navire à l'autre, des armes à feu dans les mains, en traversant des ponts de cordes. On aurait dit une cité sur l'eau.

Erika sut alors que Diego ne voyait ni le passé ni l'avenir, mais l'ailleurs. Il venait de décrire avec une stupéfiante précision la ville de Watowa, repaire de tous les pirates du monde, vers laquelle se dirigeait l'équipage de Kreed lorsque était apparue l'île ressuscitée. Erika aurait dû, à cette heure, naviguer vers ses milliers de mâts entremêlés et ses fumets de viande cuite portés par le vent d'est.

— Vous êtes tous des sorciers, conclut-elle.

Des exclamations étouffées s'élevèrent dans les cellules.

— Les sourciers, dit Gemma, sont dans le couloir d'à côté, section de l'eau. Ils viennent d'accueillir un nouveau résident, eux aussi. Un petit garçon ; il se nomme David.

— Il n'y a qu'une sorcière sur cette île, déclara la femme en face d'elle, qui s'appelait Clementine et savait voler. C'est la Main, et elle possède deux talents : elle donne la mort et la vie sans douleur, et elle connaît le nom de nos aïeux depuis la Grande Nuit.

— Voilà mon don, sourit Erika. Donner la mort sans douleur. Ou sans lenteur, du moins.

— Vraiment ? s'étonna Elio. Alors il faut le dire à Arthur. Il doit signaler à la Main tous ceux qui pourraient devenir ses phalanges. C'est ta seule chance de t'enfuir.

— Non, merci. Phalange, cela sonne trop comme soldat. Je ne suis plus le troufion de personne.

Elle apprit aussi que les dix prisonniers face à elle, s'ils unissaient leurs forces ou les maîtrisaient mal, auraient pu créer un incendie capable de détruire l'île entière. Que ceux de la section de la terre risqueraient de déclencher un séisme si puissant qu'une seconde Dernière Éruption – ou Grande Nuit, comme ils semblaient l'appeler – pourrait survenir. Que depuis trois nuits, ceux des sections de l'eau et de l'air étaient réquisitionnés pour maintenir la vague créée par les sourciers du palais. Et que lorsqu'ils rentreraient, au matin, la mer retrouverait son calme pour laisser accoster les étrangers.

Elle qui pensait s'être débarrassée de Kreed…

— Si cette prison est celle des mages, où sont enfermés les criminels ? demanda Erika. Où sont les violeurs, les meurtriers ?

— Ils ne sont pas enfermés, dit Elio. Personne ne voudrait payer leurs repas et leur eau. Ils sont condamnés à mourir. Et nous ne sommes pas des mages.

— Et les délinquants, les voleurs ?

— Ils reçoivent des amendes.

Erika fronça les sourcils.

— S'ils volent, c'est qu'ils n'ont pas de quoi payer.

— Justement, sourit Clementine. Le cambriolage reste ainsi un loisir de riches.

Erika avait besoin d'eau. Chaque mot lui asséchait la langue, mais elle avait d'autres questions.

— Vous dites que les habitants possèdent des dons similaires aux vôtres, continua-t-elle. Pourquoi sont-ils libres, eux ?

— Parce que leurs dons sont moins dangereux, récitèrent plusieurs détenus.

— Moins grandioses, vous voulez dire.

Après quelques secondes d'hésitation, quelqu'un osa répondre :

— C'est possible.

— Sur les continents, on vous paierait plus cher que des ambassadeurs pour servir dans les cours et dans les maisons nobles.

Si Kreed découvrait l'existence de cette prison, elle se ferait un devoir de libérer les captifs pour les vendre sur le marché aux esclaves de Vanell et à ses amis de Watowa. Elle en garderait deux ou trois pour son propre usage – à condition qu'ils ne risquent pas de faire couler par mégarde son bateau ni de se retourner contre elle. Ce qui soulevait une nouvelle question :

— Comment vous ont-ils enfermés, si vous êtes plus puissants qu'eux ?

Elle découvrit ainsi que celui qui l'avait emprisonnée, Arthur Pozar, le fameux juge des talents, le conseiller de celle qu'ils appelaient la Bénie, n'avait pas même besoin de forcer ses détenus à entrer dans ses cellules rouges. Lorsqu'ils étaient convoqués, aucun ne tentait de s'y soustraire ; le juge pouvait leur offrir une formation de feutier d'élite ou une place au palais. L'espoir du gain dépassait le risque.

— Ma grand-mère avait déjà été enfermée ici, alors ma mère a fait semblant de ne pas recevoir ma convocation, fit une voix sur la droite d'Erika. Pozar n'a même pas eu besoin de venir me chercher. C'est mon oncle qui m'a amenée, un après-midi où ma mère m'avait confiée à lui. Il avait peur que je brûle encore ma cousine. Je n'ai plus revu ma mère.

Voilà au moins une chose qui ne dépaysait pas Erika : ici comme partout ailleurs, chacun défendait ses propres os.

— Ce fameux Arthur Pozar, demanda-t-elle, qui est-il ?

Elle apprit que le juge des dons, craint par tous ses détenus, avait vu le jour au fin fond des taudis de la ville de Dust, où l'on naissait dans la crasse, vivait dans la misère et mourait sans honneur. Il y avait passé son enfance en tant que chasseur de chiens errants, dont il vendait les meilleures pièces à ses voisins et mangeait les restes.

— Pour un billet, il cuisait la viande directement entre ses mains. Son don pour le feu est arrivé aux oreilles du juge de l'époque, et le jeune Arthur a été placé dans les cuisines de la Bénie où il est devenu commis, chauffant les casseroles et dorant le pain du bout des doigts.

« Il a louvoyé pour sortir des cuisines et devenir allumeur de cheminées. Il lançait chaque soir d'hiver le feu qui permettrait au Béni de dormir sans frissonner. Sa repartie et sa sagacité l'ont rendu sympathique au vieux prêtre, qui l'a mis en charge de tous les allumeurs de cheminées et pourvoyeurs de lampes du temple. Arthur n'avait que dix-sept ans.

« C'est à cette époque que son talent s'est soudain révélé. Un soir, il a donné congé aux autres feutiers. Il a allumé lui-même tous les âtres et les lustres des Bénis d'un feu qui ne s'éteindrait pas, qui n'incendierait pas le temple, qui ne brûlerait pas si on y passait la main, et qui pourrait se refroidir si on n'en voulait garder que la lumière.

« Cela n'a pas plu au juge des dons. Le talent d'Arthur était trop extravagant pour le vieil homme. Alors, pour calmer ses ardeurs, il l'a fait enfermer ici. Cellule 43.

« Arthur y a passé quinze années de sa vie.

« Le juge des talents s'est approprié son exploit. Il a fait croire à tout Sheltel qu'il avait créé ce feu nouveau, inaltérable. Puisqu'il prétendait ne pas vouloir marchander ses dons ni en faire profiter d'autres que les Bénis, on ne lui demanda jamais de reproduire le phénomène. Le vieux Béni est mort, son fils a pris sa place. Arthur était toujours emprisonné.

« Un jour, une nouvelle gardienne a été embauchée à la prison. Elle s'appelait Prema. Arthur l'a charmée et lui a demandé un simple service : faire passer dans les rues la rumeur que l'eau de mer, versée sur le feu des Bénis, provoquerait des feux d'artifice.

« Trois jours plus tard, les jeunes neveux du prêtre ont renversé un seau d'eau de mer dans la cheminée principale du temple. Il n'y a pas eu de feu d'artifice, mais le brasier s'est éteint dans un grand chuintement de fumée.

« On a appelé le juge afin qu'il recrée le feu qu'il avait fait naître quinze ans plus tôt. Il n'a réussi qu'à allumer des flammes banales, qui brûlaient les mains et s'éteignaient faute de bois. On l'a enfermé en cellule 43, à la place d'Arthur, qui est devenu juge des dons. Il a rallumé la cheminée et, bientôt, on n'a plus eu besoin de feutiers chez les Bénis ni sur le reste de l'île, tant qu'on pouvait s'offrir le passage à domicile d'Arthur, devenu l'homme le plus demandé du monde émergé. Le Feu Origine était né.

« Il a accompli ce dont rêve tout Shelte pauvre, conclut Elio, et une fois devenu riche, il s'est montré plus noble que ceux qu'il servait.

Il semblait parler de son sauveur plutôt que de son geôlier. Erika, elle, aurait raconté l'histoire tout autrement : un miséreux avait découvert sur cette île ce que, depuis des siècles, l'énergie cabareuse apportait dans le moindre foyer des trois continents, et il avait séquestré tous ceux en mesure de le concurrencer, de pauvres âmes qui croyaient avoir mérité leur sort.

Ce qui n'était pas son cas. Le moment était venu de se libérer de cette nouvelle prison pour trouver une place et une paix sur cette île, loin des canons, des combats et des requins, de celle qui l'avait retenue si longtemps sur l'eau et sous sa coupe.

— Comment s'enfuit-on d'ici ?

— On n'en sort pas, chuchota Clementine, sauf sur ordre d'Arthur. On y attend, et on y meurt.

— Elle a raison, confirma Elio. Les murs des cellules ont été tapissés d'un vernis efface-dons. Il ne nous reste ici que les débris de nos talents. Quant aux barreaux et aux serrures, ils ont été forgés par la maison Zoshar, dompteuse de métaux depuis deux siècles. Inutile d'essayer de les ouvrir sans les clés des gardiennes. Aucun talent shelte ni aucun pied-de-biche n'en viendra jamais à bout.

Erika n'allait pas les croire sur parole. Elle chercha dans sa poche de poitrine l'aiguille à tatouer qui lui avait souvent servi pour d'autres besognes

– raccommoder un tissu, crever un œil, crocheter une serrure.

Mais la poche était vide. Rien non plus autour de son tibia, où elle cachait parfois une huitième dague.

La mer l'avait retournée, secouée, et lui avait tout arraché. Les sept couteaux qu'elle avait pris sur les corps de sept capitaines étaient retournés à la mer. Son encre à tatouage, achetée à grand prix dans la cité aquatique de Watowa, reposait désormais au fond de l'océan avec les pirates dont elle avait marqué la peau.

Si Erika devait mourir, ce ne serait pas dans un sous-sol humide, entourée de sorciers sans pouvoirs.

Elle caressa du bout des doigts les contours de la sirène dessinée sur son bras. Dans la lumière vacillante, il lui semblait voir ondoyer la queue de la créature et son épée briller. Comment allait-elle sortir d'ici ?

— Grâce à moi, fit une voix à l'intérieur de sa cellule.

Erika se colla à la paroi. Y avait-il avec elle, depuis le début, quelqu'un d'autre caché dans le noir ?

Deux prunelles minuscules brillèrent devant elle. Scrutant l'obscurité, elle aperçut le corps auquel elles appartenaient. Une sirène haute comme une main, des serpents dans les cheveux et une épée entre les doigts, agitait dans l'air sa queue aux écailles ambrées.

Erika regarda son bras : le tatouage avait disparu.

Verso

FEUILLE DE MISSION – CELLULES ROUGES

Signalements et observations
Prema à essayer de faire lévité la fille mais elle n'à pas pue
Moi (Gratielle) j'ai essayer de soulevé la terre sous elle pour la faire bougé mais je n'ai pas pue non plus
Alors on à essayer de la brulé un peu avec mon feu, juste pour voir, mais ça n'a pas marcher encore une foi
On à du la porté avec nos bras
Si elle à un talent il n'est pas sur que l'efface-don des celulles fonxionne sur elle
Attention monsieur Pozar cet étrangère est très étrange

G. & P.

Matin du cinquième jour

La sorcière

Depuis sa fenêtre, Nawomi voyait les archers postés sur le plateau ; en bas, dans la crique des Ashim, elle pouvait imaginer les tireurs installés sur le rivage, le Natif et ses dignitaires sur la plage évacuée. Pour la première fois, elle se sentait impuissante malgré l'étendue de son pouvoir.

Elle regarda la grande vague se résorber dans l'océan, puis le bateau se mettre en branle et avancer vers l'île jusqu'à ce qu'elle distingue son nom, inscrit sur la coque en lettres d'or : *La Couronne*. Il disparut derrière la falaise.

Ils l'avaient laissé accoster. Le premier bateau étranger depuis plus de trois siècles, apportant avec lui les mystères, les promesses et les menaces de mondes inconnus.

Nawomi se détourna de la fenêtre. Il n'y avait plus rien à voir, plus rien à faire pour empêcher le désastre. Elle devait se concentrer sur sa tâche et attendre ses clients du jour. Un jeune couple qui viendrait vérifier la compatibilité de leurs ascendances. Une noble famille qui lui enverrait une demande de mort, de naissance ou de mariage. Une femme enceinte qui voudrait quérir la bénédiction pour son enfant à naître – c'était rare. Même les plus ferventes croyantes osaient à peine s'approcher de sa maison couverte d'empreintes de mains, et des masques en bois qui pendaient de l'avancée du toit en s'entrechoquant sous la brise.

Nawomi le savait : on disait sa maison et ses alentours maudits. Et pour se faire peur, le soir dans les tavernes, on ne l'appelait plus la Main, mais la sorcière. Ces fables lui convenaient. Elles gardaient les gens à distance.

Seules ses phalanges s'approchaient sans frémir. Avec crainte, bien sûr, et avec respect ; mais Pouce, Index, Majeure, Anneau et Petit lui vouaient une confiance sans bornes. Elle avait repéré leur don, les avait formés, éduqués, élevés pour certains. Anneau et Pouce étaient devenus frères d'adoption et faisaient preuve d'un sens du devoir inégalé. Majeure, elle, était orpheline et errait dans les rues de Dust lorsque la Main l'avait tirée de sa misère. C'était une jeune fille timide mais courageuse, qui accompagnait les Ashim vers leur mort avec douceur. Si le monde ne s'effondrait pas dans le sang et les cendres d'ici là, elle ferait une excellente Main lorsque viendrait le temps de prendre sa relève.

Les heures passèrent et elle commença à suer. La transpiration qui affleurait sur ses délicates écailles était une torture. Le chiffon mouillé qu'elle se passait sur le visage ne l'apaisait plus. Elle devait descendre prendre un bain. Tant pis pour les clients.

Nawomi s'apprêtait à se déshabiller dans l'ombre fraîche de la salle d'eau quand un coup retentit contre la cloison. Elle soupira ; elle ne pourrait pas l'ignorer davantage.

Il fallait prendre soin de son second secret, enfermé depuis quinze ans un étage plus bas.

Elle s'humecta le visage, le cou et les mains, puis déplaça la baignoire. Une deuxième trappe était cachée dans le parquet. C'était là, dans ce dernier souterrain, que les Mains successives conservaient leurs richesses. Les murs étaient tapissés de tentures aux images mouvantes sur lesquelles des chevaliers repoussaient continuellement des envahisseurs en armure. Les meubles croulaient sous les bijoux, leurs tiroirs débordaient de soieries. Une douzaine de lampes à gaz illuminait la pièce.

Au centre, sur un lit, reposait une vieille femme.

— Qu'y a-t-il, maman ?

Nawomi s'assit près d'elle.

— Tu m'as oubliée. J'ai faim…

— Je suis venue ce matin. Tu as mangé il y a deux heures à peine.

— Où est Kinko ?

— Il n'est pas ici, maman.

L'ancien apprenti de sa mère était mort depuis longtemps.

— Pourquoi m'as-tu appelée ?

La vieille hésita.

— Je ne sais plus, finit-elle par admettre, ses yeux presque aveugles brillant de larmes.

— Je vais te préparer une infusion.

Nawomi se rendit dans la cuisine pleine de tonneaux, de viandes séchées, de meules de fromage et de vin. Elle se faufila entre les réserves et attrapa une boîte de thé et un bocal de Feu Origine – l'un des seuls qu'elle avait consenti à acheter. Lorsqu'elle l'ouvrit, une flamme bleue s'en échappa pour aller envelopper la plus proche théière. Nawomi y déposa une pincée de feuilles brunes et les vapeurs de cannelle embaumèrent la pièce. Un thé aux épices du monde ancien, disparues depuis des siècles : combien de personnes sur Sheltel pouvaient s'offrir un tel luxe ? À moins que le bateau n'en transporte…

Le navire. Nawomi l'avait oublié, l'espace d'une minute.

Elle versa l'infusion dans une tasse et retourna voir sa mère. Elle l'aida à boire, lui essuya la bouche. La vieille avalait souvent de travers ; elle faillit s'étouffer deux fois.

— Je dois remonter. Je reviendrai ce soir, d'accord ?

— Reste un peu. J'ai passé ici des nuits entières pour toi et tu ne peux me consacrer plus de quelques instants…

— Je ne devrais même pas être ici.

— Arrête de t'inquiéter. Personne n'a jamais découvert cette cave quand tu y vivais.

— Parce que nous étions prudentes. Je sais que tu ne le fais pas exprès, mais tu frappes parfois contre le mur pour m'appeler. L'autre jour, Petit a failli t'entendre. Si quelqu'un vient et ne me trouve pas…

Nawomi s'affaissa.

— Ma fille, regarde-moi. Que t'arrive-t-il ?

— Rien. Je dois juste retourner là-haut.

— Je perds la mémoire, mais je n'ai pas oublié ce regard.

La vieille l'observa d'un œil perçant. Les instants

où elle retrouvait sa vivacité d'esprit se faisaient de plus en plus rares. Il fallait lui en parler maintenant.

— Le monde ancien n'est pas mort, maman. Un navire venu des continents mouille dans la crique des Ashim.

Sa mère plissa le nez.

— Que vas-tu faire ?

Nawomi eut huit ans à nouveau, quand elle devait apprendre le métier de Main depuis cette chambre. Sa mère lui présentait une situation – une femme était enceinte de son cousin, ou une mère célibataire venait d'accoucher de triplés ; Nawomi devait alors énumérer les possibilités et choisir la bonne. Si elle se trompait, elle était privée de sa prochaine sortie nocturne et restait enfermée deux mois d'affilée. Ou sa mère éteignait la lumière et la laissait dans le noir pendant trois jours, sans notion des heures.

Parfois, elle lui rapportait un lapin ou un chat pour l'entraîner au baiser de la Main. Nawomi devait attraper l'animal, l'empêcher de mordre et l'embrasser. Au début, elle n'arrivait pas à les tuer complètement. Ils retombaient, vides de tout désir et de tout réflexe, respirant encore, les yeux dans le vague, immobiles. Elle avait ainsi passé des jours entiers avec des semi-cadavres que sa mère refusait de sortir de la cave.

D'autres fois, lorsque de nouvelles écailles lui perçaient la peau et qu'elle gémissait, sa mère descendait lui chanter des chansons et lui caresser le front jusqu'à ce que Nawomi s'endorme et que la douleur passe. Elle lui offrait des poupées nouvelles chaque semaine, juste pour la voir sourire.

Une nuit sans lune, alors que Nawomi profitait devant la maison de l'air marin, quelqu'un l'avait vue. Un fidèle venu déposer pour la Main un panier de lavande. Sa mère s'était approchée de lui. Elle lui avait attrapé la tête et, d'une torsion, brisé le cou. Alors elle s'était retournée vers la fillette terrorisée et lui avait dit :

— Je ne laisserai personne d'autre te blesser. Jamais. Je vis pour toi, et tu vis pour moi.

Elles avaient porté le corps entre les arbres de la forêt et Nawomi n'était ressortie de sa cave qu'une année plus tard.

— Je ne sais pas, finit par répondre Nawomi. J'attends.

Trente ans auparavant, sa mère, qui avait l'habitude de délaisser les camouflages de la Main pour se promener en anonyme, était sortie marcher le long d'un rivage désert. Là, elle avait rencontré le souverain venu, lui aussi, profiter du calme. Le vingt-troisième Natif était connu pour aimer violenter les hommes comme les femmes, et elle avait tenté de faire demi-tour. Il ne lui en avait pas laissé le temps. Quelques mois plus tard lui naissait un enfant au nombril entouré d'écailles.

Quand Nawomi avait été en âge de devenir Main à son tour et que sa mère avait commencé à perdre la mémoire, elles avaient échangé leurs places. Pour les Sheltes, la Main était toujours la même ; sous la robe noire, il n'y avait depuis des décennies qu'une seule sorcière, à qui sa magie conférait une exceptionnelle longévité. Ainsi, jamais le Natif ne saurait qui était la belle inconnue de la plage. Jamais il n'apprendrait que sous les masques grimaçants se cachait désormais une bâtarde à la peau plus royale que la sienne.

Il fallait à tout prix qu'il reste ignorant. Nawomi ne pouvait laisser les étrangers livrer Sheltel aux invasions, au désordre ou aux pillages. Si elle devait mourir sous les coups des pirates ou ceux des Natifs, la seule personne qu'elle eût jamais connue et aimée, la seule qui eût jamais caressé sa peau, lui serait arrachée.

— Ma fille chérie, murmura la vieille femme. Viens ici, approche.

Elle lui prit les mains avec une infinie douceur, sans craindre de toucher ses doigts rongés par les écailles.

— Je t'ai portée en moi, je t'ai cachée, je t'ai élevée, et j'ai su dès avant ta naissance que tu n'en serais pas capable. Tu ne seras jamais la Main que j'ai été. C'est ainsi. Tu as hérité de l'esprit faible et lâche de ton père. Mais je suis là, et je ne t'abandonnerai pas. Tu pourras toujours compter sur ta mère.

Elle sourit tendrement et lui embrassa le nez. Puis elle s'endormit, emportée par le somnifère que Nawomi avait versé dans sa tisane.

LA TAVERNE
BIENVENUE À SHELTEL

LA VRAIE TAVERNE
BIENVENUE NOBLES ÉTRANGERS ! L'EAU EST MEILLEURE ICI !

TAVERNE N°3
L'EAU ET LE WHISKY SONT ENCORE MEILLEURS ICI !!!

LA TAVERNE À JOJO
PROMOS À GOGO !
UN WHISKY ACHETÉ, UN OFFERT !
GROUPES DE 10 PIRATES ET PLUS = RABAIS SUR L'EAU !!!!!

AU COMPTOIR SHELTE
BIENVENUE AUX ÉTRANGERS QUI ONT DE QUOI PAYER LEUR EAU
SI VOUS SAVEZ LIRE MERCI DE REGARDER LES PRIX AVANT DE COMMANDER

LA DERNIÈRE TAVERNE
BAGARRES INTERDITES
1 INSULTE = DEHORS
1 COUP = INTERDICTION DE REVENIR

Le vieux marchand

Un martèlement de pas retentit dans le couloir.

— Enfin ! s'écria la Bénie en se redressant sur son trône.

Arthur se leva lui aussi, enveloppé de sa cape de maître feutier brodée de flammes écarlates.

Depuis que Clementine avait invité le capitaine pour lui, il s'impatientait. S'il négociait habilement, s'il parvenait à vendre son feu aux étrangers de ce bateau, ils l'emmèneraient sur tous les continents et ses lampes Origine connaîtraient un succès d'un nouvel ordre. Il avait révisé son histoire en se plongeant à nouveau dans les tapisseries de la Bénie et les enluminures de la bibliothèque native. Les turbans des gens du Nord, les épées transparentes de ceux du Sud, les richesses et les vices des Orientaux : la vie antique sur les continents n'avait aucun secret pour lui.

Mais rien ne l'avait préparé à ce qui entra par une porte dérobée.

L'ouverture était haute. Arthur, qui passait pour grand parmi les Sheltes, aurait dû se hisser sur la pointe des pieds pour en atteindre le montant.

Lorsqu'il vit une silhouette emplir tout le cadre puis se courber pour passer, il en oublia de cracher la fumée de sa cigarette. Les huit Dusties qu'il avait envoyés pour l'escorter semblaient avoir rétréci. La peau de la Bénie, déjà pâle, devint plus livide encore. Elle était raide au milieu de ses galets, les mains serrées sur les accoudoirs à s'en faire blanchir les ongles. Son visage, en revanche, affichait une parfaite sérénité.

Les soldats firent avancer le capitaine dans la lumière nacrée du temple et le guidèrent jusqu'au pied du trône.

Arthur expira sa fumée. Hormis la taille, tout chez le pirate correspondait à l'idée qu'il aurait pu s'en faire ; comme si, après la Grande Nuit, les pirates avaient oublié leurs coutumes et s'étaient penchés sur un livre de contes pour y retrouver leurs propres atours perdus. La jambe de bois sculptée de krakens, le bandeau sur l'œil, le crochet plus large que celui d'un boucher, jusqu'à la couleur pourpre de son manteau. Tout, sauf qu'il ne s'agissait pas d'un capitaine.

Elle était grande, mais ses mains et ses lèvres étaient fines, et son unique œil visible était ourlé de longs cils. Un sourire aux lèvres, elle s'inclina devant la Bénie.

— J'ai perdu un œil en mer, dit-elle d'une voix profonde, mais je suis heureuse d'avoir gardé l'autre, sans quoi je n'aurais pu admirer ni la beauté de ce lieu ni la vôtre, madame. À qui ai-je l'honneur ?

Arthur souffla une nouvelle bouffée avant de répondre avec solennité :

— Vous vous tenez devant la Bénie entre toutes,

sourcière, prêtresse de la nouvelle foi et bienfaitrice du peuple.

— Et vous êtes ?

— Arthur Pozar, conseiller de la Bénie, juge des talents.

— Sacrées listes. Moi, je ne suis que Judith Kreed, capitaine de mon équipage, dit la géante. Je vous avais apporté un cadeau, Votre Altesse, mais vos hommes me l'ont pris.

— Qu'on me l'amène.

La Bénie venait de se détendre perceptiblement. L'un des huit hommes sortit de sa sacoche une sphère semblable aux ballons des enfants des rues.

— Toutes mes excuses, Bénie entre toutes, dit-il en mâchonnant le bout de bois coincé entre ses lèvres. Je croyais que c'était une arme, pas un cadeau.

Il donna à Arthur la sphère légère et parfaitement lisse. Le vieil homme la passa à la Bénie.

— De quoi s'agit-il ? demanda-t-elle.

— D'un globe cabareux, Votre Altesse. Regardez à l'arrière.

La Bénie retourna le globe. Une minuscule figurine en forme de nuage était fixée au verre.

— Faites-le pivoter.

Le globe s'alluma.

— Arthur, j'ai le don du feu ! s'écria la Bénie, fascinée.

— Vous avez mieux que cela, renchérit la capitaine. Pour qui prêche une foi nouvelle, il faut un feu nouveau. Celui-ci s'allume et s'éteint sur votre ordre, tant que son énergie subsiste.

— Que se passera-t-il si je fais encore tourner le nuage ?

— Le globe vous réchauffera, Votre Altesse. Attention à la brûlure, monsieur Pozar, vous pourriez abîmer votre jolie robe, dit-elle en désignant sa cape.

— Est-ce grâce à cette magie que vous menez votre propre équipage ? demanda la Bénie, hypnotisée par la sphère.

La capitaine sourit.

— Si vous cherchez le pouvoir, Votre Altesse, j'ai quelque expérience et de nombreux conseils qui valent mieux que de la magie. Je sais ce que signifie être une femme qui règne sur des hommes.

La prêtresse était aussi ravie que le jour de ses cinq ans, quand Arthur lui avait offert une poupée qui parlait. La fillette n'avait eu ni sœur, ni mère, ni amie véritable. Lorsqu'elle avait commencé à se confier à son jouet, à lui raconter des secrets qu'Arthur ne devait pas connaître, le conseiller avait pris soin d'égarer l'envahissante figurine.

— Le globe ne risque-t-il pas de vous manquer, sur votre navire ? demanda-t-il à la capitaine.

— J'en possède des coffres pleins. Et je peux en faire venir d'autres du continent.

Arthur se pencha à l'oreille de la Bénie.

— Nous ne pouvons pas la laisser répandre ces artefacts, chuchota-t-il. Que savons-nous de leur puissance ou de leurs dangers ?

— Elle en transporte sur son propre bateau, il ne peut y avoir de risque, répondit-elle sur le même ton. Capitaine Kreed, reprit-elle à voix haute, à quelle valeur estimez-vous l'une de ces sphères ?

— Je n'ai pas encore eu l'occasion de prendre la mesure des richesses de votre île, mais à ce jour, je vous l'offrirais volontiers en échange d'un litre d'eau pour chacun de mes matelots.

— Nous allons… commença la Bénie.

— Voici ce que je vous propose, coupa Arthur : tous vos globes en échange de notre vote.

— Votre vote ?

— La Bénie discutera tout à l'heure de votre sort avec le Natif, qui règne sur cette île, et avec l'Ashim, qui en gère la partie ouest. Elle est toute disposée à vous accueillir, comme le prouve cette entrevue. Mais les conseillers du roi suggèrent de vous engloutir sans sommation, et les archers ashim sont déjà en place. Vous les verrez sur le plateau, en repartant. Je me dois de vous préciser qu'ils ne ratent jamais leur cible.

Ni le Natif ni les Ashim n'avaient l'intention de lui nuire, mais elle ne pouvait pas le savoir. La capitaine le toisait avec amusement.

— Ou bien je pourrais quitter ce rocher pour reprendre ma course vers le continent.

Arthur descendit depuis le trône jusqu'à la troisième marche, d'où il pouvait regarder la pirate droit dans les yeux, en espérant qu'elle n'entendrait pas les craquements de ses genoux usés.

— Vous ne pensez pas que nous vous laisserions aller dire au monde entier où nous trouver. Si vous n'acceptez pas nos conditions, vous serez tous noyés d'ici le coucher du soleil.

Il sortit une nouvelle cigarette de la poche de son manteau et la porta à ses lèvres ; elle s'alluma aussitôt.

— Je veux tout votre stock d'objets cabarets, ou quel que soit leur nom.

— Cabareux. Je vous en offre un quart.

— La moitié et nous partagerons avec vous notre eau – elle sera bientôt rationnée pour cause de sécheresse. Sans cela, vous mourrez tous de soif.

Elle demeura silencieuse. Son corps immense respirait lourdement.

— Votre Altesse, dit-elle en se tournant vers la Bénie, je vous en prie, ne me laissez pas négocier avec un homme qui porte en public un peignoir brodé. Qu'avez-vous à dire sur tout cela ?

— Je parle par la bouche de mon conseiller. Ses paroles sont les miennes.

La prêtresse se leva, dépassa Arthur et descendit jusqu'au sol du temple. Elle arrivait à la poitrine de Judith Kreed, aussi blanche et ronde que la pirate était brune et élancée. Elle dit d'une voix qui semblait enfantine comparée aux basses d'Arthur et de la capitaine :

— Je vous demande de pardonner sa grossièreté. Il est intelligent mais si peu courtois. Nous ne vous avons même pas offert à boire.

Elle posa un genou sur le sol, puis une main. Un filet d'eau jaillit entre les lattes du parquet, de plus en plus haut à mesure qu'elle se relevait et le faisait monter jusqu'au visage de Kreed. Enfin, elle laissa le jet se maintenir seul et tendit son bras devant elle.

— Baisez ma main, et buvez.

Les Dusties, leurs fusils épaulés, étaient bouche bée. Le don de sourcier des Natifs et des Bénis était connu, mais rarement vu à l'œuvre.

Lorsque la capitaine eut embrassé la main de la Bénie et bu jusqu'à s'en faire grossir le ventre, les soldats avancèrent. Avant qu'ils ne l'escortent vers la sortie, Arthur lança en tapotant les cendres de sa cigarette :

— Une dernière chose, Capitaine. Il serait tout à fait dommage que vous tentiez de vendre vos globes à d'autres. Nous vous offrons la vie sauve ; personne ne vous proposera un meilleur prix.

— N'ayez crainte, Pozar. Une reine n'en trahit pas une autre.

La dernière chose qu'il vit d'elle fut le sourire complice qu'elle adressa à la Bénie.

Laquelle se tourna vers lui aussitôt qu'ils furent seuls, le visage empourpré.

— Avez-vous perdu votre bon sens ? Estimez-vous judicieux de me faire ainsi passer pour une écervelée devant une alliée potentielle ?

— Cette femme est dangereuse, et ses sphères aussi. Mon don de feutier ne me trompe pas. Je croyais que vous aviez grandi, mais regardez-vous. Vous êtes toujours la gamine de cinq ans prête à laver le sol avec ses propres cheveux si on lui donne du « Votre Altesse » en lui assurant que c'est ainsi que se comporte une reine.

La gifle lui brûla la joue ; il ne pouvait pas dire qu'il ne l'avait pas vue venir.

— Rappelez-vous bien qui vous êtes, Arthur, répondit froidement la prêtresse. Votre position ici ne découle que de la stupidité de mon grand-père qui a dilapidé le patrimoine des Bénis. L'argent que vous partagez avec moi m'a été utile jusqu'ici pour acheter l'amour des pouilleux. Mais bientôt, cette pirate qui me donne du « Votre Altesse » pourrait m'apporter plus de richesses que ce que votre esprit malsain ne peut concevoir. Et lorsque j'aurai pris le pouvoir, je n'aurai plus besoin ni de l'affection du peuple, ni de vos maigres ressources de feutier, ni de votre conseil.

— Et de ma présence ?

— Elle ne sera pas éternelle. J'ai besoin d'autres alliés.

La Bénie fronça les sourcils ; Arthur n'aurait su dire si c'était de colère ou de tristesse.

— Vous m'avez si longtemps servi de père que vous ne voyez en moi qu'une fillette. Il est grand temps pour moi de m'entourer d'égales. Parce qu'une reine n'en trahit pas une autre.

*

Arthur se dirigeait vers la section des dons divers. Il n'aurait pas cru trouver si vite une utilité si pressante à sa nouvelle détenue. Elle lui montrerait comment marchait ce globe, il en créerait une version infiniment supérieure, et Judith Kreed n'aurait qu'à remballer sa marchandise de continentale. Il avait vu trop petit. Il pensait vendre son Feu Origine au monde entier. Lorsqu'il s'agissait de commerce, il ne manquait pas d'imagination ; pourtant, il n'avait pas prévu que les étrangers lui amèneraient sur un plat de jade un feu encore plus grandiose.

Arthur marchait aussi vite que le lui permettait son corps fourbu. Il était impatient de découvrir les secrets de la sphère et de se mettre au travail. Quand la Bénie prendrait conscience qu'il était sa meilleure chance, quel que soit l'attrait de nouveaux alliés, elle se confondrait en excuses.

Il arriva enfin devant la cellule 38 et l'éclaira avec sa lampe.

Elle était vide.

*

Arthur avait passé le reste de l'après-midi sur le rivage à observer les Dusties se battre pour construire des tavernes de fortune où vendre à prix d'or leur eau et leur nourriture aux étrangers. Certains parlaient déjà de se faire payer « en lumière », avec ces boules blanches qui brillaient sans arrêt sur le navire et qui, disait-on, permettaient de s'éclairer et de se chauffer, mais aussi de se rafraîchir, de transmettre des messages, de parfumer une pièce, de produire de la musique sans instruments et de voir des mirages de ce qui existe au loin.

En rentrant chez lui, il était passé devant la planche où gisait celle qu'on appelait « l'astérisque », parce que son corps amputé avait la forme d'une étoile et que, dans les tavernes, on ne se savait prêt à aller lui tenir compagnie que s'il devenait impossible de prononcer son surnom correctement. Disposée à proximité des cellules rouges, elle servait à Arthur de panneau d'avertissement à ceux qui auraient eu l'idée de se dérober à leur devoir de Shelte. Pour la remercier, il allait parfois déposer une cigarette au coin de ses lèvres.

— Tu ne préférerais pas mourir ? avait-il demandé ce soir-là en attendant qu'elle ait fini de fumer.

— Ta vie est une lente mort, avait-elle grogné. Tu n'es pas moins à l'agonie que moi.

Assis face à sa cheminée, Arthur fumait sa quatorzième cigarette de la soirée en songeant qu'elle n'avait pas tort. Sa cape de feutier, d'habitude pliée et enveloppée dans du papier de soie, traînait aux pieds de sa chaise comme un grand chiffon rouge.

Dans ses mains, la sphère de la capitaine continuait d'émettre sa lumière. Arthur n'avait pas réussi à en tirer davantage qu'un changement de couleur.

Sur les murs, les lampes Origine éclairaient la pièce sans faiblir, mais elles ne diffusaient ni parfum, ni image, ni musique. Toutes portaient ses initiales, gravées sur le côté du bois. Maintenant qu'il les regardait mieux, elles ressemblaient à de vieux jouets qu'un enfant avait pris pour des objets précieux et sur lesquels il avait inscrit son nom par peur de les perdre, sans comprendre que personne ne viendrait les lui voler.

Adolescent, alors qu'il vivait encore dans sa masure, il avait installé devant chez lui un stand de jeux. Tous les gamins des environs venaient y dépenser leurs piécettes pour pouvoir tirer à la balle sur des boîtes ou le voir s'enflammer les mains sans se brûler. Puis un jour, les bandes du sud de Dust étaient venues, bien habillées et propres. Il leur avait réclamé trois fois le prix normal. Deux minutes plus tard, il avait les mains liées derrière son propre stand et faisait office de cible sur laquelle enfants du nord et du sud de la ville tiraient ensemble à la balle.

Plus tard, il était devenu feutier du Béni et avait mis le feu aux maisons riches du sud.

Cette fois, brûler Kreed ne suffirait pas. Son nouvel ennemi était infini ; il était chaque capitaine et chaque marchand du monde qui pourrait venir vendre ici un feu meilleur que le sien. Fallait-il les laisser réduire en cendres la vie qu'il s'était bâtie ?

Il scruta le feu de cheminée à la recherche d'une réponse. Mais c'étaient de simples flammes, et il n'y trouva que peu de lumière.

ALERTE SÉCHERESSE
INFORMATION RATIONNEMENT

Par décret du Natif
En date du 3e mois, 5e jour de l'an 335 ap. G.N.

À compter de la publication de ce décret, tous les puits, lavoirs, fontaines et points d'eau de Sheltel sont fermés au public.
Trois cents membres des forces DAN (Dusties et Ashim pour le Natif) sont déployés le long de la rivière en renfort aux patrouilleurs, pour la surveillance de ses abords.

- *L'accès à la rivière est interdit, sauf pour passage contrôlé des ponts.*
- *Chaque foyer souhaitant recevoir sa ration d'eau hebdomadaire est prié d'envoyer un seul représentant au point de distribution le plus proche.*
- *Le peuple ashim ne bénéficiera d'aucune distribution de la part du Natif et doit s'en remettre à ses propres autorités pour son approvisionnement en eau.*
- *Les établissements de restauration et débits de boissons ne sont plus autorisés à vendre d'eau sous quelque forme que ce soit, y compris aux étrangers.*

Toute personne contrevenant à ces consignes s'expose à une amende pouvant aller jusqu'à 5 000 shels.

Affichage obligatoire dans tous les lieux publics de Sheltel

MATIN DU SIXIÈME JOUR

La sorcière

Cette nuit-là, Nawomi avait trouvé sa mère prostrée, en train de se parler à elle-même dans l'ancien dialecte ashim interdit depuis longtemps sur Sheltel. Elle l'avait nettoyée, changée et nourrie.

Nawomi avait déjà trop repoussé le moment d'aller sur le rivage cueillir les fleurs sauvages de prystine dont elle avait besoin pour son onguent ; il ne lui en restait presque plus. Elle extrayait aussi de ces fleurs rares une essence qui apaisait l'esprit et le corps quand la douleur était trop forte, et en donnait à sa mère lorsqu'elle n'arrivait pas à dormir ou délirait à l'excès. D'autres tiraient des tiges une drogue puissante qui faisait des ravages dans les bas-fonds de Dust.

La Main ne pouvant être vue comme une femme malade à la recherche de plantes médicinales, elle revêtit l'habit blanc qu'elle avait pris, des années plus tôt, sur le corps d'une gouvernante du refuge pour enfants. Le vêtement couvrirait sa peau envahie par les boursouflures ; les longues manches pendraient par-dessus les plaques noires de ses mains et, sous la visière frontale, le rideau de coquillages dissimulerait aux regards indiscrets son visage où grimpait un sillon d'écailles chaque jour plus épais.

Au petit matin, alors que sur la mer ne brillait encore qu'une faible lueur rouge, elle sortit.

L'air était frais ; on entendait les mouettes et le ressac. Ses pieds la conduisirent d'eux-mêmes sur le chemin de bruyère qu'elle avait tant de fois descendu. Elle arriva bientôt en vue du promontoire au pied duquel poussaient les fleurs jaunes qu'elle cherchait. Mais à mesure qu'elle approchait, le silence habituel se macula de voix et de tintements métalliques.

Elle fit soudain face à une haie surmontée de barbelés.

Au-delà, ce n'était plus la plage sauvage qu'elle avait connue. Un port de fortune avait été construit dans la crique. Des tas de planches s'empilaient sur la plage, formant entre les rochers des tavernes branlantes déjà pleines d'agitation. Ceux qui n'avaient pas bâti leur gargote dès l'arrivée du bateau montaient des tréteaux à même les galets, où ils haranguaient les étrangers et faisaient fumer leurs poêles aux parfums de poisson et de galettes de pois chiches.

Un Ashim bardé d'arcs, de flèches et de couteaux s'approcha d'elle.

— Madame, que faites-vous de ce côté de la rivière ?

Nawomi ne s'était pas attendue à devoir justifier sa présence. Elle n'avait jamais rencontré personne en ce lieu, à cette heure.

— Je suis venue chercher des fleurs de prystine pour les enfants du refuge, réussit-elle à répondre sans laisser sa voix chanceler.

— Je ne peux pas vous laisser traverser. L'endroit est interdit aux Sheltes qui n'ont pas de licence commerciale.

— Il est donc permis de vendre du génépi aux étrangers, mais pas de cueillir les fleurs qu'offre Sheltel à ses propres enfants ?

Son intonation et sa colère étaient celles de la Main, pas d'une simple gouvernante. Elle devait se montrer plus prudente.

— Je suis désolé, madame, déclara l'Ashim d'un ton qui n'avait rien de contrit. Je dois vous demander de rebrousser chemin, sans quoi vous vous exposez à une amende de cinq mille shels.

— Ne pouvez-vous pas ramasser quelques fleurs à ma place ? insista-t-elle. Les enfants en ont besoin.

— Je ne suis pas autorisé à passer cette barrière non plus, et de toute façon, ils ont tout arraché comme des mauvaises herbes pour installer les tavernes. Circulez.

Inutile de négocier davantage. Nawomi fit volte-face et se dirigea vers le seul autre endroit où poussait la prystine : les jardins du palais natif.

Dans les contes pour enfants, les corps couverts d'écailles des rois-serpents d'antan étaient puissants et souples. En réalité, les lamelles qui leur transperçaient la peau étaient le signe d'une maladie bien plus que d'un pouvoir divin. Depuis la Grande Nuit, les Natifs avaient préféré entretenir des jardins entiers de prystine et s'en enduire chaque soir plutôt que de subir les démangeaisons et les douleurs paralysantes. Ils laissaient la kératine n'envahir qu'un bras, une nuque, une lèvre – juste assez pour exposer au monde leur noblesse.

On arrêta encore Nawomi au pont. Les patrouilleurs s'étonnèrent qu'une gouvernante revienne au refuge depuis les terres ashim sans l'avoir vue traverser à l'aller.

— Je suis partie très tôt, affirma-t-elle, avant que vous ne preniez la relève ce matin.

L'un des gardes sortit un carnet et fronça les sourcils.

— Votre passage n'est pas consigné ici.

— Cela ne m'étonne pas, osa Nawomi. L'haleine du soldat que j'ai croisé était lourde de mauvais vin.

— Vraiment ? Je n'ai rien senti. Madame, je vais vous demander de vous placer sur le côté.

Nawomi devait tenter une dernière fois d'atteindre l'est et le palais ; si on le lui refusait, elle rentrerait chez elle.

— Monsieur, annonça-t-elle en se redressant, je suis ici en mission pour le conseiller de la Bénie en personne. Lorsqu'il aura eu vent de votre zèle remarquable, le juge des talents trouvera sûrement chez vos enfants de quoi les convoquer. Donnez-moi votre nom, qu'il sache où les chercher ; je suis sûre qu'il aura en réserve pour eux un poste au temple, ou une place de choix au sein de son école de feutiers.

Le garde scruta les coquillages du costume en serrant les mâchoires. Nawomi le connaissait, bien sûr, et savait que ses trois enfants étaient en âge de développer des dons. Probablement inoffensifs, possiblement dérangeants. Il jeta un regard en coin à ses collègues et, enfin, gonfla la poitrine, rangea son carnet et lui rappela les contraventions et autres châtiments qu'elle encourait à se promener sans justifier ses déplacements.

Nawomi descendit la colline par les pontons des marécages, plus discrets que la route principale. Sur le chemin, elle devina des silhouettes qui se faufilaient à la hâte entre les herbes hautes en direction de la rivière.

Les rues de Dust auraient dû s'emplir de l'animation des marchés matinaux. Pourtant, Nawomi croisa seulement les serviteurs de la Bénie qui nettoyaient le quartier pour attirer plus de clients et permettre à la prêtresse de prélever davantage de taxes sur les ventes. La Main détestait ces arrangements tortueux. Son métier à elle était simple et sans fard : naissance, reproduction, mort, paiement. Rien de plus que l'impérieux vital.

Lorsqu'elle tourna dans la ville à l'angle de la banque, le tumulte la saisit. Elle s'arrêta net ; les coquillages tintèrent devant ses yeux.

Le long des bâtiments de bois, des soldats du Natif, cuirassés de carapaces et armés de revolvers, bloquaient l'accès aux allées qui menaient à la rivière. Des pères de famille tentaient de briser les nasses, seau à la main, pendant que leurs enfants essayaient de se frayer un chemin entre les jambes des agents.

— Les points de distribution vont ouvrir dans quelques minutes, cria un sergent. Le plus proche se tiendra devant la banque…

Il ne put finir sa phrase. Les gens le bousculèrent pour se ruer vers l'édifice en pierre devant lequel se tenait Nawomi. Elle vit déferler sur elle des Sheltes dont elle connaissait le visage et le nom mais qui, en cet instant, ne se ressemblaient plus.

— Pousse-toi, la nonne, vociféra une fille enceinte,

j'ai un enfant en bonne santé dans le ventre, et il a soif. Retourne à tes infirmes.

— Et surtout, fit un homme en lui attrapant le col, ne gaspille pas notre eau pour ces fils de riches estropiés, ou je viendrai la leur faire cracher.

Il la relâcha brutalement et s'éloigna. Nawomi, le souffle court, joua des épaules pour remonter le flot humain. Lorsqu'elle atteignit enfin le haut de la rue, elle se retourna. En bas, devant la banque, les soldats n'hésitaient pas à remuer leurs matraques pour ranger les assoiffés en une file organisée. Elle vit la jeune femme enceinte recevoir un coup dans le ventre et tomber à genoux ; deux hommes en profitèrent pour lui passer devant.

Ce genre de scène se répétait à chaque sécheresse, le plus souvent autour du septième mois, lorsque les réserves d'eau étaient au plus bas. Nawomi n'avait jamais vu de telles cohues un premier jour de rationnement.

Elle commençait à transpirer. La robe blanche était plus légère que son habituelle tenue, mais les écailles dans son dos et au creux de ses bras la démangeaient déjà.

Non loin se dressait le temple des Bénis. Quelques nécessiteux y appelaient la prêtresse pour réclamer sa protection, mais le sanctuaire demeurait clos. Surmonté d'une tour à la pointe spiralée comme un immense coquillage, l'empilement de dômes était éblouissant sous le zénith. Les vitraux ronds comme des bulles reflétaient douloureusement les rayons du soleil. Devant les portes, les deux énormes sirènes du bassin étaient asséchées, privées de la danse des jets d'eau. La fontaine n'avait plus que de la poussière à offrir.

— Ça ne sert à rien, finit par cracher une mendiante, elle a déjà choisi avec qui partager son eau. Hier soir, dès que la capitaine est sortie du palais, la Bénie s'est précipitée à sa rencontre comme une chienne sur son maître. Et si tous les gens du navire ont la carrure de leur chef, ils vont boire deux fois notre ration.

Ainsi la Bénie s'acoquinait avec les étrangers. Nawomi ne savait pas si la nouvelle était bonne ou terrifiante.

Elle continua son chemin vers le palais. Peu à peu, les bâtisses en bois, les trottoirs de planches et le chemin de sable laissèrent place aux sols pavés et aux demeures ombragées de magnolias. Là, dans une file d'attente, bavardaient des hommes sagement alignés.

— Que faites-vous ici ? l'interpella l'un d'eux. Retournez auprès de nos enfants malades. Vous êtes payée pour vous occuper d'eux, pas pour vous promener. Et ne vous inquiétez pas pour l'eau, nous en offrirons en abondance au refuge.

Elle s'inclina en silence et s'éloigna. Il semblait plus facile de faire preuve de générosité, songea-t-elle, quand on avait un sourcier dans la famille et de quoi acheter de l'eau lorsqu'elle viendrait à manquer.

*

Le lézard à collerette qui couronnait le palais se repérait de loin ; même la flèche du temple ne le dépassait pas. L'animal semblait avoir grimpé la roche pour surveiller l'île, et s'être pétrifié de l'avoir si longtemps scrutée.

À l'entrée du pont des Tempêtes, deux gardes l'arrêtèrent encore. Ceux-là semblaient moins à l'aise dans leur uniforme : ce n'étaient que des sourciers sans grand talent à qui on avait mis une arme entre les mains.

— Le passage est interdit, madame, déclara le plus grand des deux. Reculez.

— J'ai besoin de prystine, dit Nawomi, pour les enfants du refuge.

— Avec le rationnement, le palais est fermé au public. La Bénie ne peut pas vous en fournir ?

— Elle nous donne du pain et de l'eau, mais la plante ne pousse que là où les étrangers ont accosté. Ils ont tout arraché. Les petits en ont besoin pour apaiser leurs douleurs.

— En quoi cela nous concerne-t-il, hérétique ? intervint le second soldat. Passe ton chemin.

La Main n'avait pas l'habitude qu'on s'adresse ainsi à elle.

— Vos sergents et vos notables ont beau servir le Natif, ils sont heureux de cacher leurs enfants difformes derrière les murs du refuge de la Bénie. Que diront-ils en apprenant que leurs fils sont tombés malades parce que deux sentinelles les ont privés de soin ?

Le premier, celui qui l'avait vouvoyée, chuchota à l'oreille du plus petit. Ce dernier était de plus en plus nerveux.

— Non, répondit-il à voix haute. Si on fait bien notre travail, c'est trois seaux de plus par semaine pour ta famille et pour la mienne.

— Vous laisseriez donc mourir des enfants pour quelques verres supplémentaires ? provoqua Nawomi. Vous êtes sourciers, n'est-ce pas ? Vous n'êtes pas en danger.

L'atmosphère venait de se tendre encore davantage. Ces hommes avaient reçu des ordres stricts, mais Nawomi ne pouvait repartir sans prystine.

— Je vais passer, avertit-elle.

Elle fit un pas en avant.

— Reste où tu es ! cria le petit en pointant son canon sur elle.

Ce pauvre garçon la prenait pour une simple nonne. Elle aurait voulu retirer son costume pour dévoiler qui elle était, mais sans ses masques, elle n'était rien.

Elle baissa les yeux sur l'arme. Le chien était relevé. La main ne tremblait pas.

— Madame, pour votre sécurité, je vous demande de rester immobile, lui intima le premier garde.

Nawomi recula ; il était temps pour elle de rentrer. Tant pis pour la prystine.

— Ne bouge pas ! hurla le second soldat.

— Je m'en vais. Je pars.

— Trop tard pour ça. Enlève ta visière, ordonna-t-il.

— C'est interdit, balbutia Nawomi. Les gouvernantes du refuge ne montrent pas leur visage…

— C'est obligatoire pour tout citoyen appréhendé pour outrage aux Forces, espèce de chienne blanche. Je vais dresser un signalement, tu ne pourras plus jamais mettre les pieds dans cette partie de l'île, et tes petits consanguins crèveront à sec. Maintenant, montre ton visage, ou je tire.

Elle était stupéfaite. Après tant d'années passées à se cacher, elle allait dévoiler sa peau au pied même du palais qu'elle avait toute sa vie évité, de ses propres mains, sans personne pour lui arracher son masque. Elle irait tenir compagnie à Navu sur sa planche et il y aurait désormais deux catins gratuites sur Sheltel.

Une mort rapide serait préférable, se dit Nawomi. Mieux valait attendre le tir du revolver.

— Enlève ta visière, je t'ai dit ! Enlève-la !

Derrière le rideau de coquillages où filtrait la lumière, Nawomi ferma les paupières. Elle songea à sa mère, enfermée au sous-sol, qui ne la reverrait plus et oublierait de se nourrir.

Une seconde plus tard, le coup retentit.

*

— Est-ce ainsi qu'on traite les représentants de la Bénie, chez le Natif ?

Nawomi rouvrit les yeux. Les deux soldats étaient à genoux, les mains en l'air, leurs armes posées sur le sol. Entre elle et eux, un homme tenait deux pistolets pointés sur les sentinelles. D'un coup de pied, il jeta leurs revolvers par-dessus la falaise.

Le plus grand des gardes était pâle comme une mouette, l'autre plus cramoisi qu'une cape de feutier.

— Vous le paierez très cher, gronda-t-il. Le Natif entendra parler de vous.

— Tout à fait, répondit celui qui avait tiré en l'air, et bien plus tôt que vous le croyez, puisque je m'apprêtais justement à lui rendre visite. Cette dame m'accompagne. Venez, très chère ; après vous.

L'homme se retourna, et Nawomi le reconnut. Elle aurait préféré être secourue par n'importe quel autre Shelte qu'Arthur Pozar.

Elle avança sur le pont étroit en reprenant son souffle ; le conseiller lui emboîta le pas.

— Ces sourciers de second rang sont déjà susceptibles en temps normal, dit-il tandis qu'ils marchaient l'un derrière l'autre au-dessus des récifs, mais en ce moment, ils sont particulièrement irritables. Leurs collègues sont occupés à gérer la ville, eux sont réduits à servir de molosses, et le peuple ne tardera pas à se rendre compte que le château contient la moitié des réserves d'eau potable de l'île. Quand ce jour arrivera, je n'aimerais pas être à leur place.

Ce pont était interminable et cet homme trop bavard.

— Mais vous, reprit-il, qu'est-ce qui vous amène au palais en des temps si troublés ?

— J'avais besoin de prystine, répéta Nawomi pour ce qui lui sembla la trentième fois de la matinée, pour les enfants du refuge.

— Je vois.

Ils atteignirent enfin le rocher rouge du palais.

— Venez, dit Pozar, je vais vous accompagner au jardin.

— Non, s'écria Nawomi un peu trop fort. Merci, monsieur Pozar, mais je peux trouver seule…

— J'insiste. Je ne vous ai pas sauvée pour vous abandonner dans ce lugubre labyrinthe. C'est par ici.

Elle fut obligée de le suivre. Il lui fit monter d'innombrables volées d'escaliers à l'intérieur de tours de pierre. L'air frais prodiguait un soulagement bienvenu à la touffeur du dehors. Les marches débouchèrent bientôt sur une cour ombragée envahie d'arbres et de plantes grimpant le long des parois ocre. Au centre, des bassins faits de carapaces retournées débordaient d'une eau pure qui dégoulinait jusque dans des caniveaux où s'abreuvaient des oiseaux. Des coursives en faisaient le tour ; les piliers qui les soutenaient étaient couverts d'une mousse humide où suintaient des ruisselets. Deux sourciers s'y promenaient en chuchotant. Leurs murmures résonnaient dans cet espace minéral.

Ils passèrent leur chemin et s'évanouirent dans l'obscurité d'un couloir de pierre. Nawomi allait entrer dans le jardin quand, soudain, le Natif apparut avec une conseillère. Pozar tira Nawomi derrière un pilier en lui faisant signe de se taire. Cachée dans l'ombre, la Main observa le roi et celle qui l'accompagnait s'asseoir sur l'un des bancs.

Chaque fois qu'elle croisait le Natif, Nawomi tentait de trouver dans son visage une ressemblance, un écho avec le sien. Mais elle avait toujours évité les miroirs et, entre les observations fugitives du roi et le souvenir vague de ses propres traits, elle ne voyait rien de commun.

— Malgré la surveillance accrue autour de la frontière, rapportait la conseillère à voix basse, des Dusties et des Ashim ont été aperçus en train de constituer des réserves d'eau illégales.

Nawomi comprenait mieux pourquoi les herbes hautes du matin avaient été agitées de silhouettes près de la rivière.

— Ils ont toujours été sots et indisciplinés, se désola le souverain, une compassion sincère dans la voix. Nous avons toujours dû penser à leur place.

Mon père, déjà, s'est démené pour les sauver d'eux-mêmes lors de la famine. Dès les premiers signes de la disette, certains ont arraché les récoltes pour les accumuler dans leurs greniers, sans songer un instant que les légumes allaient pourrir et leurs voisins périr de faim. Si mon père n'avait pas rationné les vivres, ils seraient tous morts.

— La sagesse de votre lignée reste inégalée, Votre Altesse. Le Conseil approuve entièrement les rationnements que vous avez initiés. Il suggère également, pour en limiter les effets indésirables, telles les réserves illégales de vivres que vous évoquez, de limiter les consommations d'eau du palais afin d'en redistribuer l'excédent aux Sheltes.

Le roi se tourna vers la femme et, sans prévenir, la gifla si violemment que Nawomi entendit son cou craquer.

— Ne m'écouterez-vous donc jamais ? se plaignit le Natif. Tirez de notre histoire les leçons qui s'imposent : les Sheltes gaspilleraient le sacrifice auquel nous aurions consenti.

La conseillère essuya dignement la goutte de sang qui lui coulait du nez. Le souverain continua sans la regarder :

— Nous allons distribuer l'eau, oui, puisque c'est notre devoir. Nous ne sommes pas cruels. Mais cela devra se faire dans l'ordre et le contrôle le plus strict. Toute l'eau douce de l'île doit être conservée dans les caves naturelles qui relient le palais à l'île.

— Vous proposez de détourner la rivière vers vos réserves ?

— Non, bien sûr ; je l'ordonne.

La femme baissa la tête.

— Nous nous assurerons ainsi qu'aucun Shelte avide ne s'approprie les ressources qui appartiennent à tous. Si la situation s'aggrave, et cela arrivera, nous vendrons l'eau par barriques, par seaux ou par verre. Cela leur apprendra à mieux considérer la valeur de ce qu'ils ingurgitent et assurera une consommation raisonnée de chacun jusqu'aux pluies de l'automne.

— Bien, Votre Majesté. Quels ordres devons-nous donner aux soldats qui surveillent les réserves, la frontière et les rues ?

— Surveiller n'est pas suffisant. Les Sheltes doivent savoir que chaque abus sera puni avec la plus grande sévérité, pour leur propre salut et celui de leurs enfants.

Le Natif se leva et conclut :

— Que nos forces armées fassent respecter nos lois et s'assurent que personne ne prenne plus d'eau que celle à laquelle il a droit. Aucun autre compte ne leur sera demandé.

Il repartit à grands pas dans les corridors de roche. Les épaules de la femme s'affaissèrent un instant sur le banc, puis elle se ressaisit et alla cueillir une fleur de prystine, qu'elle respira avant de s'éloigner à son tour.

— Voilà qui est intéressant, dit Pozar en relâchant Nawomi. Au moins autant qu'une femme qui se fait passer pour une nonne afin d'entrer dans le palais.

Nawomi répondit une seconde trop tard :

— De quoi parlez-vous ?

— Je connais la voix de toutes les gouvernantes du refuge ; il se trouve que c'est moi qui les paie. Or, à ma connaissance, je ne vous ai jamais versé le moindre shel.

Il l'observa entre les coquillages comme s'il discernait ses pores hérissés d'écailles même à travers ses vêtements.

— Je ne vous demanderai pas ce qui vous a poussée à endosser ce costume sacré, ni pourquoi vous avez tant besoin de prystine. Je vais vous laisser cueillir quelques fleurs, puis repartir, et vivre comme si nous ne nous étions jamais côtoyés.

Nawomi le regardait fixement.

— Vous feriez mieux de vous dépêcher.

Elle avait déjà repéré les grappes jaunes ; elle se glissa entre les fougères et cueillit à la hâte cinq fleurs, puis dix, treize – elle ne pouvait pas se montrer trop vorace si son passage devait rester discret. Elle en coupa tout de même trois de plus. Les pétales étaient bien plus gros que ceux des plantes sauvages, moins arrosées, qu'elle utilisait d'habitude. Elle aurait de quoi faire un bol d'onguent et un flacon d'essence. Ce n'était presque rien, mais il faudrait s'en contenter.

Lorsqu'elle repassa devant Pozar, son bouquet dans les poches, il alluma une cigarette.

— Portez-vous bien, salua-t-il en souriant.

Ce soir sur la grand-place, dernière représentation de la pièce

COMME LES DOIGTS DE LA MAIN
Avec les comédiens :

Kelly Kelsh dans le rôle de
INDEX, accoucheuse des Ashim
Douce et gracieuse, elle séduit et donne vie

Claire Sholar dans le rôle de
MAJEURE, tueuse des Ashim
Immense et froide, elle terrifie l'île

Paul Doza dans le rôle de
POUCE, accoucheur des Dusties
Calme et fort, il rassure les jeunes mères

Axel Fush dans le rôle de
ANNEAU, tueur des Dusties
Sombre et mystérieux, il effraie les enfants

Benjamin Sazin dans le rôle de
PETIT, aide de la Main
Discret et dévoué, il suscite la curiosité

Une aventure irrésistible qui vous plonge au plus près des phalanges de Sheltel…
Qui doit vivre ? Qui doit mourir ? Quels secrets garder ou révéler ?
De dilemmes en émotions fortes, vous n'en sortirez pas indemnes.

« Mon petit doigt me dit que nous sommes face à un chef-d'œuvre »
Un spectateur conquis

« On touche du doigt le sublime »
Tragédie Revue

Catégories 2 et 3 complètes

Places en catégorie 1 : achat sur place

La pirate

Erika n'avait nulle part où se cacher. Elle ne pouvait pas aller à la ville, où l'on remarquerait sa tête et sa taille d'étrangère. Elle ne pouvait pas se réfugier dans les montagnes car, pour cela, il fallait suivre la rivière où patrouillaient des gardes-frontières. Alors, depuis qu'elle s'était échappée, elle avait passé un jour puis une nuit sur un ponton oublié dans les marécages, entre les grands épis. L'endroit était resté désert la veille, uniquement habité par les cris des mouettes et les stridulations des cigales. Mais depuis le lever du jour, les hautes herbes s'agitaient parfois ; des gens s'y faufilaient en direction du cours d'eau.

L'eau boueuse du marais ne la désaltérait pas et la chaleur, cette atroce chaleur qui n'existait nulle part sur les continents, la faisait suffoquer. Arthur Pozar et ses deux cerbères devaient la chercher ; ils n'auraient pas de mal à la retrouver si elle s'évanouissait à nouveau de déshydratation.

Erika n'osait pas regarder son tatouage. Elle craignait de le voir bouger, de l'entendre lui parler. Elle ne saurait pas si l'insolation frappait alors ou si, à nouveau, la magie étrange de cette île s'emparait de son corps.

La nuit de son évasion, la sirène lui avait ouvert la porte en crochetant simplement la serrure avec son épée minuscule. Les autres prisonniers la regardaient, sidérés, répétant que c'était impossible, que les barreaux étaient scellés par la maison Zoshar. Elle leur avait proposé d'ouvrir leurs cellules.

— Où irions-nous ? avaient-ils demandé. Si nos familles nous trouvaient, elles nous renverraient ici, ou on nous condamnerait à mourir. Et puis, nous sommes dangereux. Mais tu devrais rester, avaient-ils supplié, tu ne nous as rien raconté de ton monde, et nous nous ennuyons tellement…

Erika avait dit adieu à Elio, à Damien, à Clementine et aux autres. En évitant leurs bras tendus entre les barreaux pour la retenir, elle avait couru dans les couloirs obscurs, guidée par cette créature échappée de sa propre peau. Elle était passée par la salle des gardiennes, vide, où elle avait récupéré, dans un panier, une dague et une miche de pain. Puis elle avait débouché à l'air libre, sous le ciel criblé d'étoiles, et avait remonté des gorges étroites entre des parois rouges.

Lorsqu'elle en était sortie, elle s'était trouvée face à un être à moitié vivant, cloué à une planche, un mégot de cigarette entre les lèvres. Erika avait tenté de lui donner un bout de pain, mais la créature avait refusé.

— Je m'appelle Navu, avait-elle grogné. Reste un peu.

Erika lui avait demandé comment elle s'était retrouvée là, et Navu lui avait raconté son histoire.

— Ma peau, avait-elle dit, est trop puissante pour eux.

— J'ai une dague. Veux-tu que je mette fin à ton tourment ?

— Non. Je veux entendre leur chute.

Erika n'avait pas le temps d'écouter plus avant ses divagations de démente. Elle s'était repliée vers les marécages, priant la Noyeuse qu'on ne la trouve pas, sachant désormais pourquoi les détenus préféraient leurs geôles sordides aux folies du dehors.

*

Erika s'était assoupie, engourdie de soleil, lorsque quelqu'un surgit sur le ponton.

Elle faillit paniquer, avant de se rendre compte que la silhouette qui lui faisait face était aussi grande et épaisse que la sienne. Elle avait supprimé sans peine des pirates deux fois plus imposants. L'apparition, pourtant, ne semblait pas avoir l'intention de s'approcher. Elle demeurait immobile dans sa robe noire ; sous le loup blanc qui lui couvrait le haut du visage, sa bouche était peinte de rouge.

— Tu viens d'ailleurs.

Ce n'était pas une question. Erika ne pouvait voir ses yeux, réduits à de simples fentes dans le masque, mais elle se sentait scrutée avec intensité.

— Que désires-tu ?

Sa voix était celle d'une fille.

— De l'eau, grogna Erika.

La fille sortit de sa robe une flasque en cuir et la lui tendit. Erika faillit se jeter dessus, mais dix ans de piraterie lui avaient enseigné certains réflexes.

— Bois d'abord, ordonna-t-elle en pointant la gourde, puis la fille.

La bouche écarlate se posa sur le goulot et aspira une gorgée. Aussitôt, Erika lui arracha le flacon des mains et s'abreuva, sans lâcher la fille du regard. L'eau lui dégoulina sur le menton et dans le cou, lui raviva la langue, nettoya la sueur poisseuse qui lui couvrait les lèvres.

Elle renversa la gourde.

— C'est vide. Il m'en faut plus.

La silhouette tendit vers elle une main gantée, mais Erika secoua la tête. Elle ne voulait pas lui rendre la bouteille. Elle en aurait besoin.

Alors la fille se retourna avec grâce et s'enfonça entre les épis. Erika la suivit. De dos, rien ne la distinguait des fantômes évoqués par le vieux marin, sinon les cheveux roux tressés en couronne autour de sa tête. Ils brillaient d'un éclat cuivré dans la lumière du marais.

Au bout du ponton, cachée parmi les herbes, une pirogue les attendait. Erika serrait toujours la bouteille dans sa main. Devait-elle se laisser attirer dans les tréfonds du marécage ?

La fille interrompit ses réflexions en lui intimant, d'un hochement de menton, de grimper dans la barque. Erika faillit renverser le canot en y posant le pied. Ceux dont elle avait l'habitude étaient plus larges, plus stables.

Les gants attrapèrent un bâton posé contre le ponton et l'enfoncèrent dans la vase. Aussitôt, la pirogue se mit en mouvement au milieu des grands épis. L'eau stagnante sentait la mousse en décomposition.

Erika devait lutter pour ne pas boire la boue du marais. Elle se concentra sur ce qui l'entourait. Les frottements du bâton et de la barque. Les herbes qui défilaient. Erika s'était attendue à une île exotique, mais l'étang n'avait rien d'extraordinaire.

— Pourquoi est-ce que tu portes un masque ?

— Ce n'est pas un masque. C'est mon visage.

Par-dessus les criquets et les clapotis, le silence occupait tout l'espace.

— Le visage de la mort.

Ce n'était pas une menace. Elle l'avait chuchoté comme un secret. Erika avait rencontré des mystiques, des fous, des pirates qui se vantaient de porter un tel visage. Mais c'étaient des fanfaronnades. Aucun d'eux n'avait paru en souffrir.

Comme le silence entre elles s'éternisait, Erika demanda :

— Où allons-nous ?

— À la rivière.

— C'est encore loin ?

Elle n'arrivait pas à savoir si la fille ne voulait pas parler ou ne la comprenait pas, mais elle ne répondait qu'une fois sur deux.

— Comment t'appelles-tu ?

Était-elle en train de l'égarer ? Erika l'avait suivie car on lui avait promis une eau dont elle n'avait toujours pas vu la couleur. Si c'était un piège et qu'elle y était entrée de son plein gré, aveuglée par la soif et la curiosité…

La fille posa son bâton dans la pirogue et la laissa ralentir, puis s'arrêter. Erika jeta un regard à sa gauche, à sa droite. Rien que les hautes herbes, l'odeur de la vase, la stridulation des criquets et, plus loin, le gargouillis du cours d'eau.

La silhouette sombre se dressa face à elle de toute sa hauteur.

— Majeure, articulèrent les lèvres rouges. Je suis Majeure. Je suis la troisième phalange, servante de la Main, protectrice du souffle et du sang des Sheltes, contre l'oubli et contre les étrangers. Contre toi.

Erika n'avait rien compris. Les mots semblaient lourds de menaces, mais Majeure – puisque c'était son nom – avait surtout l'air las. Elle tendit la main, et lorsque Erika lui eut rendu la gourde, elle disparut entre les épis.

Elle revint quelques minutes plus tard, la bouteille pleine.

— Il faut boire maintenant. Mais pas trop vite.

Erika acquiesça et but à petites gorgées.

— Pourquoi te caches-tu ? Je te montre mon visage, moi.

— Je ne me cache pas.

La voix de la fille avait failli se fêler.

— La blancheur de mon masque effraie. Mais mon office est utile, même s'il est redouté, et jamais je ne renierai la charge que la Main m'a confiée.

Elle se détourna, visiblement gênée de s'être emportée devant une étrangère.

— Moi, je n'ai pas peur de toi, dit Erika.

La fille haussa tellement les sourcils qu'ils dépassèrent de son loup. Ils étaient broussailleux et aussi roux que sa natte.

— S'ils m'avaient trouvée ici, continua la pirate, les hommes de Kreed m'auraient laissée crever ou ils en auraient profité avant de m'abattre. Les femmes de Pozar m'auraient liée et ramenée en prison. Tu aurais pu me tuer vingt fois mais tu m'as emmenée jusqu'ici. Tu m'offres à boire. Alors, non, je n'ai pas peur de toi.

— Tu devrais.

— Pourquoi ?

— Chaque maison tremble devant la Main et ses serviteurs. Nous moissonnons parmi les anciens pour que soient semées de nouvelles vies, nous rétablissons l'harmonie. Mais ils ne voient que nos masques et la mort qui serpente dans notre sillage.

Erika n'était pas sûre de comprendre, même si ce discours lui rappelait quelques détails évoqués par ses compagnons de détention.

— C'est la mission que Sheltel m'a donnée.

Cela parut clore la conversation. Majeure s'éclipsa de nouveau pour remplir la flasque.

— Cache-la bien, lui ordonna-t-elle en revenant. Les tiens comme les miens doivent ignorer ta venue.

La pirogue fit demi-tour. Devant Erika, les cheveux de Majeure chatoyaient dans la lueur dorée de la fin d'après-midi. Les grillons se turent peu à peu. Éreintée, la pirate se mit à frissonner. Lorsque, enfin, la barque heurta doucement le ponton, Erika en sortit à regret.

— Retourne à ton navire. Tu connais le chemin, dit Majeure. Si tu as besoin d'eau, tu sauras me trouver.

Erika aurait voulu échanger un regard avec elle, mais elle ne put que poser les yeux sur les deux fentes obscures qui barraient le loup blanc.

Il fallait essayer.

— J'ai quelque chose à te demander.

— Plus que de l'eau ?

— Oui. J'ai besoin que tu me caches.

Comme elle s'y attendait, la fille ne réagit pas.

— Je veux rester ici quelque temps. Là-bas, c'est… Je ne veux plus y aller. Tu comprends ?

— Je ne peux pas.

À cela aussi, Erika s'était attendue.

— C'est dangereux, je sais, mais tu as déjà pris des risques pour venir ici, non ? Pour me donner à boire.

— Ce n'est pas pareil.

— Pourquoi ?

— Nous sommes ici à l'abri des regards. Mais j'habite parmi les Ashim, dans une tente au milieu des leurs. Si les Sheltes te voient chez moi, ils nous tueront, et mon âme sera maudite pour avoir desservi mon peuple.

— Et si personne ne me voit ?

— Talio te verra. Elle ne sait pas tenir sa langue.

— Qui est Talio ?

— Une traînée prête à maudire sa propre mère pour attirer un garçon dans son lit.

Erika commençait à désespérer.

— Pourquoi es-tu venue m'aider, si tu as l'intention de me laisser mourir sur mon bateau ?

— Cette île n'a rien d'un refuge. J'aimerais partir à ta place sur un navire, loin d'ici, mais je suis liée à Sheltel.

Erika ne put retenir un rire nerveux.

— Toi, sur un bateau ? Tu ne tiendrais pas une heure.

— Tu n'imagines pas ce qui rôde sur cette île.

— Ça ne peut pas être pire que cent pirates qui tentent de te tuer dès que tu leur tournes le dos.

— Je ne sais pas. Ici, c'est moi qui tue.

— Alors c'est toi qui as le pouvoir. Pourquoi est-ce que tu voudrais partir ?

— Parce que tout Sheltel a peur de moi.

Kreed avait lutté sa vie entière pour faire peur à ses hommes. C'était tout ce qui comptait sur un navire. Pourtant, aucune fierté ne pointait dans la voix de Majeure.

— Talio ne comprend pas non plus. Elle porte le loup rouge de la vie. Moi, je suis l'ombre de la mort. Et la mort ne plaît à personne.

Ce dont Erika avait besoin se trouvait donc là, à portée de main. Plus aucun homme pour poser la main sur elle, plus personne à égorger pour sa survie. Plus de capitaine à divertir avec du sang.

Elle se mit debout sur le ponton. Ses yeux et le masque de Majeure se faisaient face, à la même hauteur.

— Tu ne me cacheras pas ?

— Non. Mais je peux te donner à boire davantage.

Erika acquiesça.

La fille sortit de sa robe une deuxième gourde pleine. Lorsqu'elle la lui donna, Erika lui attrapa le poignet.

Majeure n'avait pas menti. Les gens de cette île devaient la craindre, car elle n'essaya même pas de s'éloigner. Elle se jeta sur la pirate comme pour tenter de l'embrasser.

Mais Erika avait trop fréquenté la mort pour avoir peur d'une fille déguisée en fantôme. Elle lui tenait encore le poignet quand elle lui enfonça la dague dans le cou. Elle ne sut même pas si, sous le masque, le visage affichait de la surprise ou de la colère.

Ce qu'elle avait toujours su venait de se confirmer : aucune magie ne résistait à un coup de lame en travers de la gorge.

Avant que le corps s'écroule complètement, elle le prit dans ses bras pour le poser sur le bois. Les grillons avaient cessé leur chant ; le soleil commençait à décliner. Elle rinça ses mains dans l'eau du marais et retira le loup du visage de la morte. Les grands yeux verts n'affichaient ni étonnement ni rage, seulement une infinie tristesse.

Erika enfila le masque. Elle déshabilla le cadavre pour revêtir la tunique noire, parfaitement à sa taille, par-dessus ses habits de matelot taillés dans la voile. Elle nettoierait plus tard le sang du col. Avec sa dague, elle coupa l'une des tresses de Majeure et la fixa sous le ruban qui maintenait le loup à l'arrière de sa tête. Elle retira enfin les gants de velours, doigt après doigt, et y plongea les siens. Il ne manquait plus que le rouge sur ses lèvres.

Elle embrassa Majeure dans le cou, là où le sang était encore brillant.

Oui, la fille lui avait donné à boire quand personne d'autre ne se souciait de son sort. Mais elle avait de plus grands projets que de survivre à la soif et aux pirates. Elle allait prendre sa place sur cette île, dissimulée au grand jour.

Elle venait de commettre son tout dernier crime.

Erika passa une main gantée sur les yeux de Majeure et fit rouler son corps jusqu'à ce qu'il bascule dans le marais. Elle le regarda s'enfoncer dans l'eau vaseuse.

Quand le soir commença de tomber, elle monta dans la barque, grande silhouette noire dans la fin du jour, et se dirigea vers la terre ferme.

COMMUNIQUÉ À L'INTENTION DES MEMBRES DE L'ASSOCIATION SHELTE DES FEUTIERS

6e jour, 3e mois, an 335

Chers membres,

Une double crise frappe notre île. D'une part, la sécheresse cyclique s'annonce particulièrement sévère cette année ; un strict rationnement d'eau de la population a été annoncé hier par le Natif. D'autre part, nous avons vu arriver de manière imprévisible et déconcertante des étrangers que nous croyions éteints depuis des siècles, qui écoulent sur le marché illégal une nouvelle marchandise d'éclairage et de chauffage.
Cette crise a une double incidence pour la confrérie des feutiers. Sous son effet combiné, les Sheltes se détournent de l'achat de Feu Origine et de services feutiers pour allouer leurs ressources à l'achat d'eau et des marchandises inédites citées.
Par conséquent, nombre d'entre nous voyons nos boutiques désertées et notre chiffre d'affaires chuter drastiquement. En de telles circonstances, le conseil du feu veut assurer chacun des membres de l'association de son plein soutien moral et financier. Le conseil travaille activement pour organiser et préparer la distribution des allocations de crise dues aux membres cotisants. Ces indemnités ne sauraient tarder à être versées.
Vous remerciant pour votre compréhension, votre patience et votre confiance renouvelée,

Chaleureusement vôtre,
Le conseil du feu

Le vieux marchand

Les passants qui allaient de boutique en boutique s'abritaient sous les coursives de bois en se couvrant le visage, une lampe Origine Antibrouillard à la main pour avancer à travers les nuages de sable. Parmi eux, Arthur remontait la grand-rue, foulard sur le nez. Son cheval avançait tête baissée pour éviter de recevoir du sable dans les yeux. Le vent chaud lui emplissait les narines de poussière et lui asséchait la bouche. Pour les patrons de taverne, c'était un temps parfait.

Au centre du quartier, un groupe d'étudiants endimanchés attendait devant un majestueux bâtiment aux fenêtres hautes. Arthur descendit de sa monture, traversa l'assemblée et entra. Au-dessus de la porte, une plaque en cuivre indiquait :

École de feutiers Arthur X. Pozar
Pour le feu qui nous anime

Il monta un escalier qui menait à une vaste salle. Le parquet ciré reflétait la fresque du plafond où des nuages chargés d'éclairs avançaient, poussés entre les chandeliers par le vent qui soufflait du dehors. Les étudiants se pressèrent à l'intérieur de la pièce dans une cacophonie de chuchotements. Arthur, debout sur l'estrade du fond, attendit qu'ils soient tous entrés et la porte fermée.

La Bénie n'avait plus besoin de lui ; qu'elle tente de mener sa barque seule, elle se ferait chavirer bien assez tôt. Il n'avait pas non plus besoin d'elle pour transmettre son savoir et prodiguer ses conseils. Il y avait là trente jeunes gens qui n'attendaient que de boire ses paroles.

— Chers élèves.

Aussitôt, les murmures cessèrent.

— Si vous êtes ici, c'est que vous avez été jugés dignes, par mes confrères de l'École et moi-même, de représenter notre corporation. Vous avez montré dès votre enfance un talent inné pour les travaux du feu.

Il désigna l'une des tapisseries qui ornaient les murs. Elle représentait Sheila Fonda, dite La Fonderie, se baignant dans une piscine de lave en fusion et dictant à un scribe ses *Tests d'aptitude à la pyrotechnie shelte*.

— Vous avez acquis de nombreuses connaissances sur le matériau de notre expertise.

Il montra le tableau intitulé *John Olizer, dit La Braise*. Assis sur un fauteuil incandescent, le vieil homme écrivait son traité : *Propriétés des flammes vert et bleu.*

— Vous avez travaillé sans relâche, perfectionnant votre don et votre technique, ne négligeant aucun reproche de vos enseignants, aucun conseil, aucun coup de pied au derrière. Et vous en avez reçu un certain nombre, pour quelques-uns d'entre vous.

Lorsque les rires et les sifflets se furent calmés, il reprit.

— Je ne vais pas vous noyer de compliments ni vous rappeler que vous êtes l'élite de l'artisanat shelte. Je ne vous redirai pas que chaque foyer de cette île compte sur vous pour se chauffer, s'éclairer, se nourrir, produire son verre et son métal. Dans quelques minutes, nous irons dans la pièce voisine, où vos parents vous attendent, et vous recevrez leurs flatteries avec votre diplôme de pyrotechnicien. Il revêt aujourd'hui une importance toute particulière.

Les étudiants devinrent totalement silencieux. On entendait le bruissement des chaises et des pas, dans la salle attenante, et le sifflement du vent aux fenêtres. Arthur ôta son chapeau et sortit de sa poche de poitrine une cigarette.

— J'imagine que les continents n'ont pas été dévastés, après tout. Mais pourquoi ne le découvrons-nous qu'aujourd'hui ? Peut-être n'avaient-ils jamais réussi à aller aussi loin ; j'en doute, vu la taille du bateau. Peut-être que Sheltel nous avait cachés et a décidé, pour une raison ou une autre, de nous abandonner à notre sort. Quoi qu'il en soit, nous voilà aujourd'hui face à un défi qu'aucune autre génération n'a eu à relever depuis la Grande Nuit : défendre ce bout de rocher au milieu de l'océan contre tous ceux qui voudront s'en emparer. Pas seulement ses habitants ou ses maisons, mais tout ce qu'il possède de culture, de savoir-faire, d'histoire. Car tout cela est en danger. Y compris les boutiques de feutier que vous vous apprêtez à ouvrir.

Plus que jamais, il avait besoin de maintenir les pourcentages qu'il prélevait sur les ventes de ses anciens élèves en paiement de leur éducation. Ou, officiellement, en cotisations pour la confrérie.

— J'ai apporté ici un artefact qui nous vient des étrangers.

Il sortit d'une sacoche l'une des sphères de Kreed.

— Qu'est-ce que c'est ? demanda un élève nommé Michael.

— Un globe cabareux, répondit Arthur.

— Un globe quoi ?

— Cabareux. J'imagine que le mot fait référence à ceci.

Il fit basculer la petite excroissance en forme de nuage, et la sphère s'alluma. Les jeunes feutiers poussèrent des exclamations de surprise. Puisque la jeune étrangère s'était enfuie de sa cellule avant qu'il puisse lui poser ses questions, ils allaient devoir deviner les réponses.

— On peut faire bien d'autres choses avec, dit Arthur, si on en croit les rumeurs qui se propagent déjà sur le port. Alors j'ai un dernier devoir pour vous. Celui qui arrivera à m'expliquer le fonctionnement de ce globe cabareux verra ses taxes d'apprentissage levées.

— Ou celle, lança Greta, sa meilleure élève.

— Oui, ou celle. Donne-nous la huitième maxime de Fellon l'enflammée, puisque tu as envie de parler.

— Il n'est rien parmi les merveilles apportées par les continents qu'un Shelte n'ait d'abord créé, récita-t-elle.

— Et quel est son titre ?

— Imitation.

Il regarda chacun de ses élèves. Leurs visages exprimaient de la perplexité ; Arthur n'y trouva ni la rage ni l'orgueil dont il avait besoin.

— Imitation. Nous avons des siècles d'avance sur eux. Nous avons conservé toute notre histoire, tout notre savoir-faire. Eux sont repartis de zéro il y a plus de trois cents ans. Et avant cela, déjà, ils ne savaient que nous imiter. Si l'on en croit Fellon l'enflammée, cette boule qui brille n'est qu'un vulgaire dérivé de ce que nous faisons déjà. Une potentialité que nous avons toujours eue sous les mains sans la déceler. Qui d'entre vous veut voir son portrait aux côtés de La Fonderie et de La Braise sur le mur ?

Toujours aucune réaction.

— Je crois que vous ne comprenez pas bien ce qui va se passer si vous ne vous réveillez pas. Laissez-moi vous l'expliquer. Dans une semaine, ces balles blanches seront dans toutes les maisons. Dans dix jours, les boutiques de feutier fermeront, faute de clients. Et d'ici là, vos six années d'études vous seront aussi utiles qu'une allumette mouillée. Vous pourrez vous reconvertir dans le tricot ou le recel de globes ; notre métier n'existera plus. On pourra décrocher du mur les pyrotechniciens d'antan. Plus personne ne vous admirera comme on admirait un feutier. Quand vous serez devenus les derniers des Sheltes, on vous regardera avec pitié. Vous serez ceux qui auraient pu réussir, et qui ont tout perdu par manque de courage.

Il se retint d'ajouter qu'ils devraient se débrouiller pour payer leurs études.

— Vous allez recevoir vos diplômes. Vous sourirez à vos mamans et embrasserez vos papas. Mais surtout, vous ne parlerez de ce globe à personne en dehors de cette pièce. Dès demain, vous serez de nouveau ici. Et vous trouverez un moyen de sauver vos boutiques, en même temps que tout ce qui fait l'âme de Sheltel.

Arthur écrasa le mégot de sa cigarette sous son pied.

— Allez, passez dans la pièce d'à côté, vos diplômes vous attendent. Le premier qui me fait pleurer avec son discours gagne un mois de détaxe.

*

Arthur redescendait la grand-rue sur son cheval. Le fond du ciel était encore mauve, à peine parsemé d'étoiles ; c'était l'heure de pointe à la taverne. Les serveuses allaient jusque dans la rue porter des verres de whisky aux clients déjà ivres. Arthur entra. Les ampoules Origine éclairaient les lambris, les velours et les visages. Le pianiste jouait ses airs les plus entêtants et ceux qui y arrivaient encore entonnaient les paroles.

Oh Mariette oh ma rillette
Viens que j'te croque, viens faire la fête
Oh Marie oh Mariette
Je t'emmène danser sur les docks

La mélodie était aléatoire, même aux oreilles d'Arthur qui n'en était qu'à sa troisième pinte. Pourquoi rentrer ? Ici, les serveuses étaient plus jolies et la musique plus émouvante à chaque verre. Il avait besoin de chanter et de boire. Il y avait un salon plus digne de son rang, à l'angle, mais c'était ici qu'il venait chaque fois que la mélancolie le prenait à la gorge. Il avait beau jouer à la perfection son rôle de nanti, il comprenait en vieillissant que, malgré tous ses efforts, la subtilité des vrais nobles lui échapperait toujours. Il appréciait le calme et la sophistication des salons, mais on ne pouvait pas y boire plus de deux bières d'affilée sans attirer des regards indignés.

Ici, on le laissait avaler ce qu'il voulait, dans les quantités qu'il voulait. Et on ne s'emmerdait pas à chuchoter sur de la musique de chambre.

Une rixe éclata près du bar. Des Dusties s'attrapèrent par la gorge, des poings s'abattirent sur des pommettes, des mâchoires éclatèrent contre le bois ciré. Le pianiste joua plus fort pour couvrir leurs beuglements et Arthur commanda un quatrième verre.

La bagarre prenait de l'ampleur. L'un des hommes gisait à plat ventre sur une table, le visage ensanglanté, et le musicien avait beau frapper fort sur les touches au rythme des verres explosés contre les crânes, le vacarme faisait fuir les clients moins friands de ce genre d'animation.

Arthur vida sa pinte d'un trait et sortit de sa poche une fiole sur laquelle était inscrit :

Fluide TYMPAN SÛR de la Sœur Marshen

Il en versa une goutte dans chacune de ses oreilles et dégaina son revolver. Debout, le bras en l'air, il compta mentalement jusqu'à dix, le temps que ceux qui ne se battaient pas voient son arme et se bouchent les oreilles.

Il tira.

Un grand cri de surprise collective, puis le silence. Les serveuses reprirent aussitôt leur savant slalom entre les tables mais les autres restèrent pliés en deux, à moitié sourds pour ceux qui n'avaient pas utilisé à temps le fluide de Marshen.

— Je veux le trou dans mon plafond réparé d'ici demain, Pozar, dit le patron sans cesser d'essuyer les verres.

— Naturellement, répondit Arthur en rangeant l'arme dans son étui. Vous autres, je peux savoir ce qui vous pousse à troubler l'ordre si près du temple de la Bénie ?

— Qu'est-ce que tu veux ? C'est toi qui lui as conseillé de pactiser avec ces enfoirés, non ? lança un jeune homme à qui il manquait désormais un bout de dent.

— Elle se balade avec l'autre monstre, elle lui fait visiter la ville comme si c'était une putain de fête foraine ! hurla le barbier, qui n'avait pas encore retrouvé toute son ouïe.

La Bénie avait donc choisi, sans lui, de prendre ce risque. Et les gens du commun, qu'elle haïssait tant mais qui étaient son seul appui, commençaient déjà à se retourner contre elle. Quant à se promener en public et à prendre pour amie cette étrangère… Arthur aurait voulu avertir la jeune femme, la protéger d'elle-même, mais elle ne voulait plus l'écouter.

Il songea qu'il aurait dû se montrer plus fin. Moins autoritaire.

Pendant qu'il ruminait ses regrets, les clients de la taverne continuaient d'échanger des amabilités.

— Vous n'avez rien compris, espèces de consanguins.

— Tu veux perdre l'autre moitié de ta dent, c'est ça ? La première fois t'a pas suffi ?

— Ferme-la. Je vous le répète depuis tout à l'heure : elle prépare le terrain pour nous ! Si on leur vend ce qu'on sait faire, on sera bientôt les plus riches du monde. Et si vous ne pigez pas ça…

Ils s'insultaient, certes, mais ils avaient arrêté de se taper dessus. Arthur commençait à comprendre.

— Que devrait faire la Bénie, à votre avis ? demanda-t-il.

— S'assurer que les étrangers, tous les étrangers, restent sur leur bateau ou dans les tavernes du port, comme c'était prévu avant qu'elle promène sa géante dans nos rues, dit une serveuse en ramassant les cendriers sales. Je n'ai pas envie de me retrouver face à un ogre du genre de la capitaine en sortant d'ici.

— N'aie pas peur, ma sirène, je te ramène chez toi quand tu veux, railla un client.

— Ta gueule. Et enlève ta main de là.

Le discours de la jeune femme fut salué par un mélange d'applaudissements et de huées, pendant que celui qui lui avait galamment proposé son aide se voyait offrir une nouvelle bière par le patron hilare.

— Arrête tes conneries, dit le pianiste. Vu le nombre de bateaux en train d'arriver droit sur nous, mieux vaut se faire des amis parmi ceux qui sont déjà là, crois-moi.

— Qu'est-ce que tu dis ? réagit Arthur.

Le musicien se mit à jouer une ballade que le vieil homme n'avait jamais entendue.

— Je dis juste que ces matelots sont seulement les premiers. Ils pourraient nous aider à nous préparer au reste. Ce ne sont que des pirates, on dirait. Si des flottes de rois arrivent sur nous, ce sera une autre mélodie.

Oui, Arthur y avait déjà songé. Mais il traiterait un problème à la fois. Le plus urgent : dormir. Ensuite, convaincre les puissants de cette île, la Bénie en tête, de chasser l'équipage étranger et de se méfier de tous les suivants et de leurs marchandises. Le reste pouvait attendre.

— Mon plafond, Pozar ! Avant demain ! cria le patron.

Arthur enfourchait déjà son cheval, qui partit au petit trot sur la poussière. Il fallait réfléchir. C'était difficile avec quatre pintes dans le ventre. Quelle serait la prochaine étape ? Il ne pouvait pas se contenter de rejoindre les étrangers sur leur terrain en imitant leurs globes. Il avait besoin de les éloigner au plus vite en cas d'échec.

Tandis qu'il essayait d'extraire des pensées cohérentes de son esprit embrumé, son cheval le mena jusqu'en haut de la rue et continua son chemin.

Sur la grand-place, il contourna la foule silencieuse amassée devant une scène éclairée par des sphères, où se jouait un spectacle sur les phalanges. Les acteurs, montés sur des échasses, se déplaçaient avec élégance sur l'estrade et parmi l'auditoire.

La véritable héroïne de la pièce, cependant, n'était incarnée par aucun comédien. Au fond de la scène, dans les ténèbres, une gigantesque silhouette surmontée d'un ovale blanc surplombait la place, plus haute que les pins. Arthur n'avait jamais eu peur de la Main mais, cette nuit-là, les immenses fentes vides lui firent détourner le regard.

S'il était un être sur Sheltel capable d'éloigner les étrangers et d'entraîner le peuple, ce serait la Main. Il faudrait y penser à nouveau une fois que les quatre pintes auraient quitté son sang.

Lorsqu'il émergea de ses réflexions, Arthur dut cligner plusieurs fois des yeux pour comprendre où il se trouvait. Il se rendit compte avec horreur qu'il avançait au sein d'un paysage qu'il n'avait pas revu depuis plus de quarante ans.

Son cheval enjamba les corps décharnés qui serraient contre leur visage des tiges de prystine. Dans les recoins, entre deux cabanes, quelqu'un vomissait. Soudain, l'animal se cabra ; un enfant venait de courir entre ses jambes à la poursuite d'un rat.

Surpris par le bruit des sabots, plusieurs sortirent de leurs bicoques et suivirent de loin le cheval. Il n'en était pas passé dans ce quartier depuis des années.

Arthur observait l'endroit où il avait grandi. Pendant que de nouveaux dômes venaient agrémenter le temple et que s'élargissaient les trottoirs du sud, ici, rien n'avait changé. Les mêmes jeunes gens pleins de rêves se droguaient à la tige de prystine entre les tas d'ordures, les mêmes enfants chassaient les nuisibles pour manger, les mêmes planches branlantes servaient de toit à ceux qui avaient eu assez de chance pour vieillir.

Arthur arrêta son cheval : il venait de reconnaître sa masure. Celle où il était né et où sa mère était morte pendant ses années de prison. Au contraire de toutes les autres, elle s'était métamorphosée.

On avait surchargé l'endroit de dessins, de fleurs,

de coquillages, de portraits de lui. Sur une planche, quelqu'un avait écrit :

Ici et né ARTHUR POZAR
Du peuple comme nous
Et grace a Sheltel
Sortis de la misère

Un murmure s'amplifia à ses pieds :

— C'est lui.

Des gens de tous âges, de plus en plus nombreux, entouraient la monture qui piaffait d'inquiétude. Ils la caressaient, la touchaient comme une relique, essayaient d'atteindre les pieds d'Arthur.

— C'est lui. C'est Arthur ! criaient-ils.

Bientôt, il se trouva envahi par une marée d'indigents prêts à se monter dessus pour lui attraper la main. Il tenta de faire demi-tour mais le cheval était bloqué par la foule.

— Arthur ! Notre frère !

Leur odeur de sueur, de chou cuit et d'urine prit Arthur à la gorge. Un haut-le-cœur le secoua. Il ne voyait plus que leurs bouches, leurs dizaines de bouches ouvertes en hennissements sur des dents rongées par la prystine et le malheur.

Il plongea la main dans une de ses poches et jeta sur la mêlée une large poignée de shels qui fit exploser de joie les exaltés. La masse humaine se déplaça vers la pluie de billets, et Arthur put éperonner son cheval.

Il partit au galop vers le sud, vers sa maison propre et silencieuse, loin de la crasse et de la détresse du nord.

Et si nos vieilles légendes avaient raison ?
Et si les étrangers soufflaient un air toxique sur les Sheltes ?
Écoutez la sagesse des anciens, adoptez l'efficacité de l'innovation :
pour un air sain, achetez dès aujourd'hui une
AMULETTE DE PROTECTION
SANITAIR
Placée autour de votre cou, elle vous enveloppe de l'air pur de Sheltel
et vous protège de l'air vicié par les étrangers.
PRÉSERVEZ VOTRE SANTÉ AVEC SANITAIR !

Un dispositif médical créé par la maison Cluzar,
propriété des Bénis depuis 258 ap. G.N.

Chers clients étrangers,

Certains d'entre vous ont reçu des amendes de la part de soldats pour non-respect des limites du port.
CES CONTRAVENTIONS SONT FAUSSES !
Ces gardes n'ont rien d'officiel : ce sont des citoyens malintentionnés qui profitent de votre méconnaissance de l'île et de ses règles.
NE LES PAYEZ PAS !
Les seuls gardes autorisés à approcher la barrière et à pénétrer dans la crique portent sur leur plastron une véritable carapace de tortue étoilée. Tant que vous restez entre le rivage et la barrière, vous êtes dans votre droit.

SIGNALEZ IMMÉDIATEMENT TOUTE FRAUDE.
GARDEZ VOTRE ARGENT POUR VOUS PROCURER DES VIVRES ET DES SOUVENIRS.

Les commerçants du port

La pirate

Erika avait ramé parmi les épis jusqu'à ce qu'ils deviennent trop denses et que la barque n'avance plus. Puis elle avait lacé ensemble les chaussures de Majeure pour les pendre à sa nuque, retiré ses gants, remonté le masque sur son front et noué la robe autour de ses cuisses. Elle avait immergé ses jambes dans la boue et marché en direction du plateau où des colonnes de fumée s'élevaient contre le ciel pâle. Il devait exister d'autres chemins plus faciles mais, pour l'instant, elle préférait la compagnie des crapauds et de la vase à celle des habitants de l'île.

Lorsque enfin elle avait atteint la terre sèche, elle s'était rhabillée. Seule la blondeur de ses cheveux la différenciait de Majeure, mais pour qui l'apercevrait de loin, l'artifice de la tresse coupée devrait suffire. Elle avait avancé, droite, les mains jointes dans le dos, dans une plaine où elle n'avait croisé personne. Elle sentait sous ses semelles l'herbe douce, dans ses narines le parfum de la terre. Elle en avait rêvé, de ce sol pur et solide, elle s'en était languie chaque jour passé sur l'océan.

Elle comptait s'abriter dans la forêt le temps que le

soleil se couche et que la nuit dissimule aux regards ses cheveux trop clairs. Alors seulement elle pourrait rejoindre la tente dont lui avait parlé Majeure.

À un jet de pierre du bois, elle avait remarqué les flèches. Plantées dans le sol, pointe vers le haut comme une herse, trois pas avant les premiers arbres. Protection ou interdiction ? Elle aurait dû poser à Majeure plus de questions avant de lui trancher la gorge.

Puis elle s'était rappelé ce qu'avait dit la fille. Elle était crainte. Elle donnait la mort. Alors Erika avait levé le visage vers les montagnes et le plateau. Si on l'observait, qu'on voie son masque blanc. Qu'on détourne le regard. Les pirates avaient peur d'Erika, les Sheltes de Majeure. Elles ne faisaient plus qu'une, désormais, créature de la mer et de la terre bien plus effrayante encore.

Erika s'était dirigée vers un pin, en avait trouvé un dont les prises ressemblaient à celles d'un mât, et y avait grimpé. De là, elle voyait tout le rivage et le bateau où Kreed devait l'attendre.

Assise sur une branche comme un grand corbeau, elle avait passé l'après-midi dans le chant des cigales, loin du bruit des vagues et de l'odeur du sel.

*

Elle escalada le versant du plateau dans l'obscurité, tombant sur les pierres et s'écorchant les mains. Il n'était pas question de renoncer maintenant.

Tout en elle, pourtant, lui hurlait de partir. De retourner vers le navire haï mais familier. Depuis la vigie, elle avait regardé la fumée, le grand feu, la montagne. C'était différent, alors. Lointain et miniature. Le paysage prenait soudain des dimensions trop réelles.

Face à elle se dressaient des dizaines de tentes, plantées en larges cercles autour de trois brasiers dont les flammes crépitaient vers le ciel. L'arôme du bois brûlé se mêlait à ceux du cuir et du gibier rôti.

Elle n'eut aucun mal à repérer celle de Majeure. De toutes, c'était la plus proche de la rivière, et la seule décorée par une main immense dont le pouce et l'index étaient peints en rouge, le majeur et l'annulaire en blanc. Sur le cinquième doigt, il y avait un symbole étrange ; une tortue était dessinée sur le dos de la main.

Elle s'en approcha en passant par l'extérieur du cercle. Tous les huit pas, les hautes flammes l'éclairaient brièvement et allongeaient son ombre sur l'herbe. De l'autre côté, les gens discutaient. Le brouhaha de leurs voix se fondait dans le craquement des bûches. Auprès de chaque foyer, un groupe de femmes préparait de la viande. Les enfants jouaient.

Tout à coup, quelqu'un la bouscula. Elle se retrouva face à un homme d'âge mûr, tétanisé.

— Pardonnez-moi, balbutia-t-il. Le souffle et le sang… Le souffle et le sang, répéta-t-il en reculant, la tête baissée.

Même lorsqu'elle avait planté un sabre dans la tête de son premier pirate, elle ne s'était pas sentie aussi puissante. Quittant l'ombre du plateau, elle pénétra dans le cercle éclairé par les feux.

Les quelques personnes qui la virent se détournèrent aussitôt. Elle se dirigea vers la tente de Majeure, vers sa tente, sans aucune hésitation, au beau milieu des brasiers. Sans même se presser. Personne ne la suivit du regard. Elle aurait pu venir ici sans attendre la nuit sur son arbre, les cheveux dénoués, en chantant *Le vieux triton et sa grande queue*. Le masque effaçait tout le reste.

Elle souleva la tenture et la laissa retomber derrière elle, soulagée. Au milieu de la pièce, un tas de braises luisait. Deux lits se faisaient face, isolés par un paravent de cuir tendu.

La fille lui avait bien dit qu'elle ne vivait pas seule. Erika songea qu'elle aurait vraiment dû poser plus de questions.

Près du lit de gauche, il n'y avait qu'un panier rempli d'habits et de couvertures. Celui de droite était accompagné d'une commode aux poignées dorées et aux pieds sculptés. Elle commença par fouiller la partie gauche.

Elle y trouva trois robes simples, une ceinture et des chaussons, tous en cuir retourné. Un petit sac contenait une brosse à cheveux et un savon qui sentait le parfum d'une fleur inconnue.

Il manquait le rouge à lèvres : ce n'étaient pas les affaires de Majeure.

— Lâche ça.

La pointe d'une lame était appuyée sur sa gorge. On lui tirait les cheveux en arrière. Elle laissa tomber le sac qu'elle avait dans les mains.

Une fille. Pas très musclée, plutôt petite. Jeune. Jamais tué. Erika ne l'avait pas entendue arriver.

— Nous avions un accord, Majeure. Pas de contact entre toi et moi. Veux-tu que je parle à la Main de ton escapade au bord de l'eau ?

— Il n'y en aura plus.

Surprise par cette voix inconnue, l'autre se relâcha une seconde. Erika saisit aussitôt la lame sur son cou, fit volte-face et balaya les jambes de la fille qui tomba à la renverse. Elle plaça une main sur sa bouche pour la faire taire, tout en tenant le couteau contre sa gorge. La fille était masquée, elle aussi, mais son loup était rouge. Erika le lui arracha.

C'était celle dont avait parlé Majeure. Celle qui voulait plaire aux garçons. Même si elle était petite et grosse, Erika trouvait à son visage une beauté indéniable. Ses yeux noirs étaient écarquillés, mais ce n'était pas de la crainte. Pourquoi n'avait-elle pas peur ?

La fille leva le bras, doucement, et dégagea la main d'Erika pour libérer sa bouche. Celle-ci, sans trop savoir pourquoi, se laissa faire.

— Vous êtes l'une d'eux. Une étrangère. Comment êtes-vous entrée… Où est Majeure ?

Toujours pas de frayeur. Seulement de la curiosité – et de la suspicion.

— C'est moi, Majeure, maintenant.

— Où est-elle ?

— Au fond du marais.

Enfin un éclair de frayeur dans ces prunelles sombres.

— Tu pousses un cri, tu bouges sans prévenir, je te saigne.

— Vous avez besoin de moi. Qui êtes-vous ?

La fille avait le même accent désuet que Majeure et les prisonniers. Il était étrange d'entendre cette langue de pirates, méprisée sur les continents, dans la bouche de ces personnages sortis d'un livre d'images.

— C'est moi qui ai le couteau, c'est moi qui pose les questions, reprit Erika. Tu n'as pas peur ?

— Je suis une phalange.

Majeure aussi avait été sûre de son pouvoir. Essayer de l'impressionner ne servirait à rien. Erika rangea la dague à sa ceinture, à côté de la première. Si les habitants de l'île étaient tous aussi peu doués pour garder leurs armes, elle retrouverait bientôt contre sa taille le poids rassurant de ses sept couteaux.

La phalange se releva. Ses oreilles et son cou étaient ornés de fins bijoux d'or. C'était plus que ce qu'Erika avait jamais porté. Ses cheveux lisses et bruns cascadaient sur ses épaules couleur d'argile cuite. Erika naviguait avec beaucoup de marrons ; ils étaient censés porter malheur sur un bateau, mais les femmes aussi, après tout, alors cela importait peu à Kreed.

— Pourquoi tu n'alertes pas les autres ? demanda Erika.

— Certains te dénonceraient au Natif. Le chef voudrait vous accueillir, mais tous les Ashim ne sont pas d'accord sur ce qu'il convient de faire.

— Et toi ? Quel est ton avis ?

La fille la scrutait comme une carte nouvelle où chercher un trésor.

— Je connais chaque visage de cette île. Les seuls que je découvre sont ceux des nourrissons que j'aide à mettre au monde, et ils sont comme ceux de leurs géniteurs. Le tien ne leur ressemble pas.

Erika la regarda s'accroupir et ranger son panier.

— Je viens de tuer ton amie. C'était une phalange,

elle aussi. Elle m'avait donné à boire. Ça ne t'effraie pas ?

— Majeure n'était pas mon amie.

— Ce n'est pas son lit, de l'autre côté ?

— Si, précisément : de l'autre côté.

La fille avait fini de replier ses affaires. Elle se leva et fit face à Erika, l'observant des pieds à la tête sans aucune pudeur.

— Majeure se croyait bénie de Sheltel à cause de sa taille démesurée, mais elle devait posséder quelques gouttes de sang étranger quelque part dans ses veines froides. Toutes les femmes du continent sont-elles aussi grandes que toi ? Quel est ton nom ?

— Erika.

Pourquoi prenait-elle la peine de répondre ?

— Oui… Une femme du même nom a déjà foulé le sol de notre île. Une reine du Nord, il y a plusieurs siècles de cela. Tes parents t'ont-ils baptisée d'après elle ?

— Je n'ai pas de parents.

— Qui sont les rois sur les trois continents, désormais ?

Cette fille posait trop de questions.

— Et toi, comment t'appelles-tu ? demanda Erika.

— Index. Les descendants de Matila sont-ils toujours sur le trône du Sud ?

— Ton vrai nom.

Pour la première fois, la fille hésita. Après plusieurs secondes de silence méfiant, elle finit par murmurer :

— Talio.

C'était bien le prénom qu'avait donné Majeure.

— Je t'ai révélé mon nom. Alors dis-moi qui règne sur les tribus du Sud, enchaîna-t-elle sur un ton implorant. Parle-moi de la vie d'après la Grande Nuit, de la reconstruction des villes et de la chute des nations. Les guerriers qui paradaient sur leurs renards géants existent-ils encore ? Et les négociantes du désert, avec leurs caravanes tirées par des oiseaux ?

— Et Majeure, quel était son vrai nom ?

Cette fois, Talio ne put cacher sa surprise. Elle semblait même indignée.

— Qu'as-tu besoin de le savoir ? Nous ne prononçons pas le nom de ceux qui sont retournés auprès de Sheltel.

— J'en ai besoin, ma jolie, parce que je compte prendre sa place sur cette île. Et que si on m'appelle, il faut que je me retourne.

— Personne n'appelle une phalange par son prénom. Même Talio n'existe plus, il ne reste qu'Index.

— Ne m'oblige pas à poser la question une seconde fois.

Elle la dominait de toute sa hauteur. Malgré cela, Index n'avait toujours pas peur. Elle dévisageait Erika.

— Elle s'appelait Ibanu.

Avant qu'Erika ait eu le temps de la retenir, Talio s'était faufilée hors de la tente. Elle revint quelques secondes plus tard, les mains pleines d'un plat de ragoût.

— Tu dois être affamée. Et tu es bien trop blonde, ajouta-t-elle en lui montrant un sachet de poudre verte. Quand tu auras mangé, je te teindrai les cheveux, et tu répondras à mes questions. En échange, tu pourras rester.

— C'est tout ? Tu ne demandes rien d'autre ?
— Pour l'instant, non. Nous verrons plus tard. Et essuie-toi la bouche, dit Talio en lui tendant un verre d'eau. Elle est pleine de sang séché.

SHELTES,
RÉVEILLEZ-VOUS !
OUVREZ LES YEUX !

La Grande Nuit approche à nouveau sous des habits étrangers
C'est l'heure des envahisseurs, des maladies et des révoltes
Les Bénis sont impuissants, les Natifs nous assèchent

NOS ANCÊTRES N'AURAIENT JAMAIS LAISSÉ
NOTRE ÎLE DÉCLINER AINSI !
LE RETOUR DES ROIS-SERPENTS EST PROCHE !
REVENEZ À SHELTEL !

Ne pas jeter sur la voie publique

Matin du septième jour

La sorcière

Dans l'air qui frémissait autour de la chapelle, comme liquéfié par la chaleur, Nawomi vit de loin la haie d'honneur et les paniers de lavande. Les mariés apparurent dans la lumière éblouissante, elle reflétant les rayons avec sa robe d'écailles, lui impossible à regarder dans sa tenue immaculée, et on leur jeta des grains mauves en criant. Un violon lança un air joyeux ; les invités tapèrent des mains en rythme. Plusieurs portaient sur les épaules des peaux de serpents – les harangues du scribe sur le Serpent ancien avaient fait revenir les rampants à la mode.

Nawomi approcha, silhouette obscure sur la place écrasée de soleil. Aussitôt, les cris cessèrent.

Le violon arrêta de jouer sur une note dissonante.

Un enfant se mit à pleurer dans le silence. Sa mère tenta de le faire taire, terrifiée à l'idée que la Main puisse la remarquer, mais les fentes du masque blanc demeuraient fixées sur les époux. Nawomi se tenait désormais tout près des deux jeunes gens.

Le temps se suspendit. Il n'y avait plus que la fournaise ambiante, le bébé qui pleurait, et la Main immobile.

Le couple avait demandé une bénédiction publique de la Main. La fiancée était issue de la cour native, le jeune homme de celle de la Bénie ; leur union avait fait grincer quelques dents. Pour légitimer leur mariage, ils avaient besoin d'un geste fort venu d'une autorité incontestable. Quitte à alourdir l'atmosphère.

Une éternité plus tard, Nawomi toucha son masque, qui devint subitement écarlate. Un soupir de soulagement parcourut l'assistance. Elle repartit en sens inverse, sa robe traînant la poussière. Lorsqu'elle eut passé le coin de la place, le violoniste reprit sa musique. On se remit à lancer de la lavande avec un enthousiasme forcé.

Nawomi se dirigea vers sa maison d'un pas rapide en se tenant les mains pour ne pas se gratter frénétiquement. Il faisait chaud, beaucoup trop chaud pour sa peau de reptile ; elle avait besoin de s'immerger dans l'eau glacée. Elle devait s'estimer heureuse de posséder encore des réserves. Les autres Sheltes avaient droit à un bain par semaine, un litre à boire par jour. Rien de plus. Les tavernes du port ne pouvaient plus en vendre aux pirates. Il s'en marchandait malgré tout, à un prix qui dépassait celui du caviar d'œufs de tortue.

En remontant la rue, elle passa devant l'armurerie Vipérine. Les portes étaient cadenassées. À l'intérieur, les canons prenaient la poussière. Si elle avait su prévoir la catastrophe, elle n'aurait pas fait enlever l'enfant ni poussé le père au suicide. La vieille, en revanche, avait rendu le souffle au bon moment, avant de voir de ses yeux fatigués la déchéance de son île.

Elle ralentit en entendant approcher un bruit de sabots. Une voix s'éleva alors tout près d'elle, bien qu'aucune monture n'apparût.

— Continuez d'avancer comme si vous étiez seule. Je suis à cheval, sur votre gauche.

Elle pivota à peine la tête vers l'endroit d'où venait la voix, mais il n'y avait toujours rien d'autre que le bois craquelé des échoppes. Les vitrines ne reflétaient que sa propre silhouette. Nawomi connaissait ce subterfuge : c'était l'empreinte de la maison Shay, dont les selles en cuir rendaient invisibles monture et cavalier. Peu de personnes pouvaient s'offrir ce luxe sur Sheltel, et une seule empestait autant la cigarette.

— Monsieur Pozar.

— Notre Main.

Avait-il deviné que sous les habits de la gouvernante, c'était à elle qu'il avait parlé quelques jours plus tôt ? Cette entrevue avait déstabilisé Nawomi. L'homme était moqueur, arrogant, hypocrite. Il ne lui avait jamais montré la révérence qu'il lui devait, comme s'il la devinait au travers du masque et du tissu.

Mais il lui avait sauvé la vie.

— Pourquoi ce procédé ? demanda-t-elle sans cesser de marcher.

— Notre rencontre doit rester secrète. Je suis venu hier chez vous, mais vous étiez absente. C'était pourtant l'heure des demandes.

Nawomi baissa la tête. Elle avait passé, la veille, trop de temps à consoler sa mère apeurée par des souvenirs.

— Que voulez-vous ?

— Défaire notre ennemi commun.

— Je n'ai aucun ennemi sur cette île.

— Je parlais, vous vous en doutez, de celui qui nous vient du dehors.

Nawomi se frotta discrètement les paumes à travers ses gants.

— C'est à cause d'imbéciles comme vous que nous sommes tous aujourd'hui en péril.

— Comme moi ?

— Comme vous, et comme tous ces rapaces qui se précipitent sur le port pour construire des taudis où vendre le peu de ressources que nous possédons. L'harmonie que nous avons bâtie pierre à pierre au fil des siècles pour nous prémunir de la disette, de la guerre civile et de l'extinction, en trois jours, les gens de votre espèce l'ont fait voler en éclats. Tout cela pour quelques pièces. Mais que vous restera-t-il à acheter après le désastre ? Les palais des continents ? Vous ne serez là-bas qu'une bête de foire. On vous promènera comme un chien pour montrer à quoi ressemble un étranger arriéré venu des confins des siècles.

Pozar soupira, ou peut-être était-ce son cheval qui soufflait. Nawomi accéléra le pas. Le claquement des sabots sur la poussière brûlante fut le seul écho à ses paroles. Autour d'eux, Sheltel semblait vidée de ses habitants, fantomatique, déjà pillée.

— Nous n'avons pas pu les empêcher de débarquer, dit le conseiller invisible, mais nous pouvons hâter leur départ.

— Vraiment ? Vous voudriez chasser votre nouvelle clientèle ?

— Ce ne sont plus des clients, notre Main. Ce sont des concurrents.

Arthur Pozar avait donc trouvé plus malin que lui, et il avait peur pour son petit commerce.

— Je devrais m'en réjouir, dit Nawomi. Je n'aurais plus à remplir vos caisses deux fois par an pour quelques bocaux de feu froid.

— Croyez-moi, notre Main, vous ne préférez pas engraisser ces pirates. Je vous suis détestable, mais je ne suis une menace ni pour votre dignité, ni pour votre vie. Les étrangers se feront un plaisir de violer nos coutumes et nos sacrements. Sur les continents, nous serons tous les deux dans la même cage à l'heure du spectacle.

Nawomi sentit une nouvelle goutte de sueur glisser entre ses côtes.

— Au nord de Dust, continua Pozar, au milieu des rats et des chiens errants, m'attend toujours le trou puant où je suis né. J'y ai vécu mes premières années ; je n'y passerai pas mes dernières. Et je ne laisserai pas une troupe de brigands m'arracher la réputation qui m'en a tiré.

« Vous arpentez cette île depuis toujours, rien ne vous est secret. Vous recueillez les derniers mots des Sheltes et leurs tout premiers cris. C'est d'eux seuls que peut venir le secours. Du côté des puissants règnent la confusion et la compromission. Ils ont trop à gagner de cette opportunité. Mais nous pouvons montrer aux gens du commun qui doutent encore le vrai visage de la menace, si nous savons où les toucher. Qu'aiment-ils plus que l'argent et l'espoir du succès ? Qu'est-ce qui pourrait leur faire fermer les tavernes du port et prendre les armes ? Que ne pourront-ils ni vendre ni acheter si les pirates les en dépouillent ?

La Main n'eut pas besoin de réfléchir. Elle avait vu tant de parents pleurer… La réponse était sortie de sa bouche avant même qu'elle le sache :

— Leurs enfants.

Puis elle se reprit :

— Personne n'oserait leur faire de mal. Ils sont la vie de Sheltel, son avenir.

Elle commençait à étouffer. Elle aurait voulu lui faire faux bond, mais il était à cheval, et elle ne savait pas s'il portait une arme. Cet homme aurait été capable de l'assassiner s'il pensait que le meurtre de la Main, attribué à un étranger, sauverait son commerce.

— Je n'ai jamais compris pourquoi les enfants suscitaient tant de passions chez leurs géniteurs, admit Pozar, mais je sais ce que cela fait de passer sa vie à dessiner la trace qui restera de soi. Si quelqu'un s'en prenait à la Bénie, à mon école ou à mes élèves, je le traquerais jusqu'au fin fond du dernier rocher de Sheltel pour lui coller mon revolver contre la tempe. Oui, je crois que vous avez raison. Si les étrangers levaient la main sur leur progéniture, les Sheltes mettraient l'île à feu et à sang pour obtenir vengeance. Aidez-moi à les y pousser.

— Nous ne pouvons pas, gronda la Main.

— Nous le devons, pour les enfants de Sheltel et pour les enfants de leurs enfants. S'il faut en sacrifier un pour les sauver tous, nous le devons.

Nawomi était épuisée. Elle avait l'impression d'avancer vers le fond d'un four, sans air à respirer ni eau à boire. Elle voulait que tout redevienne comme avant, quand elle donnait la mort sans poser de questions, quand l'équilibre existait encore, quand sa vie et celle de sa mère étaient en sécurité. Elle voulait retrouver son existence simple et son monde ordonné.

Elle se souvint alors du temps où, dans la cave, sa mère l'entraînait au baiser de la Main.

— J'ai un moyen… d'ôter l'esprit, finit-elle par souffler. Sans causer de douleur.

— D'ôter l'esprit ?

— De tuer l'âme sans tuer le corps.

— Oui, dit Pozar lentement, pourquoi pas ? Certains croient déjà qu'une maladie rapportée par les pirates remplace l'âme par un air vicié. Cela pourrait les convaincre.

— Vous pensez donc que les cadavres entassés depuis hier dans la fosse commune ne sont pas morts de l'air que respirent les étrangers ? La rumeur est pourtant populaire. Les gens achètent même de quoi s'en protéger.

Pozar ricana.

— Le Natif nous laisse mourir de soif et a trouvé le parfait coupable, voilà la vérité. Mais sa fable apporte du feu à ma cheminée, et je la soutiendrai auprès de tous ceux qui ont assez d'écailles dans les yeux pour la croire.

Quelques claquements de sabots plus tard, il demanda :

— Êtes-vous sûre que vous ne leur ferez aucun mal ?

Nawomi ne répondit pas. Leur pacte fut scellé sur ce silence.

Le cheval invisible s'éloigna vers le jardin de la chapelle où les mariés servaient à boire aux invités pendant que, tout près d'eux, jouaient leurs enfants.

LA FEUILLE DE MIMOSA

Journal indépendant depuis 244 ap. G.N.
Paraissant chaque jour de la semaine

MAIS OÙ SE CACHE DONC L'EAU ? ENQUÊTE, p. 3
MALADIES PIRATES : CE QUE DISENT NOS HISTORIENS, p. 7
ARTEFACTS ÉTRANGERS : NOS PIRES ET MEILLEURES TROUVAILLES, p. 8

JUDITH KREED, NOUVELLE ALLIÉE DE POIDS POUR LA BÉNIE

Si vous avez osé mettre le nez dehors ces derniers jours, vous n'avez pas pu la rater. Immense, impressionnante, fascinante, la capitaine du navire pirate cumule les superlatifs. Mais d'où vient-elle et que veut-elle ? Que peut-elle nous dire des continents ? Rencontre avec celle que la Bénie semble avoir prise sous son aile.

LFDM : Vous êtes arrivée avec votre équipage il y a presque une semaine. Que pensez-vous de Sheltel ?

JK : L'endroit est petit mais charmant. J'espère que les prochains arrivants ne le détruiront pas.

LFDM : Qui seraient, selon vous, ces « prochains arrivants » – si tant est qu'ils nous trouvent ?

JK : Ils vous trouveront, n'en doutez pas. Nous ne sommes pas les seuls pirates à sillonner le centre de l'océan. Les bateaux royaux ne devraient pas non plus tarder à vous apercevoir ; alors vous comprendrez ce que sont devenus les continents.

LFDM : Est-ce pour se prémunir de ces nouveaux étrangers que la Bénie s'est offert vos services ?

JK : La Bénie et moi sommes devenues amies, je ne suis pas sa femme de main. Mais s'il faut la protéger de ceux qui lui veulent du mal, sur cette île et en dehors, alors oui, je la défendrai.

LFDM : Et que pense le Natif de cette alliance qui l'exclut ?

JK : Il ne s'agit pas d'une alliance, seulement d'une affinité particulière. Ici et sur les continents règnent trop peu de femmes de notre trempe ; nous n'allons pas nous entretuer. (Rires.)

LFDM : Quelles sont vos relations avec l'entourage de la prêtresse, en particulier avec son plus proche conseiller, le feutier Arthur X. Pozar ?

JK : Proche, vraiment ? Je ne l'ai vu qu'une fois depuis mon arrivée. La Bénie ne paraît pas avoir tellement besoin de ses conseils. C'est une grande dirigeante, fine et intelligente ; elle s'en sort parfaitement bien toute seule.

LFDM : Dites-nous-en plus sur vous. Comment en êtes-vous venue à la piraterie ?

JK : Je suis née princesse de la province de Pelivenn. Ma mère est morte en couches et j'étais l'unique héritière de mon père, promise à un noble d'une cour quelconque. Mais je me suis enfuie sur un bateau avec mon amant, devenu pirate à cette occasion. Lorsqu'il a eu la mauvaise idée de se noyer au cours d'une attaque, j'ai naturellement pris sa place de capitaine. Et je n'ai plus jamais quitté l'océan.

LFDM : Quelles relations entretenez-vous avec votre équipage ?

JK: Mes hommes me craignent et me respectent. Quant à ma fille, je ne l'ai pas vue depuis trois jours. Il se pourrait qu'une clandestine ait infiltré votre île. (Rires.)

Suite de l'interview p. 2 >>

La pirate

Erika passa la nuit dans le lit de Majeure. Dans son lit.

Elle avait du mal à croire qu'elle possédait un lit. Pas un hamac ni un bout d'entrepont, un véritable lit – cadre, sommier, matelas, édredon, draps, oreiller – pour elle seule. Les meubles avaient des formes étranges, moins épurées que sur les continents, et le parfum musqué de l'air lui était inconnu, mais elle avait l'habitude des paysages nouveaux.

Au début, elle n'arriva pas à s'endormir sans le roulis de la mer. Le crépitement des bûches au milieu de la tente, la respiration lente de Talio, les voix basses qui parlaient dehors finirent par la bercer aussi bien que les vagues.

Il n'y eut personne pour la sortir du sommeil.

Elle ouvrit les yeux alors qu'il faisait déjà grand jour et respira l'odeur de la terre et du feu. Erika n'était pas de ces gens qui oublient où ils sont et s'effraient au réveil. Elle savait où elle se trouvait. Elle l'avait fait : elle était sur l'île. On n'avait pas tenté de l'assassiner pendant la nuit. Elle était hors d'atteinte de Kreed. Cela lui donna le vertige.

Talio entra dans la tente, sa robe éclaboussée de boue, et posa devant elle une écuelle pleine. Le ventre d'Erika gronda.

— Qu'est-ce que c'est ?

— Des figues, avec du pain au sel et à l'huile d'olive.

Erika n'avait jamais rien goûté de tel. La pulpe du fruit, molle et sucrée, lui excita les papilles.

— J'ai aussi ramené ceci, dit Talio en désignant un bol à côté d'elle. C'est du henné. Nous allons te teindre la crinière.

Une fois que ses cheveux furent enveloppés, mèche à mèche, de cette argile humide et enroulés dans une étoffe gorgée d'eau tiède, Erika demanda à Talio de lui apprendre à être Majeure.

— Je ne la connaissais pas vraiment. Nous partagions la même tente, pourtant, et nous étions censées nous aimer comme des sœurs.

— Pourquoi des sœurs ? Je croyais que vous étiez employées par la Main.

Talio sourit tout en rinçant ses mains couvertes de taches orange.

— Je ne l'avais jamais considéré ainsi. Pour les phalanges, la Main est ce qui se rapproche le plus d'une mère.

Ce qu'Erika avait de plus proche d'une mère l'utilisait comme chien de combat.

— Enseigne-moi à marcher et à parler comme Majeure, dit-elle en se levant.

Deux heures passèrent en gestes répétés, en mots articulés, en postures assouplies. Il fallait surtout se tenir droite, et ne pas regarder autour comme si quelqu'un allait l'attaquer.

Lorsqu'elle parvint à une imitation correcte, il fallut lui rincer la tête. Talio la fit se pencher au-dessus d'une bassine comme un condamné sous la guillotine. Erika courba la tête, prête à riposter si la fille esquissait le moindre mouvement suspect. Elle sentit l'eau de mer couler sur son crâne et la vit dégorger de ses cheveux en traînées rougeâtres.

— Pourquoi ne m'as-tu pas encore dénoncée ? demanda-t-elle.

— Je te l'ai dit, je veux partir d'ici.

— J'ai tué Majeure. Tu ne l'aimais pas, mais c'était ta sœur.

— C'est vrai, chuchota Talio. Je devrais sans doute être horrifiée.

Erika avait côtoyé assez de pirates ivres pour deviner quand quelqu'un avait besoin de se confier. Elle se tut jusqu'à ce que la jeune fille reprenne :

— Si Majeure t'a parlé de moi, elle a dû te dire que j'étais une traînée. C'est le mot qu'elle utilisait pour s'adresser à moi.

Talio termina de rincer les cheveux d'Erika dans la lumière jaune de la tente. Elle les lui sécha puis la fit asseoir à sa coiffeuse, face au miroir.

— Ils sont auburn pour le moment, mais le roux sera aussi éclatant que celui d'Ibanu lorsqu'ils seront tout à fait secs.

Erika lui attrapa le bras.

— Tu ne pourras plus ramener de garçons ici.

— Je n'en ai pas l'intention, rétorqua Talio en plantant ses iris noirs dans les yeux bleus de la pirate. J'en ai fini avec eux. Tourne-toi, je vais te coiffer.

Sans quitter du regard le reflet de la fille dans la glace, Erika la laissa brosser ses cheveux. Elle ne les avait jamais vraiment regardés. Elle savait que, sous la teinture, ils étaient presque aussi blancs que sa peau, ce qui lui rappela les longues mèches grises de l'étrange prisonnière.

— Les Sheltes pensent-ils parfois, demanda-t-elle tandis que Talio lui nouait les cheveux comme des cordages, aux captifs des cellules rouges ?

Index haussa les sourcils.

— Et pourquoi y penserions-nous ?

— Parce qu'ils ont accepté d'être enfermés pour votre bien. Ils musèlent leur don pour ne pas vous blesser.

— Tu as dû mal comprendre, rectifia Talio. Ce sont des malfaiteurs. Ils méritent leur place.

Erika songea qu'ils n'avaient pourtant pas eu l'air, à ses yeux, de criminels.

Elle enfila la tunique noire, les gants, le loup blanc. Talio prit un petit pot en terre dans lequel elle cracha et frotta son doigt avant de le passer sur les lèvres d'Erika pour les rougir.

La pirate se regarda dans le miroir. Il ne renvoyait que le reflet du fantôme de Majeure.

*

Des éclats de voix s'élevaient devant la tente. Erika se cacha derrière le paravent et tendit l'oreille.

— Ce n'est pas normal, Index, disait une voix masculine. Des Sheltes meurent par dizaines. En bas, ils ont creusé une fosse commune où s'entassent les cadavres. Nous sommes censés les protéger.

— L'équilibre va bientôt être rompu, tu le sais, insista un autre garçon.

Un sifflement violent traversa alors la tente, suivi d'un choc. Erika sursauta en se plaquant une main sur la bouche. Une flèche venait de passer exactement entre les pans de l'entrée pour se planter dans le pilier central. Talio entra en trombe et arracha de la hampe un bout de papier.

— C'est une flèche de Maloh. Et il est d'accord avec eux, s'irrita la jeune femme.

— La plupart des Ashim aussi, répondit l'une des voix à l'extérieur. Nous devons en parler à la Main. Elle saura quoi faire.

— Vous ne lui direz rien du tout, Anneau, trancha Talio en repassant la tête dehors. Les phalanges n'ont pas à donner leur avis. Elles existent pour obéir et pour exécuter.

— T'écoutes-tu parler ? Si tu devenais Main à ton tour, te contenterais-tu d'exécuter les ordres du Natif sans te demander pourquoi il prive d'eau son propre peuple ?

— Vous voyez des crimes de Sheltes où il n'y a qu'un mal étranger. Le Natif l'a dit : ces gens ne sont pas morts de soif, ils ont respiré l'air des pirates.

— Et tu le crois ?

— Taisez-vous, dit Talio, Petit arrive. Lui n'hésitera pas à vous dénoncer pour crime de lèse-majesté.

Les voix des garçons s'éteignirent, et Index échangea quelques mots avec un enfant sans qu'Erika puisse distinguer leurs paroles.

— Prépare-toi, nous avons du travail, déclara Talio en se glissant de nouveau dans la tente.

Erika risqua un œil hors du paravent. Index, furieuse, portait la robe des phalanges et son demi-masque pourpre. Bien qu'elle n'eût pas la minceur des princesses des continents, elle était belle à faire peur.

— Du travail ?

— Petit vient de passer. C'est lui qui nous amène chaque matin notre eau – tiens, bois, et profites-en tant que tu le peux – et qui nous transmet en même temps les missions du jour de la part de la Main. Nous avons un sang à recueillir et un souffle à prendre.

— C'est-à-dire ?

— Un enfant à faire naître et un vieux à tuer. Et maintenant, rappelle-toi ton entraînement de ce matin : tiens-toi droite, les mains dans le dos, le pas lent. Reste deux mètres derrière moi.

Elle sortit sans plus d'explications. Erika inspira profondément avant d'entrer à son tour dans la lumière.

Se tenir droite. Les mains dans le dos. Le pas lent. Deux mètres derrière.

Au milieu des tentes, les garçons qui entretenaient le feu levèrent les yeux en voyant passer Index, pour les baisser aussitôt en apercevant Majeure. Erika suivit Talio jusqu'au bord de la falaise, d'où descendait un escalier raide creusé dans la pierre. Des centaines de marches étroites menaient du plateau jusqu'au rivage, sans aucune barrière pour les protéger du vide.

— Doit-on vraiment passer par là ?

— C'est le seul chemin.

Elles entamèrent leur descente.

— Il ne faut pas regarder en bas, précisa Talio.

Erika regarda en bas.

C'était plus haut que la vigie, moins que le phare

d'Ibbar où Kreed l'avait emmenée pour ses dix ans. Elle avait cru mourir de terreur et la capitaine avait ri. « Tu me remercieras un jour », lui avait-elle promis. Ce jour venait de se lever.

— Qui étaient les garçons de tout à l'heure ? demanda-t-elle lorsque la mer fut assez proche pour que le bruit du ressac couvre sa voix.

— Pouce et Anneau. Nos homologues de l'est, du côté des Dusties.

— Que voulaient-ils ?

— Se mêler de ce qui ne les regarde pas.

— Ils ont parlé de gens qui mouraient par dizaines. À cause d'une maladie ?

— Certains le croient, oui. C'est en tout cas ce qu'affirme le Natif.

Erika fut soulagée : elle côtoyait sur la mer le scorbut, la dysenterie, les insolations, et se savait résistante. Lorsqu'elle atteignit la plage, en revanche, elle souffla en sentant les galets sous ses pieds.

— Où allons-nous, au fait ?

— Sur l'îlot de Ration. C'est là que les chasseurs ashim se rendent quatre fois par an pour ramener de la viande de bison. Mais avec la sécheresse, il n'y a presque plus d'animaux. Ni d'humains ; seule une famille vit encore là-bas. C'est elle que nous allons servir. La mère a déclaré avoir couché avec un Ashim lors de la dernière chasse. L'enfant doit naître aujourd'hui.

Au bord de l'eau les attendait une pirogue semblable à celle sur laquelle Majeure lui avait donné à boire. La pirate y prit place tandis que Talio, debout à l'avant de l'embarcation, s'emparait d'un bâton et le plantait dans les galets. Elles glissèrent vers l'îlot de Ration, simple bosse couverte de pins située à quelques encablures.

— Et si la mère n'accouche pas ? demanda Erika au dos de Talio. Nous resterons sur l'îlot jusqu'à ce qu'elle arrive à terme ?

— C'est moi qui décide quand elle arrive à terme. Si j'étais une simple sage-femme, je n'aurais pas à porter ce masque.

— Que fais-tu d'autre ?

— J'apaise sa douleur, si elle a de quoi payer. Le mari trouve toujours quelque chose à donner quand sa femme lui hurle d'offrir ses propres mains s'il le faut.

*

C'était une maison en pierre, sobre mais solide. Quelques chèvres faisaient la sieste dans un enclos, à l'ombre des pins, parfois réveillées par une poule indiscrète. On n'entendait que les pépiements dans les branches, parfois le frottement d'une aile entre les aiguilles. Alors qu'elles se glissaient entre les arbres en direction de la bâtisse, Erika vit à l'une des fenêtres un rideau retomber.

— On nous observe.

La porte s'ouvrit. Une femme aux cheveux épars et aux dents foncées leur faisait face, une main sur la hanche, l'autre en visière sur le front. Son ventre était plus enflé que celui d'un noyé.

— Pas trop tôt, cracha-t-elle. Les deux là-dedans font que de se battre. Avec de la chance, l'un étranglera l'autre.

— La Main vous salue, dit Talio en croisant ses index devant sa bouche.

— La Main vous salue, répéta Erika en l'imitant.

— Vous lui direz bonjour de ma part. On y va ? Faut que j'expulse.

Sans rien perdre de sa solennité, Index entra dans la maison. Erika redressa le menton et la suivit à l'intérieur.

L'odeur lui saisit la gorge. Surtout, ne pas respirer.

Elle regarda autour d'elle : des fourmis allaient et venaient autour d'une marmite posée sur un tas de cendres. Dans un coin, le corps d'un chat était couvert de mouches.

— Faites pas attention à lui, dit la femme de sa voix rauque, il est un peu sauvage mais pas méchant.

Les volets étaient fermés et la pièce étouffante. Erika sentait déjà la sueur lui empoisser la peau sous sa tunique.

— Allez, fit la mère en s'installant sur un matelas élimé. Dis-moi quand je dois pousser.

Talio se dirigea vers une fenêtre et tenta de l'ouvrir, mais la femme hurla :

— Non ! Tu n'ouvres pas ! Tu laisses ça ou je te bute !

La phalange avala sa salive et retourna vers la femme d'un pas martial. Puis elle s'agenouilla devant ses jambes écartées et posa les mains sur son ventre.

Erika avait besoin d'air. Talio pouvait se débrouiller seule. C'était son travail, après tout ; le sien, c'était d'attendre qu'elle ait fini et de tuer le vieux.

Quel vieux, en réalité ? Il n'y avait personne ici à part cette folle, et elle accouchait de deux bébés. Erika respira l'air du dehors à pleins poumons.

Une branche craqua quelque part devant elle. Elle sentit soudain peser contre sa taille la lourde absence de ses dagues. Talio lui avait intimé de laisser sous son lit les deux qu'elle possédait : Majeure n'aurait jamais porté d'arme. Elle n'en avait pas besoin.

— Qui est là ? cria-t-elle avec le plus d'aplomb possible.

Un autre craquement résonna.

Elle ne voyait rien dans cette lumière floue mêlée d'ombres et de rayons. Ce n'était sans doute qu'un renard qui avait senti les poules…

— Ne bougez pas.

Un garçon venait de se matérialiser entre deux arbres, à quelques mètres à peine. Ses habits avaient la même couleur que les troncs autour, et il tenait entre les mains une arbalète antique, pointée sur elle.

— Où sont les bébés ? demanda-t-il. Est-ce qu'ils sont en bonne santé ?

— Je ne sais pas, répondit Erika en levant lentement les bras. C'est ta mère, là-dedans ?

— Vous n'êtes pas censée le savoir ?

Mauvaise réponse. Elle se redressa et croisa de nouveau les mains derrière son dos.

— Je te laisse une chance de me dire la vérité.

Que faisait Talio ? S'il laissait partir sa flèche, elle finirait clouée contre un pin. Mais c'était un gamin, et il avait peur. Elle pouvait gagner du temps.

— Vous allez me tuer, souffla-t-il. Et les bébés aussi.

— Si tu ne lâches pas ton arme, oui, c'est ce qui arrivera. Moi, je serai morte, mais d'autres viendront te chercher. Ils massacreront ta famille, tu seras mis dans une cage et tu seras noyé devant tous les Sheltes.

La leçon du matin qu'avait donnée Talio sur le respect dû aux phalanges se révélait utile.

— Et si je pose l'arbalète, que ferez-vous aux enfants ? demanda le garçon en jetant un regard paniqué vers la maison.

Erika n'en avait aucune idée. Elle était seulement censée trouver un vieux à tuer pour compenser les naissances.

— Je te donne une seconde occasion de me dire la vérité, reprit-elle. Il n'y en aura pas de troisième. Où est ton père ?

— Vous n'avez pas besoin d'être cruelle, répondit-il, les yeux pleins de larmes et le visage plissé de colère.

Un sifflement rasa l'oreille d'Erika et un fracas retentit. Elle tourna la tête. La flèche du garçon venait de traverser le tronc voisin de part en part.

Erika reprit son souffle pour calmer les battements frénétiques de son cœur.

— Maintenant, réponds à ma question.

— Il est mort, cracha-t-il en jetant son arme par terre. J'avais treize ans, et j'ai dû l'enterrer, parce que ça a rendu ma mère folle. Voilà, je vous ai dit ce que vous saviez déjà, vous êtes contente ?

Ce n'était pas dans le registre ; sinon, elles n'auraient pas eu besoin de venir. Quelque chose dans tout cela déplaisait à Erika. Que s'était-il passé ici ?

Soudain, le garçon sanglota.

— Elle a p… perdu l'esprit. Elle me prend pour… pour mon père.

Il s'essuya le nez du revers de la manche.

— Elle avait peur de devoir payer une amende,

continua-t-il, parce que mon père était mort et qu'elle n'avait pas assez d'enfants pour compenser. Elle a dit qu'il fallait… qu'on ait un autre bébé. Elle m'a pris pour mon père, répéta-t-il.

Un cri de bébé retentit ; le garçon se plaqua une main sur la bouche.

Lorsqu'un second cri s'éleva quelques secondes plus tard, il reprit son souffle. Il chancelait. Talio sortit sur le seuil, un bébé emmailloté dans chaque bras.

— Nous ne pouvons pas les laisser ici. Leur mère va les… Que veut-il ? demanda-t-elle en se figeant tout à coup.

Erika lui fit signe d'approcher.

— C'est le frère, lui dit-elle à l'oreille. Et le père. Les bébés ne sont pas sains.

— Je sais, chuchota Talio. Regarde la deuxième.

Du menton, elle désigna la nouvelle-née qu'elle tenait sur sa gauche. La petite était beaucoup trop maigre. Son nez n'était pas formé et ses oreilles se réduisaient à deux lambeaux de peau molle.

Talio fit un pas vers le garçon.

— Léo, fils d'Avana, déclama-t-elle, ton enfant n'est pas sain. Si tu peux le nourrir sans charge pour Sheltel, il te sera laissé. Si cette bouche est un gouffre trop grand pour toi, son souffle lui sera repris. Que choisis-tu ?

Malgré la transpiration et la puanteur, Talio avait l'air d'une demi-déesse avec son loup rouge et sa chevelure sombre. De toute évidence, en cet instant, elle ne se prenait pas pour autre chose.

L'adolescent sembla refaire surface en se rendant

compte de l'affront qu'il venait de commettre envers une envoyée de la Main.

— Est-ce qu'elles pourraient aller toutes les deux… au refuge de la Bénie ? Ô phalange ?

— Avec quelles ressources paierais-tu ? demanda Index.

— Payer ? Qu'est-ce qu'elle raconte ? J'ai fait des gosses exprès pour pas payer !

La mère s'appuyait contre le cadre de la porte, les cuisses couvertes de sang gluant.

— Il est là, lui ? Tu reviens comme ça, après m'avoir laissée toute seule ? Prends les gamines et rentre, Renold, faut qu'on parle. Ah, pour vous faire des mômes c'est partant, mais dès qu'il s'agit de s'en occuper… Et vous deux, je vous ai assez vues. Vous allez faire peur aux petites avec vos masques.

Le garçon avait reculé parmi les arbres, mais Erika distinguait son visage. Il semblait sur le point de vomir.

— Tais-toi, dit-elle à la femme. Tu ne sais pas que j'ai le pouvoir de te prendre la vie ?

— Renold, enfoiré, reviens ! Reviens ou je te bute !

L'un des bébés se mit à pleurer.

Les braillements de la mère, la plainte du nourrisson, la chaleur, la pestilence qui lui collait encore à la peau… Erika avait la sensation d'être à nouveau dans la cale du navire, entre les hurlements des matelots et leur haleine avinée.

Était-ce elle qui attirait le bruit et la misère, ou le monde entier était-il fait uniquement de cris de détresse ?

— Majeure ?

La voix de Talio la ramena dans la forêt moite et assourdissante.

— Il ne saura pas choisir. Tu dois tuer le bébé malade pour que l'autre vive. Il ne pourra pas s'occuper des deux.

Un jour, après qu'un matelot avait violenté Erika, Kreed lui avait fait boire quelque chose. Une mixture achetée à une sorcière sur le port de Vargès, la cité des parfums. C'était une soupe froide au goût d'herbe amère et d'alcool. Le lendemain et les jours suivants, elle avait beaucoup saigné.

Elle n'avait que treize ans, elle aussi. Elle n'avait pas compris.

Plus tard, quand Erika avait rencontré de jeunes terriens dans les ports et des pirates à Watowa, Kreed ne s'en était plus inquiétée. La mixture n'avait plus jamais été évoquée, et Erika n'avait plus jamais craint de se trouver engrossée.

Elle tendit les mains pour attraper la nouvelle-née. Elle dormait, ignorante de sa propre laideur, son petit ventre se soulevant au rythme de sa respiration.

Erika en avait fini avec la mort. Elle avait choisi de ne plus tuer pour le compte d'une mère sanguinaire ; la Main ne remplacerait pas Kreed.

— Viens, dit-elle. Nous rentrons à Sheltel.

— Qu'est-ce que tu fais ? chuchota Talio. La Main te demandera des comptes. Tu devras lui parler de l'enfant, lui expliquer. L'équilibre sera rompu, elle risque de découvrir…

— Léo, l'interrompit Erika d'une voix forte. Prends ta sœur en bonne santé ; je me charge de l'autre. Je te pardonne toutes les offenses qui auraient dû causer ta mort.

Le garçon ébahi n'émettait aucun son.

— Mais que vas-tu faire de la mère ? demanda Talio, incrédule.

— Elle peut rester là. Elle est déjà morte, au fond.

Talio secoua la tête, le regard assombri, mais la suivit tout de même entre les pins jusqu'au rivage. Derrière elles, la femme hurlait des obscénités à s'en déchirer le larynx, incapable de dépasser le seuil de sa maison fétide.

Pozar,
Les feutiers attendent leur paiement. Trente ans qu'ils versent leur cotisation tous les mois, pour certains. Ils ont le droit de récupérer leur dû. Nous en avons tous le droit.
Où est l'argent ?
Dépêche-toi d'en montrer la couleur, Pozar, ou ça va sentir le brûlé pour toi.

Matin du huitième jour

Le vieux marchand

Arthur perdait souvent patience, certes. Mais jamais à ce point.

Il avait passé les nuits précédentes à examiner les globes et en avait déjà brisé dix contre le mur de sa cave. Il lui semblait chasser des papillons avec une chaîne aux chevilles.

Dans son sous-sol était entreposée la cargaison offerte par la capitaine en échange de l'accueil de son navire. Une centaine de sphères, rassemblées par filets de cinq. Il avait essayé toutes les méthodes connues puis en avait inventé d'autres. Il avait posé longtemps ses mains dessus, dormi avec, les avait enterrées sous un tournesol, alignées avec la lune et avec la constellation du sphinx.

Rien.

Il existait un recoin, entre deux tavernes du port, où les commerces les plus douteux avaient cours. Arthur y avait acquis un peu de tout ce que vendaient les pirates. Les objets et les substances qu'il observait, testait parfois, lui laissaient entrevoir un monde de luxes violents. L'un des parfums les moins terribles qu'il avait respirés, enfermé dans un minuscule flacon violet, l'avait envoyé voler parmi les étoiles pour retomber brutalement sur son tapis, affalé dans ses propres excréments, la tête pleine de cauchemars saccadés. Il l'avait jeté aux ordures. Le lendemain, à l'heure de la sieste, il avait essayé de le récupérer dans la poubelle de sa rue. En fouillant parmi les déchets, il avait trouvé le cadavre d'un chien dont la langue pendait, boursouflée et violette.

Il n'était plus retourné sur le port.

Arthur contempla les morceaux de la sphère à ses pieds et espéra que ses élèves rencontraient plus de succès que lui.

*

Greta se jeta sur lui dès qu'il eut posé le pied sur le perron de l'école.

— Monsieur Pozar, j'ai pour vous une mauvaise nouvelle et une très mauvaise nouvelle, dit son élève à la hâte.

— Commence par la mauvaise, ça m'entraînera pour l'autre, soupira-t-il.

— Les membres du conseil du feu sont au salon.

Il ne lui manquait plus que ces arapèdes. Arthur se composa un sourire.

— Mes amis, s'exclama-t-il en entrant dans la pièce, quel plaisir ! Vos verres sont vides ? Greta, apporte-nous huit verres et une bouteille de jaunet. Mes amis ont soif.

— Inutile de faire le gandin, Pozar.

Debout devant les canapés, les sept hommes n'avaient même pas ôté leur chapeau.

— Tu sais très bien pourquoi nous sommes là,

continua Estefan, qui venait de parler. Et ce n'est pas pour boire ton pastis dégueulasse.

— Dégueulasse ? s'emporta Arthur.

— Imbuvable ! confirma Estefan. Mais ne change pas de sujet, va.

— Tu m'insultes entre mes propres murs !

— Pozar, arrête de nous abîmer les oreilles. Les feutiers ne vendent plus rien, ou quasi.

— Si je ne le sais pas... Depuis l'arrivée de ces foutus pirates, pas une heure n'a passé sans que vous me le répétiez. Ou bien si, l'autre jour, quand il faisait trop chaud pour parler... Non, pardon, je dois confondre avec un rêve que j'ai fait.

— Les feutiers veulent récupérer le fruit de leur cotisation. Sans délai.

Arthur eut un grand rire et se frappa les cuisses.

— Elle est bonne, celle-là ! Vous savez comme moi que le système n'est pas fait pour cela.

— Pas fait pour quoi ? s'enquit Estefan.

— Pour que tout le monde vienne récupérer sa mise en même temps.

— Comment ça ? demanda Pedro, aussi perdu que d'habitude.

— Comment ça, comment ça ? s'énerva Arthur. Vous êtes le conseil du feu de Sheltel, et vous ne connaissez pas le fonctionnement de notre confrérie ?

— Non, on ne le sait pas tellement, figure-toi, s'écria Estefan, parce que tu t'es toujours gardé de nous le dire.

— Arrête un peu. Vous avez voté de votre propre main pour que les cotisations des feutiers soient investies.

— Ah oui ? Et quand ?

— Pas plus tard que l'an dernier.

Ils se renfrognèrent. Le pastis d'Arthur était peut-être bon pour les chèvres, mais il n'y en avait pas sur Sheltel de plus efficace pour émécher un homme. L'année précédente, lors de l'assemblée générale, Arthur s'était arrangé pour présenter les nouveaux statuts de la façon la plus ennuyeuse et obscure possible pendant quatre heures, au cours desquelles ils avaient bu dans les verres Coulaflo de la mère Castigue. À chaque gorgée, les coupes se remplissaient de nouveau. Ils avaient approuvé toutes les propositions à l'unanimité, et leur supplice avait pris fin.

— Bon, reprit Estefan, il se peut qu'on ait voté. D'accord. Mais où as-tu mis l'argent ?

— Les statuts déclaraient que les investissements seraient à ma discrétion.

— Ne nous dis pas que tu l'as placé dans les caisses de la Bénie.

Alors il ne le leur dirait pas.

— Cela ne vous regarde en rien.

— Ah bon ? Et pourquoi ?

— Parce que c'est moi, le responsable financier de la confrérie.

— Et ça, on a voté pour, peut-être ?

— Vos pères avant vous, oui. Parce qu'ils savaient que leurs fils seraient des têtes d'âne qui ne comprennent rien.

Estefan fit jaillir le pistolet de son étui et le pointa sur Arthur.

— Tes airs de grand-père gâteux m'ont toujours dégoûté.

Autour, les autres restèrent bouche bée. Trois

avaient posé la main sur leur arme sans arriver à décider s'il fallait la sortir ou non.

— Tu auras l'air malin, lui lança Arthur, quand tu croupiras sur la grand-place, attaché à mon cadavre. Si mon odeur ne te revient pas maintenant, alors imagine une fois crevé. Et puis ce n'est pas la meilleure stratégie pour prendre ma place au conseil.

— Ta gueule, Pozar. Tu te crois tout-puissant, mais qu'as-tu fait pour éloigner le bateau, hein ? On ne peut plus pêcher, on est obligés d'acheter de la viande de bison à ces putains d'Ashim. Mais je crois, en fait, que tu les aimes bien, ces étrangers. Les amis de la Bénie sont tes amis, non ? Et elle est plutôt copine avec l'autre dégénérée, on dirait.

— Transformer un ennemi en allié reste le meilleur moyen de ne pas se faire arnaquer. Le proverbe est de moi, et il s'est toujours révélé efficace.

Estefan s'empourprait davantage à chaque mot d'Arthur. De sa main qui tremblait de rage, il arma le chien de son revolver.

— Estefan, fit l'un des hommes, ça ne sert à rien. Tu vas tous nous mettre dans la farine.

— Tu as volé notre argent, continua le feutier à l'adresse d'Arthur sans entendre son camarade. Tu as ouvert grand la porte à des pirates qui pompent notre eau. Et surtout, surtout, tu ne fais rien pour trouver ceux qui ont mutilé ma nièce.

C'était donc cela, le fond du problème ?

La veille, Arthur avait approché une petite fille lors d'un mariage. Il lui avait offert une figurine Flamboyance en forme de lapin. La petite Mélanie, qui n'avait pas plus de sept ans, l'avait suivi jusque chez la Main sans poser de questions. Il avait déposé la gamine près du port pendant la nuit. On l'avait retrouvée au matin, vivante, mais inerte. C'était la fille d'un dignitaire natif, et la nièce d'Estefan.

— Détrompe-toi, dit Arthur en allumant une cigarette. Baisse ton arme et je te raconte ce que j'ai trouvé.

Estefan déglutit.

— Allez, fit un autre, range ça. S'il sait ce qui est arrivé à la petite, ce serait bête de le flinguer.

Et comme les autres reprenaient à voix basse et en chœur ce refrain, « range ça, asseyons-nous », il fut obligé d'obtempérer.

Lorsqu'ils furent tous installés dans les fauteuils en cuir et que le pouls d'Arthur se fut calmé – il avait tout de même eu un canon pointé sur le front par un cinglé –, il commença :

— Ce que je vous dis là, c'est un secret. Je compte sur vous pour le garder, et pas seulement par égard pour moi ; pour tous les feutiers de l'île, vous compris.

Il laissa le silence acquiescer.

— J'ai acheté l'une de leurs balles blanches sur le port et j'ai essayé d'en tirer quelque chose. Prenez-moi pour un salopard si ça vous chante, mais il y a une chose que vous ne pouvez pas nier : je suis plus doué que vous tous.

Ils n'osèrent pas le contredire mais redressèrent le menton pour garder la face.

— J'ai tout essayé. Je n'ai pas réussi. C'est pour cela que je me suis énervé, pardonnez-moi.

Il était si inhabituel d'entendre Arthur Pozar admettre un échec et s'excuser dans la même phrase que les visages se teintèrent instantanément de surprise.

— Je ne dis pas que le Natif a tort, mais je crois qu'il ne va pas assez loin. Écoutez-moi bien.

Ils se penchèrent tous en avant, les coudes sur les genoux, sauf Estefan qui demeura droit.

— Pour allumer leurs globes, les pirates ont besoin de magie. Et vous le savez comme moi : la sorcellerie, ça se paie. Avec le prix d'une âme.

Les conseillers s'assombrirent.

— Les gens des continents sont venus souffler ici leur air vicié pour prendre les âmes de nos petits et les mettre dans leurs globes, continua-t-il. C'est pour ça que tant de gens sont morts. Pour allumer les sphères blanches qu'ils vendent sur le port aux familles mêmes de ceux qu'ils ont mutilés…

— Alors les livres anciens et le Natif disent vrai, murmura l'un des hommes en se frottant la barbe.

Un nouveau silence méditatif suivit sa déclaration. Dans la tête d'Arthur, c'étaient confettis et cris de joie : ces ahuris le croyaient.

— Mes amis, annonça-t-il solennellement, que ce soit par sorcellerie ou par cruauté, reste que les pirates ont mutilé la nièce d'Estefan et bien d'autres. Ce sont eux qui menacent aussi notre confrérie. Nous les chasserons de nos terres. Mais d'ici là, ayez confiance ; je vous rendrai l'argent qui vous revient de droit.

Arthur se leva et tous l'imitèrent. Estefan se redressa plus lentement que les autres.

— Je vais feindre de croire ta fable, lui chuchota le feutier sur le seuil de l'école, pendant deux jours encore. Tu n'es déjà plus le bienvenu chez la Bénie ; si après-demain tu n'as pas rempli les caisses de la confrérie, tu perdras le peu qui te reste.

Estefan le regarda encore dans les yeux, son souffle frôlant la moustache d'Arthur. Puis il s'éloigna dans la grand-rue, soulevant la poussière sous ses bottes.

Le conseil du feu venait de fournir à Arthur une parfaite excuse pour s'entretenir avec la prêtresse. Il en profiterait peut-être même pour s'excuser, pour la deuxième fois de la journée.

*

Il fumait dans le salon, le regard perdu au-delà de la fenêtre, quand la jeune élève interrompit ses réflexions.

— Monsieur Pozar…

Il continua de tirer sur sa cigarette.

— Monsieur ?

— Oui.

— Il reste encore la très mauvaise nouvelle.

Il avait presque oublié.

— C'est compliqué à expliquer. Venez voir.

Il écrasa son mégot dans la coquille d'huître qui lui servait de cendrier. Greta le guida à travers les couloirs de son pas rapide jusqu'à la salle de travaux pratiques.

— Voilà. Nous y sommes. S'il vous plaît, ne paniquez pas.

Arthur poussa la porte. Une odeur de brûlé qu'il n'avait encore jamais sentie, piquante et acide, lui tapissa la bouche. Malgré le grand soleil qui inondait la pièce, elle paraissait plongée dans les ténèbres. Les murs, le parquet, les moulures du plafond, les meubles – ou ce qu'il en restait : tout était noir. Carbonisé. Au milieu de ce monde de cendres gisait un corps.

Arthur ralluma une cigarette.

— Que fait Michael allongé ici ? demanda-t-il d'un ton qu'il espérait détaché.

— Il a tenté de plonger le globe dans de l'eau de mer.

Arthur tira si fort sur sa cigarette que la moitié brûla d'un coup.

— Et pourquoi a-t-il commis une bêtise pareille ?

— Parce que nous avions tout essayé, que nous n'avons pas mis un pied hors de l'école depuis deux jours, que nous sommes sales et épuisés, et que rien ne fonctionne.

— Je croyais vous avoir mieux formés.

Comment avait-il pu briser une règle aussi fondamentale ? Le plus engourdi de ses élèves de première année pouvait réciter par cœur la première maxime de Fellon l'enflammée : « Jamais les opposés ne seront associés ». Michael aurait au mieux éteint la sphère, mais certainement pas ravivé. Alors pourquoi avait-il plongé un feu aussi puissant et mystérieux dans son élément opposé ?

— Le globe s'est-il allumé ?

Greta, penchée au-dessus du garçon, ne sembla pas l'entendre.

— Le globe. Est-ce qu'il a produit de la lumière quand Michael l'a mis dans l'eau ?

— Oui… C'était comme si la foudre était tombée dans la pièce. Monsieur Pozar, je crois qu'il faudrait d'abord s'occuper de Michael.

— Il respire encore ?

— Oui, mais…

— Alors il peut attendre. Décris-moi ce qui s'est passé.

La jeune fille débita :

— Depuis que vous nous avez demandé de percer le secret des sphères, nous dormons par intermittence. Personne n'a encore abandonné ; beaucoup y ont pensé. Il suffirait qu'un élève s'en aille pour que d'autres le suivent mais nous sommes tous trop fiers. Après une nuit et un jour, j'ai commencé à entendre des phrases qu'on ne me disait pas. Michael, lui, imaginait des odeurs de brûlé partout. Je crois que ce sont la fatigue et les échecs répétés et l'envie de gagner le concours qui l'ont rendu fou. Il est sorti tout à l'heure de la pièce et il est revenu avec une bassine d'eau de mer. D'abord, nous n'y avons pas fait attention. Chacun était concentré sur ses propres essais, et on avait tenté des choses plus étranges. Et puis je me suis retournée et je l'ai vu, avec le globe suspendu au-dessus de l'eau. J'ai à peine eu le temps de lui crier d'arrêter. C'était trop tard.

— Et ensuite ?

— Dès que la sphère a touché le liquide, on a entendu un grésillement, de plus en plus fort. Tout le monde a levé la tête. Le bourdonnement a grossi et, tout à coup, le globe a lancé un éclair qui a parcouru la salle. Une seconde plus tard, nous étions à terre, et la pièce entièrement brûlée.

— Où sont les autres ?

— À l'infirmerie.

— Pourquoi ?

— Ils sont brûlés eux aussi, monsieur Pozar. Gravement, pour certains.

Ce n'était pas possible. Pas des feutiers.

— Tu en es sûre ?

La fille souleva un pan de sa chemise. De la hanche jusqu'aux côtes, elle était couverte de cloques, certaines blanchâtres, d'autres déjà percées. Sa peau avait l'apparence du carton.

— Va te soigner avec les autres. Je m'occupe de Michael.

— Je n'ai pas trop mal, monsieur. C'est plus laid que douloureux, je vous jure, laissez-moi…

— Greta, rejoins-les avec Michael. Et dis-leur de cacher leurs blessures. Quand ce sera fait, rentrez tous chez vous, vous avez mérité du repos. Mais n'en parlez à personne. Si nous donnons aux Sheltes de quoi paniquer, nous cédons du terrain aux étrangers. Et nous ne le voulons pas, n'est-ce pas ?

— Non, monsieur Pozar. Que dois-je dire à ses parents ? demanda-t-elle, le visage masqué d'angoisse.

Arthur regarda le jeune homme. Il paraissait endormi. Sa respiration, paisible, soulevait sa poitrine.

— Dis-leur qu'il a gagné le concours.

ALERTE SÉCHERESSE
INFORMATION RATIONNEMENT

Par décret du Natif
En date du 3e mois, 8e jour de l'an 335 ap. G.N.

À compter de la publication de ce décret, le rationnement d'eau hebdomadaire se réduit à cinq seaux par adulte, quatre par enfant. Sont interdits les bains ainsi que l'arrosage des plantes et l'abreuvement des animaux non comestibles.
L'acquisition d'eau supplémentaire est possible au prix de 150 shels la barrique, 120 shels le seau, 80 shels la gourde.
Tout Shelte possédant un don de sourcier est réquisitionné et doit se manifester auprès du palais natif dans la journée suivant la publication de ce décret.
Tout contrevenant à ces consignes s'expose, en plus des réprimandes sévères et immédiates des forces DAN, à une amende pouvant aller jusqu'à 30 000 shels et cinq ans d'emprisonnement en cellule rouge.

Affichage obligatoire dans tous les lieux publics de Sheltel

La sorcière

« Ce que vous venez de faire, vous l'avez fait pour sauver les Sheltes d'eux-mêmes. »

Depuis qu'elle avait aspiré l'esprit de la petite Mélanie hors de son corps, la Main se répétait inlassablement les paroles de Pozar. Leur effet était le même que celui de l'onguent sur sa peau brûlante : elles avaient beau être nauséabondes, Nawomi ne possédait rien d'autre pour s'apaiser.

La fillette posait mille questions et voulait ouvrir tous les registres. Après le baiser de la Main, elle n'avait réagi ni aux claques ni aux secousses. Elle avait cogné sa tête contre le mur avec la régularité d'une horloge, le regard vide, jusqu'à ce que le conseiller l'emporte.

Il faudrait trouver un symbole adapté pour le registre. Nawomi n'avait jamais eu à consigner ce genre de cas auparavant.

L'intérieur de la maison l'étouffait. Elle essaya d'ouvrir la fenêtre pour faire entrer l'air ; la canicule lui fondit dessus comme un essaim de moustiques. Impossible de sortir. Et partout où elle se tournait, le regard mort de l'enfant s'imposait à elle.

Une ombre passa alors fugitivement sous la porte. Il y eut un bruit, des pas qui s'éloignaient, puis plus rien. Nawomi laissa s'écouler quelques secondes et ouvrit la porte. Sur le paillasson, à l'ombre des masques pendus à l'avancée du toit, gisait un nourrisson.

Elle regarda à travers les arbres, mais celui qui avait déposé l'enfant était déjà parti. La Main ramassa le bébé. C'était une fille à peine née. On l'avait enveloppée d'un drap de lin et d'une peau de bête, à la façon des Ashim. Nawomi souleva alors le bout de tissu qui cachait la tête de l'enfant.

La difformité du visage ne laissait aucun doute : le nourrisson était issu d'un inceste.

Qui sur cette île était assez fou pour abandonner son enfant, même infirme, à la Main ? Et, plus inquiétant, qui avait pu cacher une telle naissance à ses phalanges ?

Nawomi se rendit soudain compte qu'elle était restée sur le pas de la porte, un bébé malsain dans les bras. Elle rentra à la hâte et descendit chercher du lait au second sous-sol. La petite devait être affamée et il ne fallait pas qu'elle crie.

— D'où vient cet enfant ? demanda sa mère, hébétée, en la voyant entrer par la trappe.

Nawomi se dirigea sans répondre vers le garde-manger où elle déboucha une bouteille de lait. Après en avoir versé dans un biberon en fer-blanc, elle fit téter le nourrisson.

— Mais il n'est pas sain ! s'écria la vieille en reculant au fond de son lit. Tue-le, Nawomi. Tue-le vite ! Ne lui donne surtout pas à manger !

— Tais-toi, coupa Nawomi. On va t'entendre de là-haut.

Sa mère continua à marmonner des insultes et des malédictions, collée au mur, comme si se trouver trop près de l'enfant pouvait la souiller. La petite, pendant ce temps, avait fini le biberon et commençait à somnoler. Lorsqu'elle se fut endormie, Nawomi chuchota :

— J'ai commis quelque chose de terrible, maman. Quelque chose de contraire au devoir de la Main. Et il ne s'agit pas de ce bébé.

Elle lui raconta à voix basse les pirates, la cupidité du conseiller, la fillette qu'elle avait embrassée pour que les étrangers repartent. À la fin du récit, sa mère secoua la tête.

— Tu aurais dû la tuer proprement. Ton rôle est de supprimer les êtres malsains, pas d'en créer. Mais ne t'inquiète pas trop. Après tout, ses parents ont deux autres filles, des amis, des frères et sœurs. Comme toutes les familles, ils seront dévastés, et comme les autres, ils feront bientôt leur deuil. Lorsque j'étais Main, je comprenais presque les gens à qui j'ôtais un frère ou un conjoint, quoique leur peine m'ait toujours paru exagérée. En revanche, je n'ai jamais saisi le chagrin extrême qui afflige les parents, même les plus endurcis, lorsque leur bébé meurt. Rien n'est plus simple que d'en concevoir un autre. Mais que te resterait-il, à toi, si ces étrangers mettaient en danger ton secret et ta mère ? Aucun autre Shelte ne sait ce que cela signifie de n'avoir qu'une personne au monde. Ce conseiller n'a pas tort. C'était un mal nécessaire.

Nawomi regarda le nourrisson endormi. Sa main

miniature s'enroulait fermement autour de son petit doigt.

— Cette enfant nous ressemble, murmura-t-elle. Elle est née pleine de secrets. Tu as déjà tué pour me protéger, maman. Laisse-moi à mon tour devenir le monde d'une enfant, comme tu l'as été pour moi.

— Tu dois la rendre à Sheltel, trancha sa mère. Si quelqu'un apprend que tu laisses en vie un nourrisson malsain, pire, que tu le protèges, tu ne pourras plus jamais exercer ton office.

La vieille femme tendit les mains vers le bébé, mais Nawomi recula. Sa mère avait raison : elle ne pourrait pas prendre soin de cet enfant. Mais il pourrait peut-être compenser celui qu'elle venait de mutiler. Peut-être n'était-elle pas condamnée à n'avoir qu'une personne au monde.

*

Nawomi était toujours passée devant le refuge de la Bénie sans jamais y pénétrer. Plus humble que le temple, il en imitait la blancheur et les courbes. Aucune fenêtre, cependant, ne venait percer la surface bombée des murs. Au-dessus de l'entrée arrondie, le fronton proclamait :

REFUGE POUR ENFANTS
VOUS QUI ENTREZ ICI, SOYEZ BÉNIS

Le bébé dans un bras, Nawomi posa l'autre main sur la poignée décorée d'un coquillage à pointes. Elle déposerait le nourrisson devant la chambre de la directrice et partirait sans un bruit. Personne ne le saurait.

Le battant s'ouvrit sur un hall immaculé d'où partaient plusieurs corridors ; elle en emprunta un au hasard et marcha, de couloir en couloir, sans croiser un seul enfant ni la moindre gouvernante. En haut des murs, de petites fenêtres à barreaux s'alignaient sous le plafond. Aucune lumière n'en sortait. Elle passa devant des portes marquées à la craie. *YEUX*, affichait la première. La deuxième indiquait *ESPRIT*, une autre *JAMBES*.

Elle n'aurait pas dû y prêter attention ; sa propre maison était couverte d'os humains et de masques. Ces étranges inscriptions, pourtant, lui parurent bien plus inquiétantes.

Soudain, tout près d'elle, une porte indiquant *PAIRES* s'ouvrit à la volée. Nawomi se précipita derrière l'angle le plus proche. Là, dissimulée dans l'ombre, elle regarda défiler le cortège. La gouvernante passa la première dans son champ de vision. Drapée dans une ample robe blanche, elle agitait un grelot dont les résonnements aigus firent grimacer Nawomi sous son masque noir. À sa taille était nouée une corde qui pendait derrière elle. Elle avança, laissant place à ce que traînait la laisse.

Celle-ci s'enroulait autour de l'unique cou de deux garçons. En haut de la nuque, le corps se scindait en deux visages difformes.

Nawomi se souvenait d'eux. Le jour de leur naissance, Anneau était revenu troublé. Comment comptabiliser les nouveau-nés ? Devait-il tuer un ou deux parents ? Fallait-il les laisser vivre ? La mère avait accepté de payer les soins du refuge avec un argent qu'elle n'avait pas. Elle avait tout perdu. Bientôt, les poumons communs aux deux enfants s'essouffleraient ; ils ne finiraient pas leur troisième année.

Derrière eux, soudées au niveau du flanc, deux petites filles s'appuyaient chacune sur une canne. Si leur père savait que son salaire de sommelier du roi servait à traîner ses filles dans un sinistre couloir une corde au cou, il demanderait quelques comptes à la Bénie.

Nawomi attendit que les claudications et le grelot s'éteignent.

Plus loin, elle passa devant une courette. Trois enfants y enfilaient des bigorneaux percés sur des fils de pêche. Nawomi reconnut les amulettes Sanitair que les Sheltes s'arrachaient sur les marchés et aux comptoirs d'apothicaire.

Elle poursuivit sa course dans ce labyrinthe où s'enchaînaient les portes. Elle ne voulait plus lire les inscriptions. *PAROLE ET ÉCOUTE. MORCEAUX MANQUANTS. ACCIDENTS DIVERS.* Les mots surgissaient malgré elle dans son champ de vision.

EFFACÉE.

Ce mot la fit ralentir. Elle risqua un coup d'œil dans le hublot percé au milieu de la porte.

Son regard plongea dans celui, éteint, de la fillette mutilée.

La petite, debout au milieu d'une pièce nue, ne jouait pas avec la poupée qui traînait à ses pieds. Elle observait la Main sans la voir, les bras ballants.

Nawomi recula brusquement, serrant le nourrisson contre sa poitrine, et se heurta à quelqu'un. Elle se retourna sur un garçonnet aux yeux couverts d'un voile bleuâtre.

— Maman ? demanda-t-il en s'accrochant à sa robe.

Elle était sur le point de vomir, mais ne savait pas ce qui l'écœurait le plus. La Bénie et son conseiller se formaient ici une armée de petits esclaves. Les infirmes cloîtrés, les valides au travail. Et leurs parents, à la bourse.

Pour la Main, cet endroit n'avait rien d'un refuge. C'était un monument à ses échecs.

Le bébé dans ses bras remua et poussa un bref cri. Elle plaqua une main sur son visage pour le faire taire.

— Qui est là ? cria une voix d'adulte.

Nawomi courut vers la sortie sans se retourner.

Rapports /
Saignements -
Retard X
Œufs

	1	2	3	4	5	6	7	8	9	10	11	12	13	14	15	16	17	18	19	20	21	22	23	24	25	26	27	28
Mois 8					-	-	-	-						/			/					/						/
Mois 9				-	-	-	-								/		//				/		/					
Mois 10					-	-	-	-	-							/				//	/							
An 335																												
Mois 1	/				X		/	/	/	/					//	/	/	//	/	/		//						
Mois 2					X																							
Mois 3					X																							

MATIN DU NEUVIÈME JOUR

La pirate

Erika se débattit pour se dépêtrer du drap collant de sueur enroulé autour de son cou. Sur le lit d'en face, Talio la regardait s'agiter, immobile.

— Tu as fait un cauchemar.

Erika avait encore le souffle court. Les dernières images du rêve se délitaient déjà mais des relents de sang imprégnaient encore ses narines. Elle inspira profondément. L'odeur du feu et du cuir, bien réelle, la rassura. Sur son bras, remarqua-t-elle, le tatouage avait de nouveau disparu. Depuis son évasion, la sirène ne lui avait plus parlé mais elle s'absentait parfois pour aller visiter l'île, plus libre que celle qui l'avait dessinée.

— Aujourd'hui, tu vas devoir accompagner un nouvel Ashim vers la mort, dit Talio.

— Je commence à avoir l'habitude.

— Guider quelqu'un jusqu'à la forêt peut se révéler plus difficile qu'il y paraît. C'est du moins ce qu'affirmait Majeure.

Erika l'avait déjà fait à deux reprises, pourtant. Il suffisait de marcher jusqu'à l'orée du bois, de s'assurer que l'ancien s'y enfonçait, puis de planter une flèche de plus dans le sol, pointe vers le ciel. Les Sheltes étaient convaincus que cette forêt renfermait un monde infini, puisque aucun de ceux qui y avaient pénétré n'en était ressorti. Erika la croyait surtout peuplée d'animaux sauvages.

Les deux vieillards qu'elle avait accompagnés n'avaient pas tenté d'échapper à leur sort. Leur sérénité la dérangeait. La mort, pour un pirate, venait d'un couteau entre les côtes ou d'une balle dans la gorge. La plus belle façon de partir, la plus douce à espérer, c'était avec de l'eau de mer plein les poumons. Une tempête, un bateau couché, l'océan froid tout autour, et le sommeil dans les bras d'algues de la Noyeuse. Quant à choisir calmement d'entrer dans l'inconnu… Encore une semaine plus tôt, Erika aurait trouvé l'acte lâche. Il fallait du courage pour accepter la mort de front, définitive, sans retour. Mais en voyant ces corps fourbus marcher entre les troncs, elle n'éprouvait que du respect. Ils restaient dignes. Souriants, même. Elle les regardait s'éloigner, de plus en plus petits, et disparaître. Jamais ils ne se retournaient. Peut-être qu'au fond du bois, dans une clairière, tous les vieux Ashim buvaient, fumaient et dansaient ensemble pour l'éternité.

— Mais avant cela, continua Talio, tu as reçu une convocation.

— De la part de qui ?

— De la Main. Tout est normal, ne t'inquiète pas, c'est le jour de ton rapport individuel.

— De mon rapport ? Je ne suis Majeure que depuis quelques jours, comment est-ce que je pourrais lui raconter mes dernières semaines ?

— Je vais te l'apprendre.

— Elle va me démasquer.

Erika commençait à peine à endosser la voix et les gestes de celle qui l'avait précédée dans la robe de Majeure. Elle ne pouvait pas s'exposer aussi vite aux yeux de cette sorcière dont on lui parlait tant. Jusque-là, elle avait fait passer ses rapports écrits à Index, qui les avait amenés à la Main.

— Elle ne s'approchera pas de toi, lui assura Talio. Majeure était celle en qui elle avait le plus confiance. Si tu manques à ton rendez-vous ou si tu arrives en retard, en revanche, elle deviendra suspicieuse. J'y serai avant toi et, s'il le faut, j'interviendrai pour détourner son attention.

Bientôt, Erika trouverait un moyen de se libérer de ce nouvel esclavage. Mais pour le moment, elle n'avait d'autre choix que de se plier aux règles du rôle qu'elle avait usurpé.

— Maintenant, dépêche-toi, intima Talio. Je vais te coiffer. La Main n'y verra que du feu.

Recherchée par les autorités des trois continents

JUDITH KREED

Pour traîtrise, piraterie, pillages, torture, esclavage, meurtre, cannibalisme sur les trois mers et sur l'océan

Signalement

Taille : un homme et demi

Cheveux noirs, borgne, crochet à la main droite, jambe gauche amputée

MORTE OU VIVE

Récompense : 1 000 000 de keels et 30 tortues

La sorcière

La prystine était épuisée et les écailles s'étendaient sur son corps comme une plante grimpante. Elles atteignaient désormais l'intérieur de sa bouche. Sa langue était dure et sèche de lamelles verdâtres.

« Tu m'as encore désobéi », gronda la voix de sa mère depuis les tréfonds de sa mémoire. « Si tu faillis à tes devoirs envers Sheltel, lui avait-elle répété chaque jour de son enfance, ou si tu me manques de respect, ta peau s'abîmera encore plus vite. Si tu pensais du mal de moi, ta peau me le dirait. Rien en toi n'est secret : tout est visible sur ta chair. » L'année de ses onze ans, quand de nouvelles écailles avaient fleuri autour de ses genoux alors qu'elle avait repoussé tous les sursauts de haine et de rébellion, elle avait compris qu'il ne s'agissait que de fables destinées à l'effrayer.

Elle n'en était plus si sûre.

Petit leva les yeux de son registre :

— Notre Main, vous sentez-vous…

— Tais-toi.

L'enfant baissa le nez.

Son cœur palpitait. Il fallait se calmer. Penser au

nourrisson qui dormait en silence, caché dans la salle de bain. Être aussi sereine que lui. Lui trouver un prénom.

Mais Nawomi n'y parvenait pas. Une nappe de rage recouvrait tout depuis qu'elle avait trouvé le paquet déposé devant chez elle par une main anonyme.

Elle l'avait découvert à son retour du refuge. Un cadeau, avait-elle cru. Il avait la forme et la souplesse d'un serpent. Un mot l'accompagnait, tracé dans une écriture familière. Nawomi avait déchiré le papier taché d'humidité. En s'ouvrant, le paquet avait dégagé une forte odeur de pourriture.

C'étaient des cheveux. Une tresse rousse, maculée de boue.

— Petit, appela-t-elle. Viens.

Le garçon approcha, penaud.

— As-tu copié les derniers rapports des phalanges ? Les as-tu déjà brûlés ?

— Pas encore, notre Main, murmura-t-il. Je vous prie de me pardonner. Avez-vous lu le mien ? Il faut faire attention. Anneau et Pouce ont parlé avec le chef ashim l'autre soir, et ils ont…

— Donne-les-moi tous. Vite.

Petit s'interrompit et se précipita sur un tiroir dont il sortit quelques feuilles. Nawomi parcourut les lignes. Une deuxième fois, et une troisième pour être sûre.

Aucune n'était écrite de la main de Majeure.

*

Nawomi avait renvoyé Petit chez lui. Sa mère tapait de plus en plus fort contre le mur, mais elle ne descendrait pas. On avait tué sa phalange. On avait remplacé Majeure.

On avait trompé la Main.

Ce ne pouvait qu'être l'œuvre d'un étranger. Pozar avait raison. Ces pirates étaient prêts à tout pour s'installer sur leur île, pour leur prendre leurs maisons, leur eau et leurs terres. Jusqu'à leur identité.

Alors que le soleil arrivait au zénith, la poignée se baissa. C'était le moment.

Nawomi regarda entrer la Majeure de contrefaçon. Maintenant qu'elle le savait, cela semblait flagrant : même à contre-jour dans l'embrasure de la porte, il était évident que cette fille-là n'avait rien de la grâce ni de l'élégance d'une phalange. Sa mâchoire et ses épaules étaient trop larges, le roux de ses cheveux trop criard. Nawomi l'observa se courber devant elle, lui faire le salut des phalanges, blasphématoire de sa part.

Quand la fille se retourna pour aller l'attendre devant la maison, Nawomi n'hésita pas. En moins d'une seconde, elle fut dans son dos, passa la tresse autour de son cou et serra. Elle pouvait à peine articuler avec sa langue couverte d'écailles, mais elle tenait à expliquer à l'usurpatrice ce qui l'attendait.

— Tu n'auras pas une mort rapide, haleta-t-elle. Tu ne profiteras pas du baiser de la Main. Je vais t'étrangler avec les cheveux de Majeure jusqu'à ce que ta langue se coupe et que tu t'étouffes dans ton propre sang.

Elle serrait sa gorge de plus en plus. Elle voulait

sentir la vie s'échapper de ce monstre. La fille était forte, elle se débattait, ruait, secouait. Mais, bien vite, le souffle lui manqua et ses coups se firent plus faibles.

— Puis je reprendrai les habits que tu as volés à ma phalange, continua la Main, et je jetterai ton corps nu devant ma porte. Les chiens viendront te dévorer. Je les regarderai déchirer ta chair depuis ma fenêtre.

Dans la lumière de la clairière, Index apparut. La fille tendit les mains vers elle, comme pour implorer son aide. Mais elle n'avait pas compris.

— Tu as tué ma sœur, articula la jeune fille au masque rouge. Tu as trompé la Main. Tu as souillé le costume des phalanges et paradé avec tes faux cheveux roux. Tu as mis en péril la terre de notre descendance avec l'air infâme que tu as ramené des continents.

Index posa une main sur son ventre pendant que la fille tombait à genoux.

— Tu m'as raconté ton monde. Il est fait de sang et de violence. Mais mon enfant naîtra et vivra dans la paix, sur une île sans maladies, sans…

Index s'interrompit : quelqu'un venait de lui coller une arme sur la tempe. Une femme immense, démesurée.

— Lâchez-la, fit l'étrangère.

Index agrippa son ventre à deux mains et s'écria :

— Je vous en supplie, j'attends un enfant !

— Lâchez-la, répéta la géante.

La Main ne voulait pas laisser partir sa proie.

— Si vous ne lâchez pas ma fille, je retournerai votre maison, je détruirai devant vos yeux tout ce qui vous est cher et vous en ferai avaler les morceaux brisés.

L'image du bébé, endormi près de la baignoire, s'imposa à Nawomi. Elle jeta aussitôt la tresse. La fille s'écroula.

En face, l'ogresse envoya Index au sol et s'approcha en pointant son canon sur la Main.

— Je vous aurais tuée, dit-elle en ramassant le corps inerte de l'usurpatrice, avec une lenteur que vous ne pouvez imaginer.

Puis elle recula, sans baisser son arme, jusqu'à disparaître de nouveau dans la forêt. Nawomi s'élança alors vers l'intérieur et s'engouffra dans la trappe qui menait à la salle de bain.

La petite ne s'était même pas réveillée. Elle dormait, ses lèvres asymétriques entrouvertes. Paisible. Nawomi laissa la sérénité du bébé calmer le rythme de son cœur. Elle venait de trouver son nom : l'enfant s'appellerait Belle.

~~Votre Altesse,~~

~~Voilà quatre jours que j'attends des excuses après avoir été démis de mes fonctions comme~~

~~Bénie entre toutes,~~

~~Je vous prie d'accepter mes excuses. Mon comportement n'a pas été digne d'un conseiller. Cependant, dès le jour où je suis parti, le peuple a commencé à vous prendre en haine et~~

~~Ma chère princesse,~~

~~Il ne me reste plus beaucoup de jours à vivre. Si je mourais demain, je préférerais que ce soit à vos côtés. Et vous savez aussi que vous ne voudriez pas me savoir parti sans avoir pu~~

Ma fille,

Pardonne-moi. Je voudrais être sûr que tu vas bien. Nous ne nous sommes jamais disputés à ce point. Sauf quand tu avais quinze ans et que je t'ai surprise avec ton premier amant. Je t'ai engueulée, mais tu as hurlé encore plus fort et je ne t'ai plus revue pendant deux semaines. J'aimerais bien savoir où tu es allée tout ce temps, d'ailleurs. Je ne te dis pas ça pour te rappeler que tu es une gamine, promis.

Mais je reste ton conseiller, et je me permets de te rappeler que tu as sur cette île un fils qui n'attend que toi. C'est un bon garçon, vif et drôle. S'il n'était pas aveugle, il pourrait te succéder. Il mérite moins ton absence que moi.

Tu vois, j'ai encore le droit de t'engueuler, malgré tout.

Je ne bouge plus de chez moi, comme le vieil homme que je suis devenu, bien que ça me fasse mal aux doigts de le mettre sur le papier. Ou bien c'est simplement l'arthrose, et tenir une plume si longtemps est désormais hors de ma portée. Parce que, tu t'en doutes, si cette lettre est la seule que j'envoie, ce n'est pas la première que j'écris.

Si tu viens me voir et que tu oublies la semaine passée, je te ferai lire mes brouillons. Tu te moqueras, et tu auras bien raison. Ils sont aussi ridicules que moi.

Arthur

Le vieux marchand

Puisque ses élèves étaient aussi incompétents que lui, Arthur n'avait plus qu'un recours : les cellules rouges.

De l'explosion du globe de Michael, il avait conclu que la force qui animait les sphères était bel et bien similaire à celle du feu, antagoniste à l'eau. Pourtant, malgré son talent puissant, il n'en tirait toujours rien. L'utilisation et la fabrication des globes demeuraient un mystère. Même les étrangers du port, auprès de qui Arthur avait envoyé quelques informateurs, répétaient que seule l'énergie cabareuse les faisait fonctionner sans jamais être capables de la décrire.

— Prema, Gratielle, faites sortir la section du feu.

— Tout entière ?

— Oui. Pensez à les menotter tous avec les chaînes efface-dons. Nous ne voulons pas d'une nouvelle évasion.

Arthur ne comprenait toujours pas comment une jeune étrangère avait pu s'échapper aussi facilement. Jamais encore un détenu n'avait été capable de quitter sa geôle depuis la création des cellules rouges. Quand il avait demandé aux autres prisonniers ce qu'ils avaient vu, ils avaient balbutié une histoire incompréhensible mêlant sirènes, légendes et tatouages où le grotesque côtoyait l'absurde. Arthur en avait retenu que la fille s'était bien moquée de lui, et qu'il ne devait plus s'attendre à ce que quiconque sur cette île soit en mesure de répondre à la moindre de ses questions.

— L'heure est venue de mettre enfin vos dons au service de Sheltel, annonça-t-il à la dizaine de captifs hébétés, regroupés au centre de la pièce. Celui d'entre vous qui comprendra le fonctionnement de cette sphère ou parviendra à en tirer du son et des images sera libéré. Ses fautes seront publiquement effacées et il sera nommé feutier de la Bénie.

Les prisonniers se regardèrent, hésitant entre l'enthousiasme et la perplexité.

— Celui… ou celle, susurra Clementine.

— Oui, oui, ou celle. Au travail.

Lorsqu'il eut éteint et allumé le globe devant eux, il demanda à Prema de retirer les menottes d'Elio.

Depuis plus de trente ans, Elio, le plus audacieux de tous les élèves qu'il eût accueillis à l'école, devait contenir son feu. Nul ne savait ce qui pourrait advenir s'il libérait tout à coup son talent malgré lui. La démarche pouvait se révéler dangereuse, mais c'était la seule qui restait à Arthur.

Rien ne se produisit.

Même lorsque Elio eut retourné la sphère dans ses mains de longues minutes tandis que les autres détenus l'observaient avec crainte et curiosité, aucune étincelle ne sortit du globe. Arthur le passa à Clementine. Elle se saisit de l'orbe et enroula ses cheveux autour, l'emmena dans un coin du plafond en lévitant, souffla dessus. Toujours rien.

Chaque prisonnier tenta sa méthode, douce ou brutale, originale ou déjà vue, certains s'y essayèrent à plusieurs reprises, mais aucune image ni aucun son ne surgit.

— Prema, appela Arthur à court d'idées, à ton tour.

— Moi ?

— Oui, toi. Ton don est à l'œuvre depuis des années, contrairement au leur.

Prema et sa fille, Gratielle, servaient dans ces geôles depuis plus de quarante ans. Arthur ne le leur aurait avoué pour rien au monde, sauf peut-être pour le secret des globes, mais ces deux femmes formaient ensemble le couple le plus redoutable de l'île. Prema possédait un don puissant pour le feu et la terre. Quant à sa fille, elle aurait pu soulever d'un souffle le pont des Tempêtes et faire jaillir des fleuves en plein désert. C'était pour cacher ce talent malvenu de sourcière, passible des plus grands honneurs ou des pires châtiments, qu'elles avaient accepté de travailler ensemble dans la prison, sous la protection du juge des talents.

— Monsieur Pozar, dit Prema, il n'y a rien dans cette balle. Si quelque chose l'allume, alors ça ne vient pas d'ici. Je ne sens rien. Désolée, monsieur Pozar.

Arthur porta une cigarette à ses lèvres.

— Ramenez-les chacun à leur cellule. Vous pouvez garder le globe.

*

Il était temps de donner aux feutiers ce qu'ils demandaient. En partie, du moins, pour qu'ils cessent de le harceler et lui laissent le temps de réfléchir à la suite. Car si la mutilation de la petite Mélanie et sa rumeur de sorcellerie étrangère avaient convaincu beaucoup de Dusties de hâter le départ des pirates, d'autres, comme la Bénie et l'Ashim, voyaient toujours une opportunité dans ce début d'invasion. Et ces horribles globes continuaient de se répandre alors même qu'il en gardait une centaine dans sa cave. Arthur aurait pu les vendre pour rembourser les membres du conseil, mais autant nouer la corde pour se faire pendre. Les fonds récoltés les aideraient un temps ; ils ne compenseraient pas l'arrêt complet de leurs commerces lorsque chacun des foyers sheltes posséderait sa propre sphère.

Il en aurait bien jeté une dans la mer près du bateau, juste pour le voir exploser dans la nuit en un feu d'artifice. S'il avait eu quinze ans, il ne s'en serait pas privé. Mais il ne voulait surtout pas retirer aux étrangers leur seul moyen de quitter l'île pour de bon.

L'argent du conseil, systématiquement reversé dans les caisses de la prêtresse, était conservé sous le temple. Arthur ne savait pas s'il espérait ou redoutait d'y rencontrer la Bénie.

Les rues autour du sanctuaire étaient peuplées de longues files d'attente. Devant la banque, des gens aux lèvres gercées et aux yeux cernés patientaient, le regard dans le vague, espérant qu'on leur donne à boire. Arthur vit une femme, dans la queue, lécher discrètement le cou de son bébé où perlait une goutte de transpiration.

Il entra sous les dômes où, malgré l'ombre, ne régnait aucune fraîcheur. Contre les murs arrondis, dans des niches où trônaient des tritons, les derniers fidèles de la journée versaient en offrande le peu d'eau qui leur restait. Lorsqu'ils eurent fini leurs dévotions, Arthur s'abreuva aux bénitiers qu'ils venaient de remplir et se glissa derrière la porte dérobée dont il avait encore la clé.

Depuis qu'il avait arpenté ce couloir pour la dernière fois en compagnie de la Bénie, une semaine plus tôt, il lui semblait avoir vieilli d'un siècle.

Arrivé à la fourche qui menait soit aux appartements de la prêtresse, soit à son coffre-fort, il hésita, puis s'autorisa un détour ; les feutiers pourraient attendre leur argent dix minutes de plus. Le long des cloisons lambrissées, éclairées par les lampes portant la marque de son nom, Arthur avança jusqu'au miroir de sécurité. Le reflet de la jeune femme se languissait comme à son habitude sur un sofa.

— Je suis venu voir la Bénie, annonça Arthur, si elle accepte de me recevoir.

— Nous sommes absentes, répondit l'image en caressant les voiles qui la couvraient à peine. Nous restons sans nouvelles de notre amie Judith depuis ce matin. Quand nous avons reçu votre lettre, nous sommes parties chez vous quérir votre conseil. Nous vous y attendrons.

Ce fut soudain comme si le cœur asséché d'Arthur recevait sa ration d'eau.

Il repartit dans la nuit tombante, une valise pleine de shels dans chaque main. Les caisses avaient été presque vidées par la Bénie pour acheter l'amour du peuple en cette période troublée, mais cette preuve de bonne foi, cumulée aux billets qu'il sortirait des tiroirs de sa propre chambre, permettrait de temporiser. Tant qu'il pourrait conseiller la Bénie et tisser dans l'ombre la tapisserie de l'avenir de Sheltel, Arthur accepterait de se voir vieillir encore longtemps.

Sur le chemin du retour, il se demanda ce qu'il dirait à la jeune femme lorsqu'il la trouverait dans son salon. Il faudrait retenir les leçons et les « je t'avais prévenue » qui lui picoteraient la langue. Se jetterait-elle à son cou ? Non, cela n'avait jamais été son genre. Il lui offrirait une cigarette, elle la refuserait. Il fumerait en attendant qu'elle parle. Elle ne mentionnerait même pas la capitaine. Elle lui reprocherait d'avoir tardé à s'excuser et se plaindrait de la puanteur des gens qui n'avaient plus le droit de se laver. Elle lui raconterait la dernière brimade du Natif. Et elle finirait par lui demander, sans en avoir l'air, de la guider sur les nouveaux chemins à suivre.

Ce fut d'abord l'odeur qui l'alerta dans les replis de sa conscience.

À mesure qu'il remontait la rue, la pestilence alourdissait l'air. Une maison était en flammes, il le sentait ; mais au milieu des relents de pin, de verre, de peinture, de soie et de cuir, brûlait un matériau qu'il ne reconnaissait pas.

Lorsqu'il arriva chez lui, il était trop tard.

Il écarta les voisins attroupés. Une pluie de cendres blanches retombait sur les curieux.

Arthur lâcha ses deux valises et s'engouffra dans

sa maison enflammée malgré les cris de protestation. Le brasier le faisait suffoquer et l'empêchait de voir plus loin que ses propres mains. Ses cheveux et sa moustache commencèrent à se consumer. Pour la première fois de sa vie, il perçut la sensation de la brûlure sur sa peau ; là, au milieu du brasier, il s'étonna de connaître enfin dans son corps ce qu'il avait passé sa vie à étudier.

Arthur recula brutalement : un gouffre s'ouvrait devant lui. Le sol du rez-de-chaussée avait été soufflé par une explosion. Au fond, là où s'était trouvée sa cave, les flammes se reflétaient sur un miroir d'eau de mer. Aucune des sphères entreposées n'avait été épargnée par l'inondation.

C'est alors qu'Arthur vit, au bord du trou, sur une dalle de carrelage brisée, un cercle de braises et de coquillages, grand comme une couronne de prêtresse.

Il essaya de hurler le prénom de la Bénie, mais s'étouffa dans l'air incandescent et surchargé de cendres.

Ce serait cet instant, plus tard, qui le torturerait le plus. De n'avoir pas même été capable de l'appeler une dernière fois.

Un craquement formidable retentit ; Arthur se rua aussi vite qu'il le put vers la sortie. La poutre tomba juste derrière lui et l'onde de choc le jeta sur le palier. Tandis que des bras anonymes le relevaient et l'entraînaient à l'écart, il aperçut au travers de ses cils roussis quatre silhouettes immobiles. Elles l'observaient dans l'ombre mouvante projetée par l'incendie.

La première était celle d'Estefan qui s'était déjà

saisi des deux valises de shels. Il distingua aussi Greta, qui lui avait expliqué comment faire exploser un globe, et Michael, appuyé sur elle, des bandages autour de la tête et des bras. Près d'eux se tenait un homme qu'Arthur ne reconnut pas – jusqu'à ce qu'il remarque ses fusils et son uniforme. Le sourcier qui gardait l'entrée du pont des Tempêtes souriait, fier d'avoir terrassé celui qui l'avait humilié un instant.

LA FEUILLE DE MIMOSA
Journal indépendant depuis 244 ap. G.N.
Paraissant chaque jour de la semaine

JUDITH KREED DISPARUE : VICTIME OU TRAÎTRESSE ? ENQUÊTE, p. 3
OÙ ET COMMENT TROUVER DE L'EAU : TOUTES NOS ASTUCES, p. 8

ÉDITORIAL : SHELTEL APPARTIENT AUX SHELTES
« Nous n'aurions jamais dû abaisser la vague. » C'est ce que m'a dit le père de Mélanie, sept ans, traumatisée par les étrangers au point d'en perdre le langage. Depuis qu'elle a été retrouvée près du port, la petite fille n'a plus prononcé un mot. Son père en est sûr : les étrangers lui ont aspiré l'âme, comme ils ont aspiré la vie hors de tous les Sheltes morts ces derniers jours, dans le but d'allumer leurs globes blancs.
« Nous n'aurions jamais dû abaisser la vague. » C'est aussi ce que m'ont affirmé Léonie, serveuse, Gonzague, pianiste, Woto, tanneur. Aucun d'eux n'a pu se laver depuis trois jours. Ils en sont sûrs : les étrangers ont volé l'eau de Sheltel. L'eau qui leur revenait de droit.
« Nous n'aurions jamais dû abaisser la vague. » Cette pensée m'obsède et hante les Sheltes des deux côtés de la rivière – asséchée. Nos enfants auraient-ils de quoi boire si nos sourciers nous avaient protégés ? La petite Mélanie pourrait-elle encore dire à sa mère qu'elle l'aime ?…

Suite de l'éditorial p. 2 >>

La pirate

Le renard, dépecé et vidé, cuisait au-dessus du feu. Elles n'avaient même pas eu besoin de le chasser. L'animal était entré de lui-même dans la cabane, comme un habitué dans sa taverne préférée, pour s'abreuver au filet d'eau qui jaillissait par miracle du sol. Kreed n'avait eu qu'à lui planter son crochet en travers de la nuque.

Erika n'avait aucun souvenir de la fuite. Elle se rappelait les cheveux autour de son cou, les arbres de la forêt de moins en moins nets, la voix de la capitaine, l'image de Talio – Talio qui l'avait trahie. De cela, elle se souvenait.

— Je devrais redescendre lui ouvrir le ventre, chuchota-t-elle avec ce qui lui restait de voix.

— Écoute-toi, répondit Kreed en faisant tourner le renard. Une vraie sanguinaire éprise de vengeance. Tout ce que les gens de cette île s'attendent à voir en toi. Tu n'as plus besoin de me ressembler, ici.

Erika haussa un sourcil.

— Ce que cette jeune femme a fait, continua

Kreed, elle l'a fait pour son enfant. Nous n'irons pas lui ouvrir le ventre.

— Je ne t'ai pas demandé de m'accompagner.

— Alors laisse-moi reprendre : tu n'iras pas.

Erika aurait préféré être séquestrée par la Main plutôt qu'ici avec Kreed qui se découvrait une vocation de philanthrope et se permettait de lui donner des leçons d'humanité. Elle aurait voulu sortir en hurlant et en claquant la porte, mais elle n'avait plus de voix, la cabane n'avait pas de porte, et elle avait faim.

— Depuis quand as-tu pitié des femmes enceintes ? Tu n'as pas épargné ma mère.

— C'était il y a dix ans.

— Et tu as changé depuis ? La vie t'a rendue sage ?

Kreed ajouta une bûche dans le feu.

Elle avait gravi la montagne, Erika sur l'épaule, trébuchant sur sa jambe de bois entre les buissons de thym et les racines des pins. Elle n'avait rencontré aucun soldat le long de la rivière. Il n'y avait plus rien à protéger : le cours d'eau n'était déjà plus qu'un chemin de roches et de graviers à peine humides.

Erika était encore inconsciente lorsque la capitaine avait trouvé ce refuge. C'était un simple empilement de rondins mais à l'intérieur, dans un bocal, brillait une lumière qui ne s'éteignait pas, et sur le sol, une petite fontaine gargouillait à travers un rocher, inespérée, surréelle. Deux vieux fauteuils en rotin étaient entassés dans un coin ; l'endroit semblait abandonné depuis longtemps. Kreed avait étalé son manteau par terre, allongé Erika et prié la Noyeuse de lui rendre le souffle.

Au-dessus d'elles, entre les branches qui leur

servaient de plafond, des traînées d'étoiles parsemaient le ciel. Une cigale stridulait par intermittence sur un tronc voisin.

— Comment m'as-tu trouvée ? demanda la jeune fille. Comment as-tu su que j'étais en danger ?

— C'est ta sirène qui m'a prévenue.

Kreed désigna l'avant-bras d'Erika. Aussitôt, le tatouage s'éveilla, s'étira et s'envola réchauffer ses mains au-dessus du feu.

— Je ne l'ai pas reconnue tout de suite. Tu lui as ajouté des ornements qui ne m'étaient pas familiers.

— Tu as donc le droit de changer d'âme comme de costume, mais moi, je ne peux pas modifier mon tatouage sans t'en dresser un compte rendu ?

— Ce n'est pas ce que j'ai dit. L'épée est joliment ajourée.

Maintenant, Erika se sentait stupide. Elle entreprit de retirer le renard du feu et de le découper pour ne pas avoir à répondre.

— Alonzo est mort de soif hier, dit Kreed.

La nouvelle figea Erika. Des visions fugitives de son cauchemar lui revinrent à l'esprit.

— Un matelot devrait mourir en mer.

Ses camarades, au fil des ans, avaient trépassé sous les coups de leurs ennemis, dans les rafales d'une tempête ou pendus au bout d'une corde royale. Aucun n'avait attendu, la langue sèche, qu'on lui donne de l'eau sur une terre étrangère.

Kreed attrapa un morceau de viande et finit par dire :

— S'il le choisit, oui. Mais Alonzo avait décidé de rester ici.

Erika sourit avec tristesse ; elle n'était pas étonnée.

Alonzo préférait les continents dont il était banni. Il n'avait pas choisi pour rien le rôle de vigie malgré sa vue défaillante. Il espérait toujours la terre.

— Moi non plus, je ne repartirai pas, annonça Kreed. Je vais mourir sur cette île.

— Tu ne mourras pas, intervint la sirène de sa frêle voix, tu es increvable. Pire qu'une punaise de lit.

Erika non plus ne la croyait pas. La capitaine vivait pour la mer, pour les batailles, pour le vent sur le pont.

— Je suis recherchée sur tous les continents. Même à Watowa, les autres rois pirates ne veulent plus de moi. Et m'arrêter ici m'a rappelé une autre vie.

Erika l'imaginait pourtant pirate depuis l'enfance, née sur un bateau et élevée entre les vagues, comme elle. Alors Judith Kreed, qui aimait raconter sa version du passé avec grandiloquence et se noyer dans les images de ses propres souvenirs, parla de sa jeunesse.

— Je suis née Judith de Brennaïd sur la terre de la province de Pelivenn, dans le château du roi Berenn, dans la tour des Couronnes, dans la chambre de la reine Trella.

« Dix-huit médecins m'ont sortie du ventre de ma mère, qui a cessé de respirer à l'instant de mon premier cri. Mon père l'aimait. Il a refusé de prendre une autre épouse avec qui concevoir un héritier. Alors il m'a rasé les cheveux, m'a vêtue de vert et m'a enseigné l'art de combattre, de convaincre et de conquérir.

« Je m'échappais sans cesse. Mon père avait beau

m'enfermer, je trouvais des moyens de me glisser hors du palais et d'aller acheter des robes extravagantes dans lesquelles me promener entre les bordels et les auberges. C'est une nuit de fugue, sur le port de Pelivenn, que j'ai rencontré un jeune homme qui s'est présenté comme un explorateur. Au fil des nuits, il m'a raconté sa vie de liberté et de magots, d'océan et de dangers. Je l'ai épousé en secret et, lorsqu'il a quitté le port, je suis partie avec lui.

« Son équipage n'a pas aimé mon arrivée. Les matelots ont dit que je leur porterais malheur, que la Noyeuse était seule maîtresse en mer et que sa jalousie les emporterait tous. Ils ont menacé de découper mon mari et de donner ses morceaux aux mouettes si je ne disparaissais pas. Alors je leur ai proposé de prendre à parti la Noyeuse. Je me battrais contre eux, et elle déciderait elle-même si une autre femme avait ou non sa place sur les mers.

« Ce jour-là, j'ai perdu mon œil et ma beauté, et bien d'autres ont perdu la vie.

« J'ai combattu d'innombrables fois aux côtés de ceux qui restaient. J'ai trouvé des trésors et je les ai perdus. Lorsque mon époux a rejoint à son tour le fond de l'océan, rongé par le scorbut, ils m'ont désignée capitaine. Par la suite, tous ceux qui m'ont contestée ont eu le droit de tenter leur chance pour le trône. J'ai perdu une main et une jambe, mais je suis restée capitaine jusqu'à ce jour.

« Je sais qu'en bas, dans le port, plus aucun d'eux ne me respecte. Voilà dix jours que je n'ai tué personne. Ils m'ont vue me promener avec une femme. Ils avaient oublié que j'en étais une. Ils ont soif et croient que c'est à cause de moi. C'est sans doute à cause de moi.

« Je ne reprendrai pas la mer avec un équipage prêt à la mutinerie. Je ne suis déjà plus qu'une moitié de femme ; je ne veux plus me morceler.

« Et puis, j'ai déjà exploré tout ce que ce monde a de terres et de flots. Il ne reste de nouveauté qu'ici.

Erika mâchait sa viande de renard, les yeux fixés sur les flammes. Deux cents navires et quinze mille hommes attendaient Kreed à Watowa. Eux ne l'avaient pas vue s'adoucir au contact de Sheltel ; ils patientaient en son absence, mais tous espéraient son retour. Que deviendraient-ils ?

— Et nous ? demanda la sirène.

Kreed prit le menton d'Erika du bout des doigts et tourna doucement son visage vers elle.

— Lorsque mon père voyait en moi un fils, j'achetais des robes dans les bas-fonds de Pelivenn. Il voulait me transformer en prince, alors je suis devenue pirate. Quand les pirates ont vu en moi une fille apeurée, je les ai défiés. Le jour de mon veuvage et de mon deuil, je suis devenue capitaine. Et quand ma flotte immense m'a donné le titre de première voleuse de l'océan, j'ai voulu retrouver le langage de prince que m'avait enseigné mon père.

« Toi, je t'ai trouvée vêtue d'un corset que tu avais déchiré, les cheveux retenus par des pinces en métal qui te griffaient le crâne. Je t'en ai libérée, parce que tu n'étais pas cette poupée que tes parents avaient construite. Mes matelots t'ont prise pour une fillette craintive, et je t'ai transformée en guerrière.

« On nous dépeint ici en envahisseuses ou en

trafiquantes vénales. Alors je n'ai eu qu'un désir : me faire une amie, tout simplement.

Erika dégagea son visage de la main de Kreed. Elle observa ses cheveux bouclés, son crochet en métal. C'était une femme et c'était une pirate. Comme elle. Elle n'en connaissait pas d'autre.

Peut-être toutes les filles du monde, songea-t-elle, étaient-elles condamnées à ressembler à leur mère.

— Erika, sois toujours ce qu'on n'attend pas de toi, finit Kreed. Ne va pas lui ouvrir le ventre.

COMPTINE DU MONT DES PINS SUR L'AIR DE « FORÊT INFINIE »

Ferme les yeux
Poisson aux écailles brillantes
Ferme les yeux
Et le sommeil entre dans ta tente

Rêve d'ailleurs
Renard au regard d'or
Rêve d'ailleurs
Et le sommeil te jette un sort

N'écoute pas
Moineau aux plumes de matin
N'écoute pas
Ma voix qui s'en va
Et qui s'éteint

Matin du dixième jour

La sorcière

Un cri emplit la pièce. Nawomi s'empressa de sortir de la baignoire pour se pencher sur le berceau : Belle devait avoir faim.

Sans même s'habiller, elle descendit au second sous-sol pour attraper un bidon de lait et un biberon en fer-blanc. Sa mère essaya de lui agripper le poignet alors qu'elle passait près du lit, mais Nawomi l'esquiva et ferma l'oreille à ses réclamations. Elle remonta l'échelle, passa les mains sous le corps du nourrisson et l'approcha de sa poitrine. Dès qu'elle posa le pot à bec contre ses lèvres, l'enfant cessa de pousser ses faibles cris. Sa bouche délicate s'accrocha autour de la tétine et aspira le lait d'une succion vorace, entrecoupée de respirations soulagées. Assise dans l'eau froide, Nawomi la regarda comme si elle n'avait jamais vu personne boire avec autant de grâce.

Elle venait de s'accabler d'un nouveau secret, mais elle le garderait plus férocement encore que tous ceux qu'elle avait protégés jusque-là.

Lorsque Belle repoussa le biberon, elle la plaça sur son épaule et lui tapota le dos jusqu'à ce qu'elle émette un rot sonore. Puis elle la reposa dans son berceau, et la petite se rendormit aussitôt.

Nawomi dut s'arracher à la contemplation de cet être minuscule pour monter à l'étage ; Petit n'allait pas tarder à arriver.

*

L'apprenti n'avait pas bougé du bureau depuis deux heures. Penché sur le livre immense, il essuyait parfois du dos de la main son front luisant. Cet enfant ne prenait-il donc jamais de pause ?

Elle se méfiait de lui, désormais. Elle se méfiait de tous ceux qui n'étaient ni sa fille ni sa mère. Elle savait pourtant ce qui se produisait quand une Main négligeait ses apprentis. C'était écrit à la section vingt-trois du douzième registre.

La quatrième Main, mondaine, participait à toutes les réceptions de la cour native. Pendant ce temps, ses phalanges se disputaient pour savoir qui lui succéderait. Le conflit avait dégénéré. L'un des masques blancs avait tué tous les autres, puis avait assassiné la Main pour la remplacer.

Nawomi avait été aveugle. Ce n'étaient pas de simples disputes qu'elle avait laissées grossir, mais un meurtre. Parmi ses propres phalanges. Elle devrait vite remplacer Majeure avant que les Ashim ne posent de questions, mais elle ne pouvait se résoudre à lancer de telles recherches. Sortir de chez elle lui semblait insurmontable. La canicule la tuerait. Et elle ne pourrait pas s'occuper de sa petite.

Dehors, les cigales craquetaient de toutes leurs ailes.

Nawomi voyait de plus en plus flou. Les écailles commençaient à se glisser sous ses paupières, assombrissant les côtés de son champ de vision. Sous ses ongles et ses cheveux, elle sentait sa peau qui tirait, trop fine, trop sèche. Sous les coutures des gants, les pores qui ne transpiraient plus lui faisaient des mains cassantes comme de l'argile. Elle ne tiendrait pas cette journée sans prystine.

La cloison devant elle se mit à vibrer sous des coups répétés. Petit sursauta.

— À cause des étrangers, dit la Main, le mécontentement de Sheltel se manifeste dans cette maison. Va donc l'apaiser.

Elle n'avait pas trouvé de prétexte plus crédible pour le chasser. Petit s'indigna :

— Mais je n'ai pas fini de…

— Tu continueras demain. La colère de Sheltel n'attend pas.

Petit cacha fort bien sa déception. Nawomi avait détesté apprendre les runes en les recopiant à l'infini, mais cet enfant ne s'en lassait pas. De toute évidence, il espérait lui succéder. Il plaça un grand marque-page de métal à l'endroit de son interruption et referma le registre avec délicatesse. En partant, il s'inclina profondément devant elle et, enfin, passa le seuil de la porte.

Nawomi ferma les rideaux, arracha son masque, ses gants, et se précipita sous la trappe. Elle prit en passant la petite qui s'était réveillée, et descendit voir sa mère.

— Où as-tu mis l'essence de prystine ? demanda-t-elle.

— J'ai faim, gémit la vieille femme. J'ai tellement faim… Tu m'as oubliée longtemps.

Voir sa mère autrefois si puissante recroquevillée dans cette cave, réclamant un morceau de pain, faillit briser l'élan de Nawomi. Mais l'enfant qui reposait contre son sein l'empêchait d'être faible. Elle devait rester capable d'en prendre soin.

— Je t'ai donné à manger ce matin. Dis-moi où est la prystine.

Sa mère se renfrogna.

— J'ai besoin de l'essence, maman.

— Je ne te la donnerai pas. Tu sais ce qu'elle te fait.

La prystine rendait des forces au plus épuisé des hommes mais prenait en otage son bon sens.

— Maman, dis-moi où elle est. Pense à mon devoir de Main que je ne pourrai plus accomplir.

— C'est déjà le cas. Tu déshonores tes mères.

L'aïeule se redressa lentement. Son corps encroûté se voûtait sous son propre poids tandis qu'elle tentait de s'asseoir seule.

— Ma chérie, s'essouffla-t-elle en tapotant le matelas. Viens près de moi.

Quelque chose en Nawomi, une fissure déjà fragile, céda. Penaude comme une enfant punie, elle se traîna jusqu'au lit. Sa mère passa un bras autour de sa taille.

— Tu ne dois pas avoir peur. Je suis là. Tu es si fatiguée… Regarde-toi, on dirait que tu n'as pas dormi depuis des semaines. C'est aussi ma faute, je le sais bien… J'oublie les noms et l'heure des repas. Je suis pour toi une ancre : je t'empêche de partir à la dérive, mais aussi d'avancer.

Tout le corps de Nawomi brûlait. Elle eut à peine la force de secouer la tête. Rien ne pouvait être la faute de sa mère. Sans elle, on l'aurait noyée à la naissance.

— Tu m'as assez aidée, dit la vieille femme. C'est à mon tour, maintenant. Tiens, allonge-toi. Repose-toi quelques instants.

La voix grelottante berçait Nawomi pendant que les mains ridées lui caressaient les cheveux. Elle avait sommeil. Il fallait dormir, juste un peu.

*

Un claquement la réveilla en sursaut. Nawomi embrassa la pièce du regard.

Entre les meubles débordants de tissus et d'objets précieux, ses yeux se posèrent sur le bébé. Une serviette brodée était enfoncée dans sa bouche.

Nawomi se jeta sur Belle, arracha le tissu et souleva l'enfant. Elle supplia Sheltel, qu'il soit tortue ou coquillage, et tous les dieux étrangers, que la petite respire encore.

Quand elle l'entendit enfin crier de tous ses poumons, Nawomi posa une main sur son propre cœur. Il battait plus fort qu'un tambour de guerre. Alors, seulement, elle remarqua ce qu'elle aurait dû voir dès le premier instant.

Sa mère avait disparu.

Des cognements métalliques résonnèrent au-dessus de sa tête. À l'étage supérieur, la vieille déplaçait déjà les lourdes chaînes qui scelleraient la trappe.

Nawomi se leva d'un bond et se rua sur l'échelle.

Elle essaya de soulever le panneau de bois, mais sa mère lui opposa une résistance inattendue.

— Tu n'en es pas capable ! hurlait-elle à travers le plancher. Tu es maudite, maudite, maudite par Sheltel. Je suis la Main !

Nawomi tenta encore de pousser de tout son poids contre la trappe, mais elle n'avait plus aucune force et sa mère avait pour elle la vigueur et la folie de la prystine. Elle écouta, impuissante, le cadenas se refermer au-dessus d'elle, puis retomber lourdement.

Du haut de son échelle, elle regarda la cave où elle avait passé son enfance. Elle l'avait haïe, mais ne connaissait alors pas d'autre univers.

Nawomi découvrit la sensation suffocante d'être enterrée vivante.

COMMUNIQUÉ À L'INTENTION DES MEMBRES DE L'ASSOCIATION SHELTE DES FEUTIERS

3e mois, 10e jour, an 335

Chers associés, chers membres, chers élèves,

Face à la crise qui touche notre métier, nous vous promettions dans notre précédent communiqué la distribution des allocations de crise dans les plus brefs délais. Vous avez été nombreux à demander, en toute légitimité, à ce que ces indemnités vous soient versées. Nous vous prions d'excuser le délai anormal de versement et vous remercions pour la patience dont vous avez fait preuve.

Le dysfonctionnement à l'origine de ce retard a désormais été identifié et éliminé. Une première partie de vos allocations vous sera donnée dès aujourd'hui, sur simple présentation de votre brique de membre cotisant à l'accueil de l'école du feu.

Cette dernière change par ailleurs de direction à compter de la publication de ce communiqué. Estefan Esparizo, membre du conseil, feutier émérite de la confrérie, a été élu à l'unanimité pour reprendre le flambeau suite au départ du précédent directeur. Nous lui souhaitons la bienvenue, sachant que ce changement sera l'amorce d'une ère de prospérité et d'excellence pour notre filière. Le feu que nous traversons, aussi douloureux soit-il, rendra l'acier de notre volonté d'autant plus pur et plus tranchant.

Vous remerciant pour votre confiance renouvelée,
Chaleureusement vôtre,
Le conseil du feu

Matin du onzième jour

Le vieux marchand

Arthur se souvenait très peu de sa vie d'avant la Bénie. Il se rappelait par bribes sa propre enfance, ses premières années au temple, la création de l'école, quelques victoires commerciales. Mais sa mémoire ne prenait de couleurs qu'avec la naissance de cette petite fille arrivée trop tôt.

On la lui avait mise dans les bras dès le cordon coupé. Elle était extraordinairement menue ; Arthur avait eu peur de la briser entre ses mains rugueuses. Durant plusieurs semaines, le Béni avait refusé de voir sa fille encore faible. Alors Arthur avait couvé le nourrisson posé contre sa peau pour lui prodiguer sa chaleur de feutier jusqu'à ce que l'enfant prenne des forces.

Arthur s'était d'abord vexé. Il était déjà, à cette époque, assez influent et âgé pour ne pas servir de nourrice et s'encombrer le corps d'une crevettine à la peau translucide. Mais puisqu'on ne lui avait pas laissé le choix, et puisque le Béni lui accordait sa confiance jusqu'à voir en lui le seul capable de prendre soin de son enfant, il avait décidé de tirer parti de ce long tête-à-tête. Il ferait de cet être qui n'aurait pas dû vivre la reine du centre du monde.

Étendu au soleil sur la plage, un galet chaud sur la poitrine, Arthur pouvait presque se croire revenu vingt-cinq ans en arrière, seul avec le nourrisson devant une cheminée.

Le chagrin, la soif et le devoir finirent par le sortir de son rêve éveillé. Il ne pouvait pas se laisser mourir sur ce rivage désert. Il avait encore un enfant à protéger.

Tandis qu'il longeait la mer, il aperçut au loin, de l'autre côté de l'estuaire à sec, des Ashim chargeant des vivres, des armes et des enfants sur leurs pirogues. En trois cents ans ici, ils n'avaient jamais oublié leur terre. Arthur les envia d'avoir un ailleurs à désirer.

Au-dessus, à l'embouchure de ce qui restait de la rivière, un jeune Ashim s'était mis à quatre pattes pour lécher les gouttes encore accrochées aux algues. Arthur vit de loin deux gardes l'arrêter mais n'entendit pas ses cris de douleur lorsque les soldats le frappèrent.

— Monsieur le conseiller, dix gorgées, dix gorgées pour cinquante shels !

Une fillette venait de jaillir devant lui, le regard fiévreux et les cheveux hirsutes. Elle agitait sous son nez une gourde en cuir dans laquelle gargouillait de l'eau.

— Où as-tu eu cette eau ? Et pourquoi voudrais-tu me la vendre, si tu peux la boire ?

— Seulement cinquante shels, monsieur le conseiller. À ce prix-là, on pose pas de questions.

Arthur lui arracha la gourde des mains et l'ouvrit

en ignorant ses protestations. Il approcha le nez du goulot et eut un mouvement de recul.

La petite vendait son urine. Il s'en était douté. Il lui rendit la bouteille et continua son chemin. Derrière lui, un autre passant paya cinquante shels et but ses dix gorgées.

Arthur n'avait plus ni richesse, ni fierté, ni reine à mettre sur le trône. Bientôt, pensa-t-il, il supplierait peut-être la fillette de boire à sa gourde entre deux masures des taudis du nord.

*

Lorsque Arthur arriva en vue du refuge, il s'étonna de le voir inchangé. Il avait imaginé que l'édifice, comme lui, se serait écroulé. Mais seuls les magnolias au-dessus du fronton s'étaient rembrunis.

Il entra en serrant dans sa poche les coquillages calcinés qu'il avait ramassés dans sa maison après la fin de l'incendie. Il regarda passer les gouvernantes, vêtues de blanc comme la veille, comme l'avant-veille, comme tous les jours d'avant, quand chaque respiration ne lui faisait pas encore glisser des épines au fond du ventre et sous les tempes.

— Grand-papa !

Alev hâtait ses mains le long des murs pour le rejoindre et les tendit vers lui.

— Comment as-tu su que j'arrivais ? demanda Arthur en lui attrapant les épaules.

— Tu as toujours ce pas traînant qui remue les graviers.

Arthur n'avait jamais remarqué qu'Alev, malgré

l'impureté de ses yeux, avait les mêmes cils blonds que sa mère.

— Mais je crois que tu vieillis mal, grand-papa, parce que aujourd'hui, tu marches un peu plus pesamment.

Les mains d'Arthur se mirent à trembler en même temps que ses paupières. Il fit approcher le garçon et le serra contre lui.

— Je plaisantais, s'excusa le petit, tu n'es pas si vieux.

Arthur mesura l'étendue de sa propre vieillesse. Ses jambes de quatre-vingts ans avaient le droit de ne plus vouloir le porter. Ses yeux qui avaient vu toutes les beautés et toutes les abjections pouvaient enfin pleurer. Ses mains qui avaient caressé, frappé et construit n'avaient plus besoin d'être utiles.

Il était à genoux lorsqu'il sentit les petites mains d'Alev venir sécher ses joues. L'enfant passa les doigts dans ses cheveux épars, sur son nez, sa bouche, les rides de son front.

— Je n'avais encore jamais vu ton visage, dit-il.

Arthur lui embrassa les paumes, puis se releva en s'appuyant sur les bras du garçon.

— Alev, je vais te faire sortir d'ici. Je vais t'emmener découvrir des mondes qu'aucun Shelte n'a jamais vus. Tu aimerais ça ?

Le petit réfléchit sans lui lâcher les mains.

— Et maman ?

Arthur attendit que sa gorge se desserre avant de répondre :

— Elle ne viendra pas. Elle ne pourra plus.

Le garçon baissa la tête et, après un long silence, répondit :

— Alors d'accord. Je viens avec toi. Tu n'y arriverais pas sans moi, de toute façon.

Arthur mena Alev jusqu'au jardin central où coulaient encore des fontaines. Il faudrait boire et remplir leurs gourdes avant de partir. Les Ashim auraient bien deux places pour un vieillard et son petit-fils.

Des voix résonnaient dans le jardin ; mais Arthur, tout à sa peine et à son espoir renaissant, n'eut pas l'intuition du danger.

En entrant dans la cour arborée, il vit un homme accroupi devant un banc où était assise une fillette. Près d'eux se tenaient une gouvernante ainsi que trois jeunes gens armés, le visage sombre.

— Mélanie ne parle toujours pas, déclarait la femme, mais nous pensons qu'elle nous entend. Elle tourne parfois la tête lorsque nous nous adressons à elle. Hier matin, elle a même eu un hochement de menton.

— Arthur, appela l'un des hommes en l'apercevant, approchez. Cela fera un témoin de plus. Nous pensons pouvoir accuser définitivement les coupables de ce crime.

— Du crime ? Vous parlez de la maladie dont est touchée cette pauvre Mélanie ?

Il n'eut pas à feindre la surprise. Comment comptaient-ils prouver quoi que ce soit ? Arthur se composa avec soin un air compatissant. Froncement de sourcils, contraction des lèvres, main sur l'épaule du père.

— Mon cher ami, lui dit-il gravement, je me dois de ne pas vous laisser espérer sans raison. Votre fille a été mutilée par un mal rapporté par les pirates.

Croyez-moi, s'ils ont décidé de prendre l'âme de Mélanie, ils ne la lui rendront pas.

— Nous voulons tout de même essayer, répondit le père d'une voix rauque. Nous n'avons rien à perdre.

Arthur hocha la tête, et l'homme se retourna vers l'enfant.

— Ma chérie, regarde-moi, demanda-t-il à sa fille. Je sais que tu m'entends. Écoute bien. Montre à papa qui t'a coupé la langue. Dessine celui qui t'a fait mal.

Il prit la main de la fillette et plaça un crayon au creux de ses doigts. La petite resta immobile, le regard vague, et le crayon retomba sur le sol.

— Monsieur, comme je vous l'ai expliqué hier, reprit la gouvernante, des questions aussi précises sont prématurées. Votre fille fait des progrès mais elle n'a pas encore…

La femme s'interrompit. La petite venait de relever la tête.

Lentement, comme au travers d'un bain de poix, Mélanie descendit du banc. Puis elle leva son bras, millimètre par millimètre, comme s'il pesait trop lourd, et finit par tendre devant elle un index accusateur que le père, la gouvernante et les trois jeunes gens suivirent des yeux.

Son regard sans émotion n'était plus perdu dans le vide. Il était planté dans celui d'Arthur.

INVITATION OFFICIELLE

Le Natif en personne ainsi que sa cour
invitent tous les habitants de l'île
à se réunir ce soir à l'entrée du pont des Tempêtes
pour rendre hommage à nos frères sheltes
victimes de la maladie étrangère.

Le lendemain, le rituel des Regrets
sera accompli sur la grand-place
afin de supplier Sheltel d'avoir pitié de ses enfants.

Affichage obligatoire dans tous les lieux publics de Sheltel

La sorcière

Peut-être devait-elle rester là jusqu'à manquer de lait et s'endormir. Peut-être n'aurait-elle jamais dû quitter cette cave.

Alors que les murs paraissaient se rapprocher à chaque heure, Nawomi repoussait les envies de sombrer qui l'assaillaient. Seule, elle aurait volontiers laissé son désespoir la noyer. Rien ne l'attendait, deux trappes au-dessus, sinon la sueur et la menace des tortures. Mais elle devait vivre pour Belle, qui s'accrochait à ses cheveux lorsqu'elle se penchait sur elle et ne voyait pas les écailles qui lui rongeaient la peau.

Nawomi tentait depuis le matin d'oublier les mètres de terre au-dessus de sa tête et l'air qui se raréfiait autour d'elle. Chaque fois qu'elle sentait son pouls s'emballer, elle inspirait et s'imaginait la mer infinie. La prystine aidait ; elle avait eu tout le temps de chercher le flacon, caché par sa mère au fond d'une commode.

Sa douleur refluant, d'autres brûlures, plus insidieuses, vinrent l'obséder.

Comment en était-elle arrivée à aspirer l'âme

d'une fillette de sept ans ? Qu'étaient ses registres de plus que du papier pour dicter qui devait mourir ou vivre à tout un peuple ? Qu'étaient-ils pour condamner à mort un nourrisson qui n'avait pas choisi sa parenté ? Qui avait décidé que, sur cette île, un enfant pouvait grandir dans un sous-sol sans connaître la couleur du ciel, vivre seul et caché, voir jusqu'à son existence niée, pour quelques lames de kératine sur la peau ?

Quand ces questions eurent enflé jusqu'à occuper tout l'espace et que la petite eut rempli deux langes d'une diarrhée liquide et jaune, respirer profondément ne fut plus suffisant pour s'évader de ce caveau.

Bientôt, sa mère aurait besoin de descendre à la salle de bain. Nawomi serait prête.

*

Elle l'entendit, au-dessus du plafond, remuer les pots à la recherche de prystine près de la baignoire.

— C'est moi qui ai le flacon, maman.

Les bruits cessèrent.

— Je t'avais oubliée. As-tu fini tes exercices ?

— Oui, répondit Nawomi. Les animaux sont tous morts, tu peux venir voir.

Elle prit l'enfant dans un bras, le flacon dans l'autre main et monta l'échelle, barreau après barreau, en berçant le bébé. Il ne devait surtout pas se mettre à crier. Il fallait que la vieille femme continue de se croire à nouveau Main et mère d'une adolescente.

Il y eut un claquement de clé dans un cadenas et les tintements d'une chaîne déliée.

Alors Nawomi, d'un seul coup, poussa sur la trappe de toutes ses forces décuplées par la prystine. Sa mère tomba à la renverse. Dans sa chute, elle s'accrocha au poignet de sa fille qui laissa échapper le flacon d'essence.

Nawomi regarda avec horreur la fiole se briser contre le rebord de la baignoire. Son contenu se dilua dans l'eau. Par terre, les mains sur une hanche, l'aïeule gémissait en lançant des regards effrayés.

— Pourquoi m'as-tu amenée ici ? Je vais sortir… aujourd'hui ?

—Tu as tenté d'étouffer Belle et tu m'as enfermée.

— Non, tu mens… Comment aurais-je… Ah, ma hanche !

Son corps tassé se gonflait au rythme de son essoufflement. Elle était pitoyable ; Nawomi se baissa pour examiner son bassin abîmé.

— Tu as dû te fêler un os. Laisse-moi regarder.

Elle était inclinée au-dessus des reins fripés de sa mère lorsque, subitement, la vieille jeta ses mains vers le nourrisson en hurlant :

— Elle est maudite ! Elle doit mourir !

Nawomi la repoussa avec violence. L'aïeule bascula en arrière, disparut par la trappe, et s'écrasa en bas dans un craquement sinistre.

— Notre Main ?

C'était la voix de Petit qui l'appelait depuis l'entrée de la maison.

Nawomi ferma la trappe sur sa mère et posa Belle dans son berceau. Elle lissa les bords de sa tunique avant de remonter. Elle espéra que Petit ne remarquerait pas qu'elle sentait les langes et la sueur.

Ce ne fut qu'en entrant dans la pièce principale,

plongée dans la pénombre, que l'évidence la frappa : dans la précipitation et la panique, elle avait oublié de remettre son masque et ses gants.

Petit la regardait sur le seuil. La lumière vacillante de la torche déformait sa bouche entrouverte, ses yeux écarquillés. Son regard remonta le long des écailles violacées qui traversaient le cou, la bouche et l'œil de la Main. Il inspira comme pour parler quand, depuis le sous-sol, s'éleva un cri de bébé.

Répugné, Petit fit un pas en arrière, puis deux, avant de se retourner et de s'élancer en trébuchant. Nawomi le regarda s'éloigner vers l'est, vers le palais natif, en même temps que ses derniers espoirs, si elle en avait encore eu, de retrouver sa vie telle qu'elle avait été dix jours auparavant.

Une bourrasque de vent torride entra par la porte. Ses cheveux caressèrent la peau de son visage. Elle regarda ses mains noires d'écailles et s'aperçut qu'elles ne tremblaient pas.

*

Nawomi remonta du sous-sol avec tout ce dont elle avait besoin : son bébé, une gourde remplie d'eau, son masque blanc. En passant par la bibliothèque, elle contempla les registres qui consignaient tous les crimes, les deuils et les amours de l'île. Aucune de leurs pages ne racontait l'histoire de Nawomi, douzième Main de Sheltel.

Sans frémissement ni hésitation, elle attrapa la torche allumée devant la porte et la jeta sur le toit.

Le bois s'assombrit, d'abord lentement, autour de la mèche allumée. Puis les flammes jaunes se répandirent d'un coup. Les portes noircirent, les murs flambèrent. Il ne fallut que trois minutes pour que les livres aux runes centenaires se transforment en cendres. Le feu atteignit le sous-sol. La baignoire en bois qui avait tant de fois sauvé Nawomi de la chaleur du monde se fissura, craqua et répandit son eau sur le sol. Pas assez, cependant, pour empêcher le brasier de dévorer la trappe qui menait au dernier niveau. Les poutres de la cave rougirent. Elles s'effondrèrent sur le sol, là où gisait l'ancienne Main. Son corps brûla en même temps que les registres de naissances et de morts qu'elle avait remplis chaque jour.

Avant de s'enfoncer dans la montagne enveloppée de nuit, Nawomi regarda longtemps brûler les masques grimaçants qui avaient hanté la maison de la Main.

TÉLÉGRAMME
SHELTEL COMMUNICATIONS

À tout le conseil natif
SECRET D'ÉTAT

OBJET

Personnel
Natalité/Unions
Diplomatie
Crime
Situation exceptionnelle
X Autre

DOUBLER SURVEILLANCE CAVES DU PALAIS ·
RISQUE DE VOL OU SACCAGE ·

156 MORTS · EN ATTRIBUER 3 À LA SÉCHERESSE ·
LE RESTE À LA MALADIE ÉTRANGÈRE ·

ARRESTATION DES FAUTEURS DE TROUBLES ET SEMEURS DE DOUTES ·
EXÉCUTION IMMÉDIATE DU SCRIBE AUTEUR DES BROCHURES DÉLIRANTES SUR LES ROIS-SERPENTS ·

LE NATIF ·

Sheltel Communications est un service fondé et soutenu par le Natif
Aucune réclamation acceptée

Le vieux marchand

— Laissez-le, avait fini par crier la voix d'un de ses poursuivants, il reviendra affaibli par la soif. Nous n'aurons qu'à le ramasser.

Les quatre hommes étaient bien plus rapides et agiles que lui. Seule sa connaissance des recoins du refuge et des cachettes de l'île l'avait sauvé. Son expérience du tir aussi ; il pensait avoir touché l'un d'eux à la cheville.

Il avait dû laisser Alev au refuge. Le petit ne pouvait pas courir, et Arthur était trop fourbu pour le porter. Il lui avait promis de l'emmener en voyage une minute avant de l'abandonner. L'enfant devait le haïr.

Lorsque la nuit était tombée, Arthur était sorti de son rocher creux et, passant d'ombre en pénombre, avait rejoint la forêt de pins qui couvrait la montagne. Il cherchait le seul lieu où trouver à boire et se reposer sans risque. Il n'avait pas vu l'endroit depuis sept ans, mais ses pas de grand-père, s'ils chancelaient sous la fatigue et contre les racines, le conduisaient avec assurance vers le pin fendu sous lequel était né Alev.

Dans la journée, la canicule fatiguait même les cigales mais la nuit, leur chant couvrait le bruit de ses pas. Il attendit d'avoir atteint le plus profond du bois pour faire briller ses paumes en direction du sol. La lumière effraya un lièvre qui s'enfuit en agitant les buissons de romarin.

Le halo trahit la présence d'une silhouette, à trois arbres de lui.

Il n'était pas sûr. Cela pouvait être un bosquet d'épineux à la forme trompeuse. Il avança d'un pas, et un gémissement étouffé s'éleva.

— Je vous en supplie, fit une voix familière parmi le craquètement des cigales, épargnez la petite.

D'où connaissait-il cette intonation ? Il leva les mains.

La vision qui se dessina dans la lumière de ses paumes ressemblait à un cauchemar.

Le nourrisson n'avait en guise de nez que deux bourrelets de peau. Sa bouche était privée de lèvres et ses yeux paraissaient avoir fondu sur ses joues. La femme qui le tenait, vêtue d'une longue robe noire, était moins humaine que monstre, le visage déformé par des renflements de peau de crocodile, ses mains griffues enserrant le hideux bébé.

Des êtres aussi repoussants ne grandissaient pas sur cette île. On les noyait à la naissance.

— Et dire que les Sheltes vous craignent pour vos masques, soupira Arthur.

La Main, stupéfiée, ne bougeait pas.

— Vous cherchiez aussi la cabane invisible ? demanda-t-il.

Elle hocha la tête.

— Alors allons-y. Je commence à avoir soif.

La sorcière

— Que fuyez-vous ?

Pozar ne répondit pas. Il continua de marcher devant elle, éclairant le chemin. Il grimpait vite pour un vieil homme.

— Allez-vous me dénoncer ?

Nawomi savait que la question était idiote mais elle avait besoin de la poser. Elle devait évaluer ses options, entre le tuer dans son sommeil ou établir une trêve le temps d'une nuit.

— Je ne suis qu'un ogre avide d'argent et de pouvoir, ironisa Pozar sans cesser d'avancer. M'avez-vous déjà vu agir sans promesse de gain ? Qu'aurais-je à y gagner ? L'estime du Natif ? Une nouvelle catin gratuite pour ceux qui m'ont tout pris ?

Il s'essoufflait à parler en marchant. De dos, Nawomi ne distinguait de lui que le rectangle obscur de sa gabardine et les contours de son chapeau. Elle ne parvenait pas à imaginer son visage ridé et ses iris bleus sans cigarette ni rictus. Elle n'éprouvait pour lui aucune pitié mais ne comprenait pas ce qu'il faisait ici, loin de la lumière qu'il avait toujours recherchée.

— Nous y sommes presque. Espérons que la fontaine de la Bénie ne s'est pas asséchée avec les années.

Quelques minutes plus tard elle entrevit, à travers ses yeux abîmés par les écailles, une lueur briller sous le tronc fendu d'un pin. La petite avait les lèvres sèches et, bientôt, la prystine cesserait de faire effet. Elle avait besoin de l'eau de la cabane. Sur le reste de la montagne, torrents et bras de rivière s'étaient évaporés.

Du toit effondré s'échappait un halo de Feu Origine. En dessous, l'illusion de la forêt était parfaite : les cloisons invisibles tenaient encore debout, cachant l'abri au regard de ceux qui ignoraient son existence. Pozar, près du pin, entreprit de tâter l'air. Il heurta bientôt les planches transparentes et trouva l'entrée.

À sa suite, Nawomi pénétra dans la masure qui se matérialisa dès qu'elle en passa le seuil. Elle trouva le vieil homme déjà à genoux, s'abreuvant au mince filet d'eau qui sortait d'une pierre. Ce n'était plus la large fontaine d'autrefois, mais cela suffirait pour cette nuit.

— Faites boire l'enfant, grogna Pozar en se relevant, le menton dégoulinant d'eau.

Elle s'empressa de dévêtir le petit corps de Belle pour le nettoyer, le rafraîchir et l'hydrater.

— Si vous vous retournez, vous êtes morts. Tous les deux.

Nawomi repéra alors un tas de cendres jonché d'os de renard au milieu de la cabane. Ils s'étaient laissé aveugler par l'assurance d'être seuls à connaître l'endroit.

— Monsieur Pozar, fit la voix derrière eux, depuis le seuil. Quel plaisir de vous revoir. Notre amie commune n'a cessé de me parler de vous.

— Ce vieillard retors a essayé de m'enfermer, gronda quelqu'un d'autre. Il garde sous terre une armée d'esclaves qui ne verront plus jamais la mer, et j'aurais pu en faire partie. Tu vas crever, Pozar. J'avais soif, dans cette cellule. J'avais soif et tu m'as fait lécher le sol. Je vais te forcer à regarder l'eau couler pendant que tu mourras la gorge sèche.

La première reprit la parole :

— Je le verrais volontiers souffrir, mais la Bénie aime cette raclure. Venge-toi plutôt sur la femme.

Nawomi était prête à mourir. Elle ne méritait pas de survivre à celle qui lui avait donné le souffle et à qui elle l'avait repris. Mais Belle… Elle avait tué et trahi pour ce nourrisson.

— J'ai un bébé dans les bras, dit-elle. Ne lui faites pas de mal. Je vais le poser dans le fauteuil qui se trouve à ma gauche. Ensuite, vous pourrez me traiter comme vous le souhaitez.

Comme personne ne répondait, elle installa la petite dans la chaise en rotin, le plus confortablement possible. Elle voulait mourir en regardant le visage de Belle.

— N'oubliez pas de lui donner à boire, conclut-elle en se redressant.

Nawomi attendit un coup de feu, une lame dans le dos.

— Merde, souffla alors la deuxième voix. C'est la petite que j'ai ramenée de l'îlot.

On lui tira alors les cheveux en arrière et un

poignard vint lui entailler la joue ; Nawomi cria de douleur.

— Tu aurais dû m'étrangler, dit celle qui la tenait.

C'était la fausse Majeure, accompagnée de la géante qui l'avait tirée d'entre ses mains. Comment avaient-elles pu trouver la cabane ?

Une flamme embrasa soudain le sol près de Pozar et glissa à toute vitesse vers les deux femmes. La fille ne desserra pas son emprise tandis que le feu embrasait la robe de Nawomi.

— Tes tours de passe-passe ne fonctionnent pas sur moi, Pozar. Tu devrais le savoir. La sorcière, en revanche, va brûler vivante.

Le feu s'éteignit et le vieil homme regarda l'usurpatrice comme s'il pouvait la transpercer de sa haine.

— Mesdames, monsieur, calmons-nous, voulez-vous ? dit la géante en baissant son arme. Reprenons du début. Je suis Judith Kreed, capitaine de *La Couronne*. Voici Erika, ma fille. Arthur Pozar, nous avons déjà eu le plaisir de faire connaissance ; vous l'aurez compris, par égard pour notre amie commune, je vous laisse la vie sauve. Quant à vous, madame, notre rencontre fut brève et quelque peu contrariée par votre détermination à assassiner ma fille. Erika, je t'en prie, laisse donc madame parler, qu'elle se présente.

— C'est la Main, intervint la jeune fille sans la lâcher. Elle envoie des adolescents tuer à sa place les vieux et les nourrissons qui n'entrent pas dans ses livres. Si je n'avais pas épargné celui-ci, il serait mort noyé moins d'une heure après sa naissance.

C'était la première fois que Nawomi entendait ainsi parler de la Main, et elle se rendit compte qu'elle ne pouvait rien nier. Vu par un étranger, l'office le plus vénéré de Sheltel perdait tout son éclat. Elle n'avait vécu que pour organiser l'éviction des plus faibles – de ceux dont, sans ses masques, elle faisait partie.

— C'est toi qui m'as apporté le bébé ? demanda-t-elle sans bouger.

— Oui, c'est moi. Majeure, la vraie Majeure, lui aurait brisé la nuque sans une hésitation. Index m'a trahie pour toi, et elle voulait le tuer aussi. Pourtant c'est moi que tu as essayé d'étrangler.

Erika se rapprocha de son oreille et murmura :

— Je n'ai pas sauvé la petite pour la laisser mourir ici. Et comme je n'ai pas l'intention de m'en occuper…

Elle la repoussa brutalement ; Nawomi tomba sur ses mains.

— Bien, s'exclama Judith Kreed. Maintenant que les présentations sont faites, chers invités, rafraîchissez-vous. Cette nuit, pour le souper, nous vous offrons de la viande de renard.

LA DISPUTE DES ANIMAUX

Autrefois, bien avant que Sheltel ne fût découverte par les humains, vivaient sur l'île une mouette, une couleuvre et une tortue.

Chaque jour, la mouette essayait de manger la couleuvre, la couleuvre tentait d'avaler la tortue, et la tortue voulait croquer les œufs de la mouette. Si bien qu'après mille ans de course autour des montagnes rouges, les trois animaux n'avaient toujours pas mangé ; la faim leur creusait les boyaux.

Alors la couleuvre, la mouette et la tortue se réunirent pour parvenir à un accord.

— Voilà mille ans, susurra la couleuvre, que nous courons l'une après l'autre sans jamais nous attraper. Mouette, je te donnerai un bout de ma queue si la tortue m'offre l'une de ses pattes.

— Je ne pourrais plus marcher jusqu'au nid de la mouette ! stridula la tortue. Non ; je céderai un morceau de ma carapace si la mouette me laisse goûter un œuf.

— Je n'aurais plus d'enfants ! cria la mouette. Non ; je donnerai trois de mes plumes si la couleuvre m'offre douze de ses écailles.

Elles discutèrent si longuement qu'elles ne virent pas arriver les hommes, avec leurs arcs et leurs filets. Elles parlementaient encore quand les hommes les attrapèrent, les découpèrent et les mirent à cuire sur un feu. Elles argumentaient toujours lorsque les hommes firent craquer les os, les plumes et la peau entre leurs dents.

Depuis, la tortue, la mouette et la couleuvre n'ont jamais cessé de se quereller ; elles continuent de le faire par la bouche des hommes qui les ont avalées.

Contes du cœur battant du monde, recueil de Marc le tambourinaire,
vers 40 ap. G.N.

La sorcière, les pirates et le vieux marchand

Le bébé s'était endormi. Autour du feu, à l'intérieur de la masure, Nawomi, Arthur, Erika et Kreed avaient fini le renard. Aucun d'eux ne voulait s'endormir le premier.

Au creux de l'une des deux chaises en rotin, bien trop grande pour l'assise qui ployait sous son poids, trônait la capitaine. Son crochet et sa jambe de bois dévissés, elle exhibait ses moignons rougis par les frottements. Le bandeau sur son œil, retiré lui aussi, dévoilait la cicatrice violacée qui traversait son visage. Son œil gauche était laiteux sous la balafre.

Dans l'esprit d'Arthur, qui lui faisait face depuis l'autre fauteuil, s'effritait peu à peu l'image de la pirate avide de sang et d'argent, celle qu'il avait forgée pour appuyer sa haine. Il ne voyait plus qu'une femme borgne et fatiguée.

Erika et Nawomi, assises entre eux sur le sol, s'observaient à travers les flammes. La jeune fille tentait d'imaginer les contours possibles du visage sans la maladie qui le rongeait. Là où la peau restait lisse, elle était sombre, comme celle de Talio, et ses cheveux avaient dû être épais et noirs avant que des plaques de croûte ne viennent lui couvrir le crâne. Celle qui s'était cachée sous les masques et le nom de la Main était si difforme et bossue, elle qui avait élevé au rang d'art l'élimination des infirmes, qu'Erika se demanda si elle avait déjà tenté de se tuer en croisant son propre reflet.

Elle avait déjà rencontré dans une foire, près d'un enclos de combats de chiens, un garçon qui portait les mêmes stigmates. On l'avait mis en cage sous une pancarte qui annonçait : « l'enfant-serpent ». Son corps tout entier, recroquevillé dans un coin, était couvert d'écailles grises. Kreed lui avait expliqué que le garçon souffrait d'ophiose, une maladie rare qui se transmettait par le sang du père. Il était tellement laid qu'Erika en avait fait des cauchemars.

Nawomi, elle, scrutait la pirate autour de laquelle voletait une créature minuscule, mi-humaine mi-poisson, qui disait parfois quelques mots. La fille avait le nez cassé, le teint pâle, les yeux glacés et de faux cheveux roux parmi lesquels repoussaient déjà des mèches blanches. Dans les remous du feu, ses traits se mêlaient à ceux de Majeure qu'elle commençait déjà à oublier. Nawomi se rappelait pourtant le jour où elle avait recueilli au refuge celle qui s'appelait encore Ibanu. La fillette tentait d'apprendre à lire à une petite sourde. Elle avait à peine quatre ans. Avant de mourir, aimait-elle toujours la poésie et les vieux vélins ? L'enfant qui ne parlait jamais, selon les gouvernantes, avait su lui réciter les cinquante-sept strophes du « Poème du Pendu » sans une erreur. Cela faisait si longtemps.

Arthur se pencha en avant, faisant craquer son fauteuil.

— Que voyez-vous si vous fermez l'œil droit ?

Kreed eut un demi-sourire.

— J'ignorais que vous vous intéressiez aux infirmes.

— J'ai un petit-fils aveugle, marmonna-t-il en évitant le regard de la Main. Je n'ai jamais osé lui poser la question.

— Et vous supposez donc que lui et moi sommes faits de la même matière. Me trouvez-vous enfin digne d'appartenir au genre humain ?

Il regrettait déjà ses mots. Il n'avait plus la force de répliquer aux provocations.

— Je vois la moitié du corps empaillé de ma mère, répondit Kreed. J'espère que ce n'est pas le cas de votre garçon.

Arthur essaya de ne pas se représenter le corps de la Bénie farci de paille.

— Lorsque j'étais enfant, reprit Kreed, mon père m'obligeait chaque semaine à aller rendre hommage au cadavre de ma mère. Ses prunelles vitreuses et son sourire figé me pétrifiaient. Plus tard, pour me punir de mes escapades nocturnes et de mon ingratitude, il m'a fait tatouer sous les paupières l'image de ce corps qui avait trouvé la mort afin de me donner la vie. Une moitié pour chaque œil. Je n'arrivais plus à dormir, alors je me suis enfuie encore plus souvent.

Erika n'avait jamais entendu cette histoire. Elle ne savait pas si cela expliquait ou non pourquoi Kreed lui avait offert son premier nécessaire à tatouer.

— Aucun aveugle ne voit les mêmes paysages, conclut la capitaine. Certains entrevoient des étoiles, d'autres des vers qui nagent dans la nuit. Tous les infirmes ne se ressemblent pas.

Nawomi caressa la main de Belle. Sa mère lui avait appris à ne voir les êtres qu'à travers leur hérédité, pure ou impure. Lorsqu'elle regardait le bébé, pourtant, elle n'arrivait pas à éprouver de dégoût.

— Si les Sheltes vous voyaient, lança Pozar à celle qui avait été la Main, ils trouveraient le Natif bien ridicule avec ses pauvres lèvres où se chevauchent trois écailles.

Nawomi s'abîma dans la contemplation des flammes.

— Plus personne n'a foi dans la dynastie native, dit-elle. Même le Natif ne croit plus en lui-même, grâce à vous et aux manigances des Bénis.

— La Bénie a toujours répandu la paix, rétorqua Arthur. Elle a mérité l'amour et le respect du peuple.

— Ils me respectent, moi, et pourtant je n'ai jamais cherché à être aimée d'eux.

— C'est réussi, intervint la sirène.

La créature pouffa derrière ses mains miniatures et alla se cacher dans le dos de la jeune pirate. Erika regardait la Main silencieuse, perdue dans son propre océan.

— Une femme nommée Navu, lui dit Erika de sa voix enrayée par l'étranglement, m'a confié que sa peau était trop puissante pour les souverains de ce rocher. On lui avait coupé les bras et crevé les yeux, mais elle voyait plus clairement que vous ce qui fait peur aux rois.

Arthur hocha la tête avec solennité.

— Peut-être avez-vous déjà entendu parler des bisons disparus des plaines du sud, raconta-t-il en regardant ses mains. Ces animaux antiques étaient hauts comme trois hommes. L'une de leurs cornes barre encore les portes du palais. Savez-vous comment les cavaliers s'y prenaient pour dresser ces montures ? À la naissance, alors qu'ils étaient grands comme des chevreaux, on leur attachait la patte à un pieu enfoncé dans le sol. Si le petit bison se débattait et tentait de s'enfuir, ses maîtres le rouaient de coups. L'animal continuait de tirer sur la corde, jusqu'à l'épuisement, se faisait fouetter à nouveau, puis recommençait. Jusqu'au jour où le petit bison se résignait. Et lorsque, à l'âge adulte, il atteignait des proportions colossales, il n'essayait même plus. Le pieu était plus petit qu'une seule de ses dents, la corde aussi fine qu'un de ses crins. Mais cela suffisait à garder ce géant enchaîné, parce qu'il avait accepté la soumission et la peur.

— Vous ne savez rien de la peur, souffla Nawomi.

Que lui voulait-il ? Elle avait déjà brisé ses liens en faisant flamber des siècles d'histoire.

— Oui, reprit-elle, les Natifs m'ont arraché mon enfance, ma vie, ma mère, tout comme ils ont volé l'enfance, la vie et les mères de bien d'autres Sheltes au nom de l'équilibre. Mais vous et la Bénie n'avez pas fait mieux : vous en avez tiré un objet de trafic.

— Vous voulez parler du refuge ? s'empourpra Arthur. Les parents sont heureux de payer pour leurs enfants. Les enfants sont heureux de vivre plutôt que de mourir. La Bénie s'enrichissait, et elle rendait heureux les pauvres avec les miettes de sa fortune. Qui avez-vous rendu heureux, notre Main ?

Nawomi continua de caresser le front de Belle.

— Vous vous vantez d'être plus clairvoyant que moi, dit-elle à Arthur si bas que les cigales couvraient ses paroles, mais vous êtes aveugle. Pendant que le lion vous attaque, vous calculez la valeur de ses dents. Vous aurez peut-être ses crocs dorés entre vos mains, mais aussi parmi vos entrailles et en travers de la gorge. Vous mourrez riche, et personne ne se rappellera votre existence.

Elle devait avoir raison, songea Arthur. Il avait tant voulu s'assurer une vieillesse de prince qu'il n'avait vu sa déchéance qu'au moment où elle était déjà consommée. Il avait construit sa richesse, sa réputation, son école, l'aura de la Bénie, sur du feu ; il n'aurait pas dû s'étonner que tout parte en fumée. Il n'avait jamais cessé, au fond, d'être un garçon du nord de Dust. Il avait seulement chassé les dons et les honneurs au lieu des rats et des chiens errants.

— En dépit de toutes nos manigances, admit-il, les gens de cette île n'ont jamais cru dans nos histoires d'île-coquillage. Ils savent contrefaire la dévotion. La Bénie pensait les gagner par sa générosité, mais ils ont toujours feint l'amour pour obtenir leur part de gains. Ce sont les bénédictions qu'adoraient les Sheltes, pas la Bénie. Malgré tous nos efforts, ils restent attachés aux légendes des rois-serpents et fascinés par les écailles des Natifs.

— Si notre amie vous entendait, sourit Kreed, elle vous noierait de colère.

— Oui, la Bénie aurait probablement réagi ainsi.

Mais il aurait trouvé les mots pour l'apaiser.

— Pozar ?

Il lui aurait rappelé qu'il ne mourrait pas avant d'avoir fait d'elle la reine du centre du monde.

— Pozar ? répéta Kreed.

Erika vit la capitaine se redresser dans son fauteuil. Son ton était étrangement pressant.

— Il n'a pas l'air en forme, pépia la sirène. Ses yeux sont de plus en plus vieux.

— Pozar, reprit Kreed d'une voix grave, pourquoi parlez-vous au passé ?

Arthur ne pouvait pas pleurer ; il n'avait pas bu assez d'eau. Il se voûta comme un saule aux branches trop lourdes, et le feu, au milieu d'eux, brilla moins fort.

— Ils l'ont brûlée en même temps que ma maison, murmura-t-il. Ils ont noyé les globes pendant qu'elle m'attendait. Je n'ai pas pu l'appeler. L'air était trop épais.

Seuls le crépitement des bûches et le chant des cigales emplirent le silence qui suivit. Nawomi rédigea en pensée la ligne de runes qui consignerait la mort de la Bénie, puis se souvint que les registres n'existaient plus.

— Son amitié était le seul rempart contre ceux qui m'avaient décidée monstrueuse, regretta Kreed.

Erika se demanda si cela signifiait qu'elle avait maintenant le droit de tuer Pozar, avant de se rendre compte qu'elle n'en avait plus envie. Ses yeux bleus, autrefois si perçants, étaient désormais ceux d'un vieillard perdu.

Cette pensée la surprit. Elle ne regardait plus les yeux des hommes depuis bien longtemps. Kreed s'en était chargée. Mais désormais, elle arrivait à soutenir le regard du vieux sans les imaginer mangés par les oiseaux à la proue d'un navire.

— Comme elle ne supportait plus l'odeur des pauvres, dit Kreed, elle voulait utiliser son don pour édifier des bains publics. Mais le Natif a détourné la rivière et elle n'a plus eu d'eau à façonner.

Ils jetèrent tous un regard vers le filet sur le sol, de plus en plus ténu.

Dans la nuit, au-dehors, des coups retentirent : les tambours entamaient leur cadence solennelle. Kreed essaya de se lever, mais elle n'avait qu'une jambe ; Erika vint l'aider de son bras.

— Où veux-tu aller ?

— Regarder la cérémonie. Ce soir, les Sheltes rendent ensemble hommage à leurs morts. La Bénie m'avait invitée. Elle refusait de croire aux rumeurs qui me rendent responsable de cette hécatombe.

Erika l'emmena dehors en essayant de soutenir son poids, suivie par la sirène, Arthur et Nawomi. Ils grimpèrent chacun sur un rocher. De là, ils voyaient tout l'est de la côte, jusqu'au lézard titanesque du palais qu'un grand feu éclairait à l'entrée du pont des Tempêtes. Le tonnerre des percussions résonnait dans la montagne.

— Les Ashim implorent Sheltel mais l'appellent d'un autre nom, expliqua Nawomi de sa langue entravée par les écailles. L'oracle porte sur la tête deux ailes d'aigle en guise de cornes, étirées par l'ombre que jettent les flammes. Sur le sol, trois hommes nus feignent d'être morts. Ce sont les ennemis de Sheltel : la sécheresse, l'impureté du sang, et les étrangers.

Erika pouvait s'imaginer les visages rougis par le feu et l'excitation. Le tambour atteignit un rythme frénétique ; les chants se transformèrent en hurlements plus aigus que des cris d'oiseau.

— Les danses deviennent secousses. Sous les ailes d'aigle, les grands yeux blancs de l'oracle brillent. Enfin, dans un déchirement de voix, elle s'effondre.

Les percussions s'arrêtèrent dans un silence bourdonnant ; les tambours avaient effrayé les cigales.

— Quatre personnes s'approchent de l'oracle à terre, raconta Nawomi, mais ils ne la relèvent pas. Ils se penchent sur le sol, là où elle vient de vomir, et vont verser sa bile dans la mer. Elle a expurgé la malédiction.

Au bord du pont, des points lumineux s'allumèrent par dizaines.

— Où ont-ils eu ces globes ? s'étonna Kreed.

Les sphères se déplacèrent le long de l'arche en une lente procession. Les Sheltes avaient invoqué leur propre divinité ; pour ne vexer personne, ils allumaient des lumières étrangères en guise de prière à des dieux inconnus.

— Ils ne devraient pas faire ça, avertit le tatouage volant d'Erika.

À peine eut-elle prononcé ces mots qu'un globe tomba longuement du pont, point blanc sur la mer sombre, jusqu'à s'éteindre dans l'étendue noire à peine rayée de lignes d'écume.

Une seconde plus tard un éclair fulgura au-dessus de l'eau. La falaise et le palais flamboyèrent en un instant qui s'imprima sur les rétines d'Arthur, d'Erika et de Nawomi.

Il y eut une secousse, et le pont s'effondra.

Ce fut comme une pluie d'étoiles ; les globes tombèrent en averse et les pierres se détachèrent de l'arche, sans un bruit, pour s'abandonner à la mer. Puis, avec un retard dissonant, l'écho des cris leur parvint. La clameur des lamentations s'élevait depuis la falaise, mêlée de milliers de voix enrouées par la soif et portées par le vent.

Le pont des Tempêtes, qui malgré sa délicatesse avait survécu à tous les orages, n'avait pas résisté à une étincelle étrangère.

Les pirates, la Main et le vieil homme retournèrent vers la cabane en silence. Il n'y avait plus rien à voir.

Arthur entra le premier.

— N'avancez pas, ordonna-t-il en s'immobilisant sur le seuil.

Derrière lui, Nawomi, Kreed et Erika ne voyaient que son dos sans pouvoir deviner ce qui l'avait arrêté à l'intérieur.

— Un loup s'abreuve au filet d'eau, leur dit-il sans bouger.

Nawomi se plaqua une main sur la bouche. Belle dormait à trois pas de la bête.

Erika et Kreed se regardèrent. Elles savaient combattre un kraken, mais les monstres terrestres leur étaient moins familiers.

Arthur recula. Il ne voulait pas effrayer le loup aussi près du bébé. Au même moment, sur le pin fendu, une première cigale reprit son chant strident. Le loup leva la tête.

Arthur fut le premier à montrer les dents. L'animal, acculé, se mit à grogner. Nawomi éructa :

— Belle !

Alors le loup bondit sur Arthur, le plaqua au sol, puis s'enfuit à travers les pins. Nawomi se précipita à l'intérieur ; le bébé dormait toujours.

— Je vais bien, grommela Arthur en se redressant tandis que Kreed et Erika l'enjambaient.

Il ne revint s'asseoir qu'après avoir allumé tout

autour de la masure un cercle de feu qui éloignerait les bêtes pour la nuit.

— Ils sont forcés de descendre pour trouver l'eau et les proies qui fuient la sécheresse, expliqua-t-il.

Un long hurlement, au loin, vint ponctuer sa déclaration.

— Comment n'avez-vous pas encore vu exploser votre navire ? demanda Arthur en s'allumant une cigarette. Une seule goutte d'eau et votre équipage est fini.

— Sur les quatre cents navires que comptait notre flotte, répondit Erika, la moitié a brûlé. C'est tout le danger et toute la richesse des pirates qui acceptent de traverser l'océan avec une telle cargaison à leur bord.

Arthur recracha sa fumée pour qu'elle cache son visage lorsqu'il poserait la question qui lui brûlait les lèvres depuis une éternité.

— Comment marchent les globes ?

Prononcée ainsi à voix haute, la phrase paraissait naïve, presque idiote.

— J'étais tous les jours au temple de la Bénie, dit Kreed. Je vous aurais répondu volontiers. Vous n'auriez eu qu'à demander. Le procédé eût été plus simple et plus digne que de répandre sur moi vos ignobles rumeurs.

— C'est compliqué, intervint Erika avant que la diatribe de la capitaine ne dégénère. Près des villes, de grandes fabriques souterraines puisent l'énergie cabareuse dans une roche bleue. Ensuite, la pierre est taillée, insérée dans les globes, et reliée au Cumulus.

— Au Cumulus ?

— Le grand nuage invisible qui lie toutes les sphères entre elles.

— Où est-il ? Comment savez-vous qu'une telle chose existe ?

— Je ne sais pas. Je vous l'ai dit, c'est compliqué. Le Cumulus a dû oublier l'île comme le reste du monde car ici, les sphères ne fonctionnent pas.

Elles fonctionnaient assez pour ruiner toute une confrérie.

— Je les ai vues s'allumer et s'échauffer, s'étonna Arthur.

— C'est le simple effet de la pierre bleue. Les globes sont bien plus utiles lorsqu'ils sont unis au Cumulus. Ici, faute d'énergie, ils s'éteindront dans la semaine.

— Et que font-ils en temps normal ?

— Tout ce dont vous avez entendu parler sur le port, répondit Kreed, et davantage de miracles.

Arthur avait la tête qui tournait. Le loup l'avait cogné fort.

Il ne saisissait pas le moindre mot de cette histoire de Cumulus, de liens et de pierre excavée. Sa compréhension se bornait à la vérité la plus évidente : il s'était battu contre une illusion, et il n'avait jamais eu la moindre chance.

— Le monde qui arrive sur nous… Réserve-t-il autre chose que de la violence et de la peur ? demanda Arthur pour lui-même.

— Chaque ville de chaque continent recèle des horreurs, c'est vrai, dit Erika. Mais pour une atrocité existent mille splendeurs. Des palais-labyrinthes où chaque pièce renferme un univers. Des fleuves qui chantent selon l'humeur des nageurs. Des gens qui ont voyagé au-delà des glaciers et qui en sont revenus.

— Et les horreurs, tu ne les décris pas ? sourit Kreed.

— À quoi bon ? bâilla la sirène. Ici aussi, on en trouve.

Arthur fumait sa cigarette, Nawomi couvait son bébé du regard, Kreed observait le feu comme si elle avait bu une bouteille entière de rhum, et les cigales stridulaient à n'en plus finir.

— Moi aussi, j'ai quelque chose à demander, dit Erika.

Les trois autres levèrent les yeux vers elle.

— Qu'est-ce que c'est ? demanda-t-elle en désignant le tatouage qui papillonnait dans la cabane en exprimant tout haut ce qu'elle aurait préféré taire.

— C'est de la magie, affirma-t-elle comme on ne lui répondait pas. Je ne suis pas une sorcière. Cette sirène n'a pas de nom, elle n'est qu'un peu d'encre sous ma peau.

— De la magie ! s'esclaffa Arthur.

— Appelez-la comme vous voudrez, s'offusqua la jeune femme. Je n'ai jamais vu un tatouage agir ainsi.

— Je vais finir par me vexer, prévint la créature.

— Tu es douée, c'est tout, expliqua Pozar. Comme je suis doué pour embraser le bois.

— Voilà. C'est de la sorcellerie.

Arthur tapota les cendres de sa cigarette dans le feu.

— Lorsqu'un père chante, le soir, et que ses enfants s'endorment, est-ce de la sorcellerie ? Quand la maison Zary invente un calendrier qui prévoit chaque éclipse des prochains siècles, est-ce de la magie ? Ils sont doués dans leur domaine, c'est tout. Meilleurs que beaucoup, moins bons que d'autres, plus travailleurs que la plupart.

Erika ne pouvait se résoudre à consentir que son tatouage relevait du même phénomène.

— Un dessin immobile qui prend vie n'a rien à voir avec le chant ou l'astronomie. Ce qui arrive à mon tatouage, insista-t-elle, n'est pas naturel.

— Et pourquoi serait-ce moins naturel que ces globes qui montrent des images du bout du monde ? chuchota Nawomi sans quitter des yeux son enfant. Ou qu'un bébé à naître qui danse à la voix de sa mère, lui qui n'existait pas quelques semaines auparavant ?

Erika observait la sirène agiter ses cheveux-serpents. Elle ne savait pas si voir son propre corps lui échapper l'inquiétait ou la soulageait.

— À mon tour de poser une question, dit Kreed. Qu'y a-t-il dans la forêt que vous qualifiez d'infinie ?

Nawomi et Arthur échangèrent un regard à la dérobée. Même pour Arthur, qui ne se considérait pourtant pas superstitieux, il était aussi inconvenant d'en parler à haute voix que s'il fallait décrire l'intérieur d'un cercueil.

— Pour beaucoup de Sheltes, et surtout pour les Ashim, c'est un passage vers un autre monde. Ce n'est rien d'autre qu'un repaire de bêtes sauvages, assura-t-il.

— Mais vous n'y croyez pas assez pour y entrer, railla Kreed.

Arthur haussa les épaules. Tenter l'inconnu au

risque de la mort n'avait jamais été à ses yeux une option désirable.

— Et vous, notre Main, croyez-vous qu'on y trouve la paix ? s'enquit la capitaine.

— Les pirates ne connaissent pas ce mot, dit Nawomi. Vous n'aimez que le sang.

— Et l'eau, notre Main, rectifia Kreed. Le sang et l'eau. L'eau claire qui nous prête vie à tous.

Sur le rocher, la fontaine convoquée par la Bénie sept ans plus tôt s'asséchait d'heure en heure. Plus aucune goutte n'arroserait bientôt la pierre.

Erika s'endormait. Elle ne le voulait pas, mais le sommeil la prit malgré elle. Avant de fermer les yeux, elle vit son propre reflet dans l'œil de sa mère. Elle sentit qu'on lui donnait à boire. La dernière voix qu'entendit Erika fut celle de Judith Kreed qui tentait de lui dire quelque chose, quelque chose qui ressemblait à son prénom pleuré.

Nawomi regardait Belle et repensait à la petite Mélanie, qui posait tant de questions avant que la Main ne l'embrasse. Belle deviendrait-elle aussi vive en grandissant ? Il le fallait. Il le fallait pour recoudre les déchirures qu'elle avait infligées. Elle était épuisée, tout son épiderme comme anesthésié, lointain.

— Natifs, Bénis, Dusties, Ashim… Tout Sheltel disparaîtra, murmura-t-elle pour sa fille. Alors qui se souciera du nom de ceux qui auront régné sur elle dans ses derniers instants ?

Elle s'allongea. Pour la première fois depuis longtemps, Nawomi contempla la voûte céleste. Sans doute ses yeux vieillissaient-ils, mais il lui semblait que les étoiles brillaient moins qu'auparavant.

Le monde changeait.

Matin du douzième jour

La pirate

Erika se réveilla la langue collée au palais. À côté d'elle, le rocher était sec et la gourde de Kreed gisait, vide. Il n'y avait même plus de quoi se rincer la bouche.

Le silence autour d'elle lui sembla étrange ; elle se redressa. Arthur ronflait, assis dans son fauteuil, de la bave sur le menton. La sorcière avait disparu.

Kreed aussi.

Elle balaya la cabane du regard. Le soleil à peine levé éclairait la masure. Ni le crochet ni la jambe de bois n'étaient là où la capitaine les avait laissés. Au centre de la pièce, les cendres fumaient. Ses vêtements sentaient le feu froid.

Erika releva la manche de sa tunique ; son tatouage avait disparu.

Son cœur tambourina plus fort.

Elle sortit à la hâte. Dans la lumière vaporeuse du matin, elle choisit un pin et grimpa. En s'accrochant aux branches, elle sentit sa poitrine cogner au rythme de son pouls. Elle balaya du haut de l'arbre tout le versant sud de l'île, du palais et du pont écroulé à l'est jusqu'à *La Couronne* et aux tentes des Ashim, à l'ouest.

Là, sous l'ombre encore endormie du plateau, sommeillait la forêt infinie.

Erika plissa les yeux à la recherche d'un point sombre. Elle arrêta de respirer lorsqu'elle le repéra, en mouvement dans la plaine qui menait à la forêt.

Une silhouette boiteuse, suivie d'une étincelle ambrée, avançait avec élan vers l'orée de la dernière parcelle inexplorée du monde.

Quinze mille hommes et une pirate venaient de perdre leur capitaine, et l'océan sa reine des voleurs.

La sorcière

Au matin, une nausée acide lui reflua dans la gorge et une chaleur intense irradia son visage, comme si le feu de camp s'était rapproché d'elle. La prystine s'estompait dans son sang. La brûlure sur sa peau lui revenait par vagues.

La fille et Pozar dormaient encore mais la géante n'était plus là. Avant de s'endormir, Nawomi l'avait vue donner à la jeune pirate les dernières gouttes qui sourdaient du rocher.

Elle attrapa le bébé avec une infinie douceur et le plaça sous le tissu, contre son torse. La peau de l'enfant rafraîchissait la sienne aussi sûrement qu'un bain glacé.

Sa mère, sa peau, sa fille. Ses trois grands secrets, ses trois raisons de vivre et de mourir, avaient été dévoilées. Tout ce qu'elle avait craint s'était produit. Sa mère était morte. Les Natifs l'exposeraient. On chercherait à tuer sa fille.

Pourtant, elle n'était pas envahie par la détresse qu'elle avait attendue.

Il fallait parer au plus urgent : trouver l'entrée des

souterrains de l'île. C'était là que se trouvait l'eau détournée par le Natif, si la géante disait vrai.

Tandis qu'elle descendait la montagne, la lumière du matin rougissait la roche et les buissons d'épines. Dans les rares flaques qui restaient de la rivière, le ciel griffé de rose se reflétait exactement. La frontière n'existait plus que dans l'esprit des Sheltes, aussi tenace que leur soif.

Les petites tortues
Un jour deviendront grandes
Et les grandes tortues
S'en iront sur la lande

Elle fredonnait la mélodie de la berceuse. Il était difficile de prononcer les mots avec sa langue dure et ses lèvres couvertes d'écailles, mais le chant la distrayait de la chaleur à mesure que le soleil se faisait plus brûlant.

Quand les vieilles tortues
Enfin seront parties…

Nawomi se tut. Les bosquets de genévrier venaient de frémir derrière elle. Elle accéléra le pas. Sur sa droite, une ombre se faufila entre les feuilles. Elle bifurqua et, aussitôt, se heurta à deux cercles jaunes au milieu des fourrés.

Le museau, les oreilles puis le garrot sortirent de l'ombre. Le loup était encore plus grand que celui de la nuit. Nawomi recula en serrant le bébé contre sa poitrine. Des broussailles tout autour surgirent cinq autres bêtes, babines relevées.

Tout à coup, Nawomi se retrouva plaquée à terre,

le souffle coupé par le choc. Elle porta ses mains à sa gorge, mais le loup ne s'attaqua pas à elle. Les crocs enfoncés dans sa proie, il secoua violemment la tête, arrachant des couches de tissu à la tunique. Le museau du loup était cramoisi tandis qu'il fourrageait dans les entrailles du petit corps de Belle.

Les cinq autres bêtes se rapprochèrent.

Mais Nawomi ne voyait que Belle. Belle qui n'avait pas eu le temps d'ouvrir les yeux pour découvrir une dernière fois le jour, Belle à la chair déchiquetée, Belle aux viscères répandues, Belle aux jambes brisées avant d'avoir marché.

Les loups avaient soif, mais la rivière leur avait été dérobée. Leurs proies avaient déserté la montagne, et ils avaient faim.

Une fureur blanche, plus aveuglante que le soleil métallique, envahit Nawomi. Une plainte lui monta du ventre, devint un cri entre ses côtes et jaillit de sa gorge en un rugissement dont l'écho hurla son désespoir jusqu'au sommet de la montagne. Le baiser mortel de la Main atteignit d'un seul coup les six loups et tous les oiseaux des arbres alentour, qui tombèrent de leurs branches comme des fruits trop mûrs.

Nawomi ôta sa tunique déchirée. Elle déposa sur le sol son masque blanc et sa gourde vide. Elle se coucha par terre et s'endormit, nue, le corps démembré de sa fille lové entre ses bras.

Dans les flaques, plus rien ne se reflétait que le bleu dur du ciel.

*

Quand Nawomi reprit conscience, elle eut l'impression d'avoir dormi un millier d'années. Le soleil se déversait à flots au travers des branches. Elle n'avait jamais vu une telle lumière.

Autour d'elle, les buissons plantaient dans l'air des épines dont elle découvrait la finesse. Tout était précis ; sa vision lui était revenue. Aucune démangeaison, aucune brûlure. Elle n'avait plus ressenti un tel apaisement depuis l'enfance, avant les premières écailles.

La température devait atteindre des sommets : le sol, au-dessus des rochers, paraissait aqueux sous l'air épais. Mais Nawomi n'avait pas chaud.

La pestilence de tous les corps d'animaux en décomposition lui donnait la nausée. Elle baissa les yeux sur Belle. Déjà les mouches vrombissaient autour de ses entrailles, comme autour des loups et des oiseaux. Seul leur bourdonnement troublait le silence.

Nawomi prit son enfant dans ses bras, délicatement pour ne pas la réveiller. Il fallait l'enterrer.

En se levant, elle remarqua sur le sol, tout près de l'herbe où elle s'était couchée, un étrange boyau rugueux de la taille d'un homme, semblable à la mue d'un serpent large et court. Elle tendit la main pour le toucher.

Elle posa alors les yeux sur sa propre peau.

Ses bras tout entiers étaient couverts d'écailles – noires, brillantes, dures comme du métal. Nawomi observa le reste de son corps. Elle passa une paume sur son visage et dans son dos. Des orteils jusqu'à son crâne dépourvu de cheveux, elle était enveloppée de cette armure sombre aux reflets d'émeraude.

Elle se sentit soudain féroce et souple. En baissant le regard sur sa mue, elle se demanda comment elle avait pu vivre si longtemps dans une peau si fragile.

Elle enjamba les cadavres et les essaims d'insectes. La chaleur rebondissait sur sa cuirasse sans l'atteindre. De ses griffes semblables à celles d'un lézard, elle creusa un trou dans lequel elle déposa son bébé.

— Ma petite, prononça-t-elle d'une voix grave qu'elle ne reconnut pas. Ma Belle. Même dans la mort tu ne ressembles pas aux autres. Ils auraient voulu te jeter à la mer, mais Sheltel en a décidé autrement. J'en ai décidé autrement. Je t'ai nourrie. Je t'ai soignée. Je t'ai désaltérée. Je suis devenue ta mère, tu es devenue ma fille, et nous n'avons été qu'une, peau contre peau, souffle contre souffle.

Nawomi caressa une dernière fois le visage asymétrique et sanglant du bébé. Elle aurait voulu pleurer, mais ses yeux de reptile n'avaient pas de larmes.

— Pour t'avoir arrachée à moi, promit-elle, je les retirerai de la surface de la terre.

Dès qu'elle eut recouvert de fleurs le corps déchiqueté de l'enfant, elle prit le chemin de la ville. Sur ses pas coulaient des ruisseaux et s'allumaient des feux, la terre se soulevait et le vent agitait les pins. Tous les serpents de la montagne se glissèrent à sa suite.

Ses nouvelles pupilles virent de loin, depuis les hauteurs et à travers les troncs, ce qui se préparait au bord de l'île. D'une course puissante et fluide, elle fila à travers les buissons.

LA FEUILLE DE MIMOSA
Journal indépendant depuis 244 ap. G.N.
Paraissant chaque jour de la semaine

SÉCHERESSE : LE « RITUEL DES REGRETS », DERNIER ESPOIR ?, p. 3
ÉNERGIE CABAREUSE : CE QUE L'ON SAIT, CE QUE L'ON TAIT, p. 7

EXCLUSIF ! ARTHUR X. POZAR, LE TRAÎTRE DÉMASQUÉ

Le choc a secoué toute l'île. Hier en début d'après-midi, Arthur X. Pozar, fondateur de l'école éponyme, juge des dons et conseiller de la Bénie, a été reconnu coupable de la mutilation de la petite Mélanie Bloom. La fillette, depuis le refuge où elle avait été placée, a désigné Arthur X. Pozar comme l'auteur de son malheur devant cinq témoins. Pozar, au terme d'une course-poursuite, a alors réussi à échapper à ses poursuivants.

Aujourd'hui, coup de théâtre. Tôt ce matin, tandis que les préparatifs du rituel des Regrets allaient bon train, deux gardes ont saisi l'homme au pied des montagnes, tandis qu'il se dirigeait vers le refuge de la Bénie – « Sûrement pour mutiler d'autres enfants », estime l'un des deux soldats. Ces derniers l'ont amené au Natif, qui l'a destitué de toutes ses fonctions avant de le condamner pour torture d'enfant et accusations mensongères envers les étrangers. Le souverain lui a alors infligé l'un de ces châtiments dont seuls les Natifs ont le secret.

Le roi l'a fait bâillonner et déshabiller devant tout le peuple, puis lui a attaché une corde autour du cou pour le traîner dans les rues de Dust « comme un chien, lui qui faisait passer les étrangers pour des chiens mangeurs d'enfants ». Arthur X. Pozar a été roué de coups par les passants, recevant plusieurs blessures graves à la tête et au ventre. À l'issue de son tour de la ville, il sera exposé sur la grand-place et noyé par le Natif lui-même en présence de tout le peuple shelte, juste avant le spectacle de jets d'eau qui clôturera la journée en cas de succès du rituel.

Suite de l'article en p. 2 >>

Le vieux marchand

Chaque rugosité de la pierre lui imprimait la peau comme un tampon marque la cire molle. Le soleil lui chauffait le crâne et la dalle lui cuisait le visage là où sa joue avait frappé les pavés. Le sang qui lui coulait du front formait des croûtes sur ses paupières. Depuis qu'on l'avait jeté ici, brisé et enchaîné, il était resté à plat ventre. Il n'avait pas la force de bouger.

Si ses côtes n'avaient pas été fêlées, il aurait ri de la situation. Lui-même avait laissé tant de gens se dessécher sur cette pierre, au milieu de la place, avant de les enfermer en cellule rouge. Il n'avait pas songé à leur souffrance, ou elle ne l'avait pas empêché de dormir.

Maintenant, au contraire, il restait éveillé. Surtout à cause des coups et des pierres que lui lançaient les passants. Il avait d'abord béni la sécheresse qui empêchait les Sheltes de lui cracher dessus. Bientôt, cependant, il en était venu à espérer recevoir quelques gouttes de salive pour les boire.

— Arthur, ricana une voix au-dessus de lui. Tu sais, une chose me réjouit particulièrement : je n'aurai plus à avaler ton jaunet dégueulasse à chaque réunion du conseil.

Estefan se tenait debout devant lui en prenant soin de ne lui prodiguer aucune ombre. Arthur entendit un froissement de tissu, puis un jet de liquide chaud lui aspergea le visage.

— Je suis face à un dilemme, confia Estefan à voix basse. J'ai hâte de te voir suffoquer dans l'eau et le sang de ton propre corps quand le Natif te noiera ce soir. Mais je me demande si je ne prendrai pas plus de plaisir à t'étrangler avant de mes propres mains.

L'urine brûlait les coupures sur ses joues et ses lèvres. Arthur en profita pour se désaltérer un peu.

— Je pense à tous ces gens qui n'auront pas le loisir de ton agonie si je leur vole ce moment, conclut Estefan en se reculottant. C'est la différence entre toi et moi, Arthur : tu n'as jamais pensé qu'à toi-même.

Il s'éloigna et d'autres le suivirent. Michael et Greta passèrent lui jeter dans les yeux des poignées de poussière.

Arthur revoyait sans répit la scène de son corps nu, à quatre pattes dans la poussière de la ville, tenu au cou par une corde. Ses aboiements lorsque ses anciens élèves avaient exigé qu'il glapisse comme le chien qu'il était. Le regard fixe de la fillette, tout le long, qui le suivait comme une ombre.

Le visage hérissé d'écailles de la Main, découpé à contre-jour sur la lumière.

— Vous m'avez forcée à l'embrasser, jugea la Main. Vous avez assassiné Mélanie Bloom pour rendre crédible un mensonge.

Arthur ferma les yeux pour ne plus voir l'horrible apparition, mais l'image ne s'effaça pas.

— Les pirates, souffla-t-il. Les étrangers m'ont obligé. Ils allaient nous détruire.

Judith Kreed écarta alors la Main et posta son œil laiteux face à ceux d'Arthur.

— Qui a asséché la rivière et privé d'eau votre peuple ? sourit-elle. Qui a brûlé vos maisons et assassiné la Bénie ? Qui a mutilé cette fillette dont les parents réclament justice ? Est-ce moi ?

Des cheveux gris lui poussèrent sur la tête et des rides sillonnèrent sa peau.

— Et moi ? demanda Clementine. Pourquoi ai-je passé ma vie dans une cage ? Pourquoi, Arthur ? Pourquoi moi ? Pourquoi ?

Il secouait la tête mais au lieu de se dissiper, les visages se superposaient.

— Vous les avez tant voulus, ces globes, lui susurra tendrement la Bénie. Vous avez ruiné les feutiers pour eux. Vous avez couvé vos dizaines d'œufs dans votre cave. Vous les avez préparés pour l'heure de ma mort.

— Non, gémissait Arthur, partez…

— Grand-papa, chuchota Alev à son oreille, pourquoi m'as-tu menti ? Pourquoi partirais-je avec toi si tu comptes me mutiler comme Mélanie, ou m'enfermer comme Clementine, ou m'accuser comme Judith, ou me soumettre comme la Main, ou me tuer comme maman ?

Le vieil homme écouta tout le jour ces sentences sans fin répétées par des bouches intarissables. Enfin, alors qu'il n'osait plus l'espérer, Arthur s'évanouit.

*

Un mouvement près de son visage lui fit soulever une paupière.

Une poule égarée le regardait de ses yeux vides, la tête penchée. Elle l'observa ainsi quelques secondes, picora le sang coagulé sur ses tempes, puis repartit de sa stupide démarche de balancier.

On l'avait exposé à côté de l'astérisque, déplacée sur la grand-place pour l'occasion. Clouée à son éternelle planche, la créature respirait comme au travers d'un sac.

— Le soleil, grogna-t-elle. Il vous fait voir des choses qui n'existent pas.

Non loin de là gisaient les corps des victimes de la soi-disant maladie continentale. La puanteur de la fosse commune traversait même les narines tuméfiées d'Arthur.

Quelqu'un s'abaissa à sa hauteur. Il attendit le coup ou l'insulte, mais rien ne vint.

— Monsieur le conseiller, dit un jeune homme dont il ne distingua pas le visage, buvez.

Arthur secoua la tête ; on avait déjà essayé de lui faire avaler du vinaigre. Le garçon insista :

— Buvez, c'est de l'eau. J'ai gardé un peu de ma ration exprès pour vous.

Arthur ouvrit la bouche. C'était bien de l'eau. Il n'y en avait qu'une gorgée, mais elle était magnifique.

— Qui es-tu ? demanda-t-il en haletant.

Il ne connaissait personne sur cette île qui lui aurait réservé les dernières gouttes de sa gourde.

— Gratien, monsieur le conseiller. J'habite dans les quartiers du nord, juste en face de chez vous. Vous m'avez donné vingt shels la semaine dernière. Je dois m'en aller, la cérémonie va bientôt commencer. Si j'arrive à récupérer de l'eau, je vous en apporterai. Au revoir, monsieur le conseiller.

Arthur voulut le retenir, mais le garçon était déjà parti.

À l'autre bout de la place, les organisateurs du rituel étaient au comble de la panique.

— Non, les coquillages à droite. Les carapaces à gauche, plus près de l'entrée, houspillait une femme.

— Ce n'est pas dans le contrat, répondit quelqu'un qu'Arthur reconnut comme l'un des valets de la Bénie.

— Bien sûr que si, reprit la première. Page quarante-deux, alinéa trois. Chaque invité doit d'abord rencontrer, lors de son parcours, les symboles natifs, lesquels seront…

— Le contrat indique aussi que la décoration comportera autant de symboles natifs que bénis. Alors laissez-moi placer mes coquillages.

— Vous pouvez les mettre où vous voulez. Entassez-les tous au milieu de la place, si ça vous chante. Mais à gauche de l'entrée, ce sera la carapace.

Arthur les écoutait se chamailler. Autour de lui, l'agitation devenait palpable : des dizaines de serviteurs des deux maisons s'affairaient, faisant et défaisant leurs installations sophistiquées en fonction des instructions contradictoires qu'ils recevaient. Le rituel des Regrets avait été accompli pour la dernière fois trois cents ans plus tôt, en pleine Grande Nuit, alors que le soleil n'avait pas brillé depuis des semaines et que la famine menaçait, faute de récoltes. Le peuple avait imploré Sheltel de lui rendre la lumière et la nourriture en se couvrant de cendres pendant plusieurs heures, tandis que les Natifs offraient leurs plus belles tortues en sacrifice. Deux jours plus tard, le ciel avait commencé de s'éclaircir. La promesse était de taille, et la réputation de faiseurs de miracles des Natifs en jeu. Quelqu'un, au temple, avait dû insister pour inclure la Bénie dans cette nouvelle édition – bien que personne, apparemment, ne se demandât où avait pu passer la prêtresse elle-même.

La grand-place était transformée. Des piliers sculptés en forme de serpents, montés sur des socles en coquillage, soutenaient d'immenses voiles blanches qui formaient un chapiteau. Devant la scène, les rangées de fauteuils alternaient carapaces retournées et tabourets aux pieds couverts de nacre. Tout autour, des reptiles géants sculptés dans le sable se prélassaient mollement, soulevant parfois une patte ou clignant d'un œil, leur regard granuleux insensible à la beauté du lieu comme au teint fatigué des serviteurs.

À l'entrée, donc, une énorme carapace et une grande coque contiendraient de l'eau douce. Chaque invité, selon sa tradition et sa croyance, tremperait les lèvres dans l'un ou l'autre récipient.

Les invitations avaient dû se vendre plus cher que du caviar d'œufs de tortue.

Ceux qui n'avaient pas pu en acheter commençaient à se presser devant la tente pour essayer de s'y infiltrer et de boire, ne serait-ce qu'une gorgée. Postés à l'entrée, plusieurs gardes mettaient à terre les téméraires et les emmenaient loin de la cohue, pendant que des courtisans, vêtus de propre et le teint frais, entraient se désaltérer.

Mais de plus en plus d'Ashim et de Dusties du nord poussaient et affluaient. Les soldats, débordés, brandirent leurs armes. Dans un mouvement d'effroi, la masse humaine recula. Des hommes tombèrent sur des gouvernantes du refuge, des enfants furent étouffés sous le poids de vieillards.

Le vacarme se suspendit alors. Un silence inexplicable se répandait parmi la foule. Arthur releva la tête.

Une éblouissante silhouette noire fendait la multitude des refusés, masquée de blanc.

La sorcière

Malgré leur détresse, les Dusties et les Ashim venaient s'agglutiner sous le soleil insupportable, sur invitation des artisans de leur malheur. Mais elle, pour sa part, n'était plus dupe.

Les gardes ne firent pas un geste pour l'empêcher de passer tandis que la foule lui ouvrait naturellement un chemin.

À l'intérieur du chapiteau, la cérémonie n'avait pas encore commencé. Le Natif, paré d'une peau de crocodile et de dessins de serpents sur le torse, fulminait. La Bénie n'était toujours pas là et les invités commençaient à jaser derrière leurs éventails : peut-être préparait-elle une apparition grandiose. Peut-être avait-elle décidé de partir avec ses amis pirates. Peut-être son conseiller l'avait-il mutilée, elle aussi.

Nawomi resta debout à l'entrée de la salle. Elle entendait tous leurs murmures, jusqu'à l'éclatement des bulles de salive sur leurs langues tandis qu'ils parlaient. Elle voyait chaque poil, chaque ride de leur peau et la poudre de nacre agglomérée en paquets blanchâtres sur la sueur des fronts.

Peu à peu, à mesure que chacun la remarqua, un

silence sépulcral emplit les lieux. La Bénie n'était pas là et quelqu'un portait le masque de la mort.

Nawomi ôta son masque. Elle le laissa tomber sur le tapis de sable qui cachait les pavés. Les invités découvrirent son visage sans cheveux ni cils, ses pupilles étroites.

La créature se tourna vers la carapace des Natifs, qui débordait d'une eau indécente, et la renversa avec violence. Le liquide se répandit sur le sol. Puis elle infligea le même sort au coquillage.

Elle avança lentement dans la lumière diffuse du chapiteau, le corps couvert d'écailles plus noires et plus brillantes que des lames d'obsidienne.

— Vous m'avez pris mon enfant.

Une femme enceinte s'évanouit au premier rang.

— Vos mains exsudent du sang des Sheltes.

Le Natif baissa les yeux sur ses mains, et se leva si brusquement que son trône se renversa. Entre ses doigts suintait un liquide rouge qui goutta sur le sable. Des bébés se mirent à pleurer.

— Le serpent des jours nouveaux ! s'écria quelqu'un en tombant à genoux.

Arrivée au pied de la scène, Nawomi se retourna vers l'assemblée.

— Sheltes ! clama-t-elle, et les tentures qui barraient l'entrée s'envolèrent d'un coup sous l'effet de son souffle.

Dehors, des centaines de personnes la fixaient. Nawomi distinguait chacune de leurs lèvres rongées par la soif.

— La sécheresse n'est pas sur notre terre, tonna-t-elle. Elle n'existe que dans le cœur et dans la bouche des Natifs. Levez-vous contre ceux qui vous ont extorqué sans honte votre eau et votre vie.

Un grondement vibra sous leurs pieds. L'île bourdonnait depuis ses profondeurs, comme si le pont des Tempêtes allait à nouveau s'écrouler. Une bourrasque de vent souleva tous les voilages du chapiteau qui voltigèrent vers l'océan. Le sol se fissura au milieu de l'allée.

Dans un fracas, une trombe d'eau jaillit.

Des courtisans disparurent dans le gouffre qui venait de déchirer la terre. Les autres coururent pour échapper à la vague humaine qui déferlait sur eux. La gerbe d'eau pure et froide, surgie des caves du Natif, montait jusqu'au ciel et retombait en pluie sur la mêlée. Nawomi regarda la beauté du lieu, si fragile, se faner sous la panique et les gémissements.

Des coups de feu retentirent soudain. La foule se baissa en hurlant de peur comme un seul homme pendant que les soldats tiraient dans la masse. Les détonations s'ajoutèrent aux hurlements et au vacarme de l'eau. Des grands-mères, des époux et des sœurs tombèrent inanimés. Les Sheltes refluèrent pour échapper au massacre. Déjà la garde native formait un premier cercle autour du geyser pour en empêcher l'accès, tandis qu'une deuxième ligne abattait aveuglément les assoiffés.

Alors Nawomi vit arriver en courant, depuis la grand-rue de Dust, deux des garçons qu'elle avait élevés pour la justice : Pouce et Anneau. Dépouillés de leurs masques de phalanges, ils poussaient ensemble un chariot débordant d'armes. Nawomi lut de loin sur le côté des crosses : « Armurerie Vipérine ». Ils étaient suivis par Maloh. L'Ashim s'arrêta en haut de la rue et banda son arc en direction du chef des gardes.

Devant le geyser, le général appuya une dernière fois sur la détente, par réflexe, puis s'écroula, la flèche de l'Ashim en travers du crâne.

Un soldat était mort, on recevait des armes : la panique changea de camp. Les Sheltes se passèrent de main en main les revolvers et les carabines que leur distribuaient Anneau et Pouce. L'éclatement de leurs tirs résonna jusqu'en haut de la montagne où dormait Belle. Tandis que les révoltés les noyaient sous leurs corps, les gardes ne ressemblaient plus qu'à des petits garçons qui avaient voulu jouer à la guerre. C'était la fin du jeu.

Si elle n'avait pas eu une peau aussi épaisse et solide, Nawomi aurait peut-être éprouvé de la compassion pour les serviteurs de son père.

Elle attrapa à son tour le revolver qu'on lui tendit. Elle savait où se trouvait le roi : en pleine fuite. Elle repéra la ruelle qui menait vers les criques et, sans surprise, y vit le souverain qui avançait à pas rapides, protégé par des gardes du corps. Il portait un enfant.

Nawomi leva le bras et visa le Natif. Elle ne le manquerait pas. Ses nouvelles mains ne lui feraient pas défaut.

Le roi dut être pris de regrets. Il se retourna, un instant, pour contempler la ruine de son île. Elle distingua alors, au creux de ses bras, l'enfant qui lui servait de bouclier : Petit, la plus dévouée et la plus vulnérable de ses phalanges. Le garçon avait encore besoin d'un puissant pour servir à l'abri de son ombre.

Nawomi abaissa son arme.

Tout autour d'elle, la cérémonie fastueuse s'était transformée en champ de bataille où ceux qu'on avait oublié d'inviter plantaient les pieds brisés des chaises dans le ventre de ceux qui les avaient spoliés. Elle traversa le chaos comme en un rêve calme, sans entendre le bruit, sans s'émouvoir de l'odeur du sang.

Sa fille, sa mère. L'enfant solitaire qu'elle avait été et la femme craintive qu'elle était devenue.

Toutes étaient enfin vengées.

La pirate

Qu'était-elle supposée faire, désormais ?

L'odeur de la mer, dans l'air lourd, prenait un arôme de soupe d'algues. Les galets lui brûlaient les pieds même à travers ses semelles.

Elle avait si longtemps vécu pour servir Kreed, pour détester Kreed, pour fuir Kreed. Elle avait passé sa vie à nourrir un feu pour se rendre compte, devant le brasier rutilant, qu'elle n'avait plus rien à brûler.

Sur le port, les pirogues des Ashim s'apprêtaient à prendre le large ; les tavernes étaient vides. Les pirates étaient allés chercher à boire en ville, ou partis demander à leur capitaine de quitter enfin cette île asséchée, ce point d'eau sans eau. Il n'y avait eu aucun garde pour les empêcher de dépasser les limites de la crique.

Erika se grattait le bras, là où la sirène avait laissé derrière elle une marque blanche. Sa première mère l'avait déguisée en poupée avant de mourir en mer. La seconde l'avait transformée en chien de combat, puis l'avait abandonnée pour explorer une terre inconnue. Erika en conclut qu'elle n'était pas née pour susciter l'amour d'une mère.

Elle était née pour aller là où on ne l'attendait pas.

Erika se dirigeait vers la prison lorsque les galets se mirent à vibrer sur la plage déserte. Au loin, au-dessus des toits de la ville, elle vit s'élever tout à coup un geyser immense. L'île résonna soudain de l'écho de cris et de tirs. Les Sheltes avaient trouvé l'eau.

Elle aussi irait boire, lorsque les coups de feu auraient cessé ; elle avait d'abord un équipage à réunir.

Erika se glissa entre les gorges. Elle n'était sortie qu'une fois de ces couloirs labyrinthiques, mais retrouva sans mal le chemin qu'elle cherchait.

Gratielle et Prema gardaient l'entrée des cellules rouges. Elles se levèrent péniblement et attrapèrent leurs haches, sans reconnaître tout de suite la jeune fille. La dernière fois qu'elles l'avaient vue, elles n'avaient pas soif et les cheveux d'Erika étaient blonds.

— C'est la fille à la sirène, comprit Gratielle.

— Au nom de la Bénie et du juge des dons, déclara sa mère en levant sa hache, je vous demande de reculer.

Erika répondit :

— Prema, il n'y a plus de Bénie. Il n'y a plus de juge. Il n'y a même plus de Main. Vous entendez ce bruit ?

Jusque dans le sous-sol retentissaient les hurlements de la foule et le vrombissement puissant du geyser.

— C'est le bruit de la fin d'un monde.

Les deux femmes hésitèrent.

— C'est de l'eau, qu'on entend ? demanda Gratielle.

— Avez-vous vu M. Pozar depuis hier ? s'enquit Prema. Voilà deux jours que nous attendons qu'il nous amène de quoi boire et manger, avec notre salaire. Il nous a dit de patienter ici.

On les avait oubliés là. Les plus doués de l'île.

— Là-haut, tout se renverse. Vos dons ne vous enchaînent plus. Vous pouvez aller boire l'eau des Natifs, allumer des feux du bout des doigts, souffler sur les toits de Dust pour les voir s'envoler. Personne ne vous arrêtera. Et personne ne viendra vous donner à boire ni vous dire où aller. Pozar ne vous protégera plus, parce que la menace a disparu.

Gratielle et Prema se regardèrent. Elles laissèrent alors tomber leurs haches sur le sol et se dirigèrent vers les premières cellules. À mains nues, elles en brisèrent les barreaux comme des roseaux.

Les prisonniers ne comprirent pas immédiatement. Certains gémirent en se recroquevillant.

— Venez, appela Erika, vous êtes libres.

Elio, Damien et d'autres sortirent de leurs cellules, hagards.

— Ce chien nous a oubliés, fit Elio.

— Je n'arrive pas à croire que j'aie cuisiné tous les jours pour lui et qu'il me laisse crever de faim, s'indigna Damien.

— Pozar a dû fuir, dit Erika en s'étonnant de défendre le vieil escroc. Tournez-vous plutôt vers ceux à qui il obéissait.

Elle regarda autour d'elle. La plupart des cellules étaient vides.

— Celui qui voyait les continents dans son sommeil, où est-il ? demanda Erika.

— Il est mort de soif cette nuit, soupira Elio, en rêvant d'autres terres.

Comme Alonzo. Comme tant d'autres. Les anciennes colères d'Erika, celles qui lui faisaient planter des têtes sur des proues, menaçaient de ressurgir.

— Et Clementine ?

— Je suis là.

La vieille femme, immuable, était assise dans sa cellule.

— Merci, mais je reste.

— Pourquoi ? Vous vouliez voir Pelivenn et Watowa.

— Non. Je m'envolerais trop haut.

Erika la regarda pour la dernière fois. Les murs et le plafond lui formaient un cocon impossible à quitter.

Un à un, les prisonniers passèrent le long du couloir sombre. Du feu au bout des mains et des mots puissants sur les lèvres, ils se dirigeaient vers ceux que rien n'effrayait plus que leur talent incontrôlé.

Erika les suivit. Le ruissellement de l'eau douce l'appelait. Elle remonta les gorges vers la ville où les tirs avaient cessé. En débouchant sur la place, elle aperçut Navu, la femme sans bras ni jambes, qui n'avait pas voulu mourir avant de voir la chute de ceux qui l'opprimaient. Elle fixait le jet d'eau, les yeux grands ouverts, le visage enfin apaisé.

Au sol, à côté d'elle, gisait un homme.

Erika lui ôta ses chaînes, coupa les cordes qui le retenaient et l'aida à se lever. Cela prit du temps ;

chacune de ses articulations s'était ankylosée et certains de ses os étaient brisés. Elle retira ensuite sa tunique de phalange pour couvrir la nudité du vieil homme. Dessous, elle n'avait jamais quitté ses habits de matelot. Elle cracha dans sa manche et lui nettoya le visage.

— Pourquoi m'aides-tu ? haleta Arthur.

— Parce que tu ne peux plus m'enfermer, répondit Erika. Et parce que tu n'es rien de plus, finalement, qu'un vieillard à l'agonie.

Elle le laissa s'appuyer sur son bras, et ils marchèrent ensemble vers la source.

NOUVELLE DÉCLARATION DES DROITS ET DES DEVOIRS DU SHELTE

Décrétée par la Serpente en l'année 0 de la Grande Soif

EXTRAITS

IV – Aucun talent, courant ou exceptionnel, ne pourra faire l'objet d'une détention, même provisoire. Aucune infirmité, quelle que soit son origine, ne pourra condamner celui ou celle qui la porte.

V – Les fonctions de Main, de phalanges et de juge des talents sont caduques ; les cellules rouges sont closes ; le temple et le refuge de la Bénie sont détruits. Toute allusion aux anciens souverains sera punie. Leur nom est banni de Sheltel.

VI – L'eau et la terre de Sheltel sont déclarées biens communs pour tous ses habitants, Dusties comme Marins. Aucune restriction ni accaparation ne saurait être tolérée.

[...]

XVII – En l'an 0 de la Grande Soif, la Serpente, anciennement dite « la Main », se couronne reine de Sheltel. Les pleins pouvoirs lui sont conférés pour lutter contre les ennemis de l'île, garantir les libertés du peuple et châtier les réfractaires.

XVIII – Le phare de Sheltel, restauré par les mains des Marins et les ressources des Dusties, est déclaré propriété palatiale de la Serpente.

RAPPORT DE JUGEMENT

À l'audience publique du tribunal de Sheltel, tenue le 13ᵉ jour du 3ᵉ mois de l'année 335 après la Grande Nuit, ou année 0 de la Grande Soif, a été rendu le jugement suivant.

Prévenus : Pierre Lhomme, dit Kêlon, dit « le Natif », ainsi que cent huit membres de sa cour et tous les serviteurs de son palais âgés de plus de treize ans.
Complices : Eleonora Fazel, dite « la Bénie », ainsi que quarante-sept membres de sa cour et tous les serviteurs de son temple âgés de plus de treize ans.
Chefs d'accusation : diffamation ; détournement d'eau ; meurtre ou complicité de meurtre de 11 étrangers et de 296 citoyens sheltes, dont 103 enfants, par déshydratation.

Le peuple a présenté ses réclamations ; les prévenus ont présenté leurs moyens de défense.
Sur quoi la Serpente, après avoir recueilli les paroles de chacune des parties, et en l'absence de la Bénie et de son conseiller, a statué en ces termes :

Jugement : coupables de tous les chefs d'accusation.
Châtiment : les Bénis, complices des crimes, sont bannis de Sheltel. Les Natifs sont condamnés à mourir en place publique sous les coups des Sheltes ayant perdu un membre de leur famille au cours de la fausse sécheresse.

La Serpente se porte garante de l'exécution dudit jugement.

Matin d'un nouveau jour

La capitaine

Son équipage s'affairait. Des barriques étaient remplies d'eau, des caisses de vivres hissées sur le pont, des cordages dénoués, des voiles recousues et la coque lavée de ses coquillages. Bientôt, le navire serait prêt.

Erika suait sous sa chemise en toile. Des gouttes partaient d'entre ses omoplates pour tracer un sillon jusqu'en bas de son dos. L'odeur de sa propre transpiration l'écœurait. Elle avait cru que la mort et le sang n'existaient que sous les mâts. Mais elle connaissait les règles de ces mondes flottants ; elle pouvait en deviner les coups avant qu'ils ne la frappent. L'île où elle avait voulu accoster était trop sauvage et profonde, enfermée dans ses propres labyrinthes de miroirs aux reflets sans fin répétés.

Elle avait hâte de retrouver l'océan.

Les passagers patientaient dans les tavernes abandonnées. Parmi eux se trouvait Léo, de l'îlot de Ration, sa fille-sœur dans les bras. Autour travaillaient des matelots mal assortis. Les pirates qui avaient survécu à la soif, qui ne craignaient pas les sorciers de l'île et qui sauraient se soumettre à l'autorité d'une capitaine de dix-sept ans avaient été invités à reprendre la mer. Seule une poignée avait répondu à l'appel. Les autres avaient grimpé sur le plateau de l'ouest par l'escalier vertigineux creusé dans la falaise et posé leurs baluchons dans les tentes vides des Ashim. Les Dusties, qui se seraient sentis perdus sans un clan réfugié à accueillir et à dominer, leur avaient déjà donné le nom de Marins.

Erika avait complété l'équipage par d'anciens prisonniers : Damien serait maître-coq, Prema et Gratielle éclaireraient le bateau et gonfleraient les voiles. De la section des dons divers, quelques-uns viendraient aussi ; ils éloigneraient les serpents de mer, rendraient le navire invisible aux ennemis, aideraient à dormir. Elio, lui, resterait à terre.

— Mon peuple a renversé un roi, avait-il expliqué à Erika, et s'est affublé d'un tyran. L'occasion m'est enfin donnée de lui être utile. Et puis, je ne sais pas nager.

Les Sheltes avaient rêvé de la mer autant qu'ils l'avaient crainte. Alors qu'ils s'apprêtaient à embarquer, le lieu des âmes perdues et des démons des eaux les appelait, bien réel. Ils s'aventureraient sur l'étendue qu'aucun de leurs ancêtres n'avait foulée.

Une nuit, entre les pierres écroulées du pont, Erika avait ramé jusqu'au château déserté des Natifs. La lune jetait une lueur grise sur les milliers de bibelots entassés contre les parois. Dans les grottes immenses ne résonnaient que le ressac et les pas d'Erika. Elle avait entassé dans un coffre tout ce qui pourrait se vendre sur le marché de Watowa, surtout les carapaces.

En rejoignant le navire, elle avait trouvé Prema et Gratielle qui l'attendaient sur le pont.

— C'est fait, avait dit Erika, il n'y a plus rien à piller.

Alors mère et fille avaient traversé la plage, les marais, la ville, la place, et s'étaient rendues au bord de la falaise où le pont des Tempêtes n'existait plus. Là, assises les jambes dans le vide en se tenant la main, les deux femmes avaient convoqué le tonnerre et les flots. Elles avaient regardé le lézard géant tomber de son perchoir, s'abattre sur les récifs, et le palais de roche s'effondrer, soufflé par les bourrasques et pulvérisé par la foudre jusqu'à ce qu'il n'en reste qu'un rocher banal, pointant parfois sa tête ocre au-dessus des vagues.

Le matin suivant, la nouvelle reine avait ordonné l'exécution du souverain et de sa cohorte face au château démantelé.

Le Natif, contrairement à certains de ses dignitaires, n'avait pas réussi à s'échapper. À peine libérés des cellules rouges, les anciens détenus s'étaient rendus sur le rivage où ils avaient trouvé le roi, accompagné d'un enfant vêtu de noir. Les fuyards n'avaient plus qu'un pied à terre lorsqu'un garçon de la section des dons divers s'était dédoublé, apparaissant soudain au milieu de leur barque.

Le souverain, en comprenant qui l'assaillait, avait tenté de tous les noyer ; une vague colossale s'était élevée de la mer et avait couvert le rivage de son ombre. Le petit David, de la section de l'eau, avait alors levé les mains. L'instant d'après, le raz-de-marée était figé au-dessus de la plage en une voûte de glace monumentale, enfermant dans le givre tortues et requins charriés par la vague.

Elio avait enfermé le roi et l'enfant dans une cage de feu tandis que Gemma, de la section de la terre, faisait surgir des flots une hydre façonnée de milliers de galets en guise de gardien. Ses rugissements rocailleux avaient le bruit du ressac.

Les captifs avaient attendu là, de nombreuses heures, que la Serpente arrive. L'hydre et les flammes leur formaient un bouclier contre le peuple venu les lapider. Sur la plage engloutie par la pénombre, le glacier fondait goutte à goutte.

Quand la cage de feu était retombée en cendres et le monstre retourné à la mer, on avait trouvé le Natif prostré, mais vivant. Le corps de Petit gisait près de lui, brûlé d'avoir trop tenté de s'enfuir.

*

Assise dans la cabine de la capitaine, Erika se demandait si elle réussirait à dormir dans le lit fabriqué sur mesure pour sa mère. Lorsque Kreed arpentait encore ces planches, songea-t-elle, la chambre semblait moins démesurée. Elle regarda les crochets pendus à la cloison et en prit sept parmi les plus petits, trois en or, trois en argent, un en diamant. Elle les glissa sous le bandeau qui lui ceignait la taille. Il faudrait s'entraîner à les manier, en attendant de prendre à nouveau sept couteaux sur les corps de sept capitaines.

Des manteaux étaient rangés dans une armoire. Kreed préférait le pourpre, et c'était avec celui-là qu'elle était partie. Erika porterait le noir des phalanges. Elle attrapa la veste sombre ; il faudrait en reprendre les coutures pour qu'elle épouse sa taille, moins grandiose que celle de Kreed. Ou peut-être, comme les poissons, se dilaterait-elle dans l'espace élargi qui s'ouvrait à elle.

En plongeant la main dans une poche, Erika trouva une petite feuille roulée, entourée d'une ficelle. Elle la dénoua.

Elle n'avait jamais offert de dessin à Kreed. Il n'y avait pas de crayons sur le bateau, ni tableau de liège où les accrocher. Alors la capitaine avait gardé cette punition donnée quelques jours à peine après l'attaque, lorsque Erika se réveillait encore en criant le nom de sa mère. La jeune pirate reconnut son écriture maladroite, les lignes inégales et les mots emmêlés, et sentit ressurgir à leur lecture le désespoir et l'abandon de ses sept ans.

Erika remit le papier dans la poche et laissa le manteau. Il ne faisait pas assez frais pour se couvrir, de toute façon.

Elle sortit de la cabine. Sur le pont, les matelots expérimentés montraient aux novices comment manier les cordages et les voiles. Elle traversa l'agitation jusqu'au pont de gaillard, à l'avant du navire.

— Es-tu prête ? demanda-t-elle à la figure de proue.

Elle avait retranché un pin à l'orée de la forêt infinie et sculpté dans son tronc une sirène aux cheveux mêlés de serpents. Comme son tatouage disparu, elle s'était mise à parler à la première occasion. La figure remplacerait Alonzo en guise de vigie.

— Toujours, répondit la créature de bois. Regarde, quelqu'un est venu te saluer.

Erika leva les yeux vers l'endroit que désignait la sculpture et entrevit, au bord de la falaise où s'élevaient les tentes de l'ouest, une silhouette noire au ventre arrondi. Elle observait le navire, immobile.

La pirate s'aperçut qu'elle n'éprouvait aucune colère.

— Il est temps de partir, dit-elle à la sirène.

Elle ne reverrait pas Sheltel. Mais lorsque sa vie sur les eaux, à nouveau, lui semblerait amère, elle saurait que quelque part, au milieu de l'océan, subsistait un peuple oublié qui comprenait la langue des pirates.

Un voyageur

— Alors, le vieux, tu restes ou tu embarques avec ton gamin ?

Oui, il partait. Il n'avait jamais songé quitter cette île qui l'avait vu naître, grandir et vieillir. Mais de cet ancien monde, il ne restait plus rien.

Sur la grand-place en ruine il avait vu, de ses yeux, la Main nue et noire se bâtir un trône avec les ossements des morts. L'accoudoir gauche représentait une carapace brisée, le droit un coquillage fendu en deux. Tout autour avaient poussé en une nuit des ronciers entiers de prystine où s'enroulaient et sinuaient des cascades de serpents. Au-dessus de sa tête était inscrit sur une plaque en pierre :

Tant que nous vivrons
nous resterons le cœur
battant du monde

Cela lui avait donné un frisson. De fierté ou de peur, il n'aurait su le dire.

Il avait dû se mettre à l'abri de ceux qui voulaient

sa mort. Il ne sortait de ses cachettes que la nuit pour contempler les vestiges de Sheltel.

Du palais natif il ne demeurait rien sinon, entre les récifs, l'énorme tête du lézard brisée en deux. Sa bouche grande ouverte servait déjà de refuge aux poissons.

Plus loin, au sud de Dust, la Main avait enfoui le refuge pour enfants sous une jungle d'arbousiers, de pins et d'oliviers. L'édifice ressemblait à un œuf fissuré d'où une forêt avait éclos. Si tous les enfants avaient pu être évacués à temps, plusieurs gouvernantes avaient été broyées sous l'assaut des racines. Au-dessus du fronton, le corps de l'une d'elles, empalé sur une branche, ressemblait à un fantôme sous la lumière blafarde de la lune.

Quant aux dômes du temple, ils s'étaient émiettés comme des meringues sous une giboulée de grêlons plus larges que des roues de calèche. Dans le couloir souterrain, le miroir de la Bénie avait volé en éclats en même temps que son reflet.

Sans fortune à distribuer, il n'avait fallu que quelques heures à la foi blanche pour perdre ses fidèles. Autour des décombres du sanctuaire, les indigents vagabondaient, attendant une distribution de vivres qui ne viendrait pas. Certains mourraient bientôt malgré la rivière revenue et l'eau en abondance.

En errant dans les ruelles du nord, il avait croisé une mendiante qui rampait dans l'ombre. Elle cachait ses rondeurs sous un voile blanc maculé de terre et de sang. Elle empestait tant qu'il avait accéléré le pas sans remarquer sa peau brûlée, ni ses moignons calcinés, ni la blondeur de ses cils.

Pour le reste des Sheltes, la vie continuait comme au réveil d'un cauchemar. Moins bruyante, plus feutrée, en attendant que les traces du mauvais rêve s'effacent et que, bientôt, les tavernes se remplissent à nouveau.

Le passager qui n'avait jamais voyagé monta lentement, avec son corps de vieil homme, sur la rambarde qui menait jusqu'au pont du navire. Il aurait le mal de mer, c'était sûr. Il s'habituerait. Il aurait le temps. Soixante-cinq jours le séparaient du rivage d'Ankol, la cité des étrangers sur le continent sud.

Ce serait lui, l'étranger, dans ce monde nouveau.

— Accélère, vieillard, ou on te laisse ici.

*

La Couronne finit par se mettre en branle.

Alors qu'il croyait avoir épuisé ses larmes depuis longtemps, l'homme sentit ses yeux brûler tandis qu'il s'éloignait de ce caillou au milieu de l'océan qu'il avait cru, toute sa vie, être le seul refuge de l'humanité.

— Viens, fils. Ça y est, nous partons.

— On reviendra, grand-papa ?

— Toi peut-être. Moi, je ne veux plus entendre le claquement des sabots sur le sol poussiéreux de Dust. Je ne veux plus écouter le piano désaccordé de la taverne ni les faux cris des putains à l'étage. Je n'en veux plus. Je m'en vais parce que j'en ai assez de voir ces rochers rouges qu'on fait passer pour deux géants endormis, mais qui n'ont jamais bougé quand on avait besoin d'eux. Parce que je n'ai plus envie de m'épuiser à mépriser les Ashim et les

Natifs qui n'existent plus. Ni de contempler cette chimère qui règne désormais sur Sheltel. Je n'en veux pas, de cette île-là. Elle est trop belle pour moi, trop bruyante. Trop monstrueuse.

— Et il y fait trop chaud, aussi.

— C'est vrai. Puis le bruit des cigales, c'est pénible à la fin.

Déjà les craquètements incessants des insectes laissaient place au perpétuel clapotis.

— Je ne les ai jamais vus, dit l'enfant, mais je me les dessine. J'imagine l'ocre des rochers, les buissons argentés, la mer bleue. Le blanc de ma mère, le blanc de tes cheveux, et toutes les couleurs de là où tu m'emmènes.

Guide du Nouveau Voyageur
SHELTEL, L'ÎLE AUX TRÉSORS – NOUVELLE ÉDITION

Depuis plus de deux mille ans, les marchands et les voyageurs de tous horizons font escale dans les criques de Sheltel. Sa terre, à neuf semaines en frégate du premier port, est la plus isolée du monde. Pour vous rendre dans ses eaux, le trajet constituera en soi une aventure épique inoubliable. [Pour les suggestions d'itinéraires, voir p. 13]

Sur Sheltel vous attendent les tanneurs de peaux du sud et les reptiles du nord, sans oublier la fine fleur des soieries de l'est. À la fois familière et exotique, l'île du centre du monde vous réserve bien des surprises. [Pour les séjours thématiques, voir p. 17]

Sheltel s'adapte aussi bien aux courts séjours qu'aux vacances plus longues. Ses principales attractions peuvent être visitées en quelques jours. Mais il faut une vie entière pour s'imprégner de l'atmosphère des marchés de Dust ou percer les mystères de la forêt infinie. [Pour des idées d'activités sur place, voir p. 33]

ÉPILOGUE

La reine

La nuit où les flottes des continents découvrirent à leur tour l'île au centre du monde, la reine de Sheltel fut la seule à les voir. Ses yeux ne lui faisaient jamais défaut.

Elle caressait un python enroulé autour de son corps lorsque, depuis le balcon de son phare, elle discerna douze points lumineux dans l'obscurité. Ajustant sa vision, la Serpente distingua les navires, leurs hautes cheminées, l'absence de rameurs, leurs cent canons chacun.

La reine continua de glisser les écailles de sa main contre celles du reptile.

Aucun danger ne venait jamais de l'océan. Ce qui pouvait détruire Sheltel était déjà mort ; le reste ne l'effrayait plus.

Elle ne lança pas l'alerte.

REMERCIEMENTS

La naissance de ce roman date du lendemain de Noël 2017. J'avais reçu en cadeau *L'Anatomie du scénario* ; ce livre m'a alternativement enchantée et désespérée pendant des mois entiers. L'année suivante, j'ai écrit le premier jet de ce qui deviendrait *Derniers jours d'un monde oublié*. Mon mari m'a accompagnée chaque samedi après-midi dans mes sessions d'écriture ; il a porté mon ordinateur de café en café, s'est occupé en silence tandis que mon thé refroidissait sur la table, pendant que je tentais d'aboutir à un manuscrit complet.

Mais la naissance de ce roman remonte sans doute, en réalité, bien plus loin. Il est habité par les histoires que me lisait ma mère le soir, surtout les plus étranges et effrayantes. Par les longues journées passées à la bibliothèque jusqu'à la fermeture. Par les promenades dans les chemins de l'arrière-pays que mon père est le seul à connaître, et qui m'ont inspiré les décors de Sheltel.

Ou peut-être que ce roman a vraiment pris forme grâce à mes amis, mes tout premiers lecteurs, qui m'ont toujours encouragée à continuer et qui, pour certains, m'ont aidée à y voir plus clair et à dissiper quelques doutes. Ou encore grâce à l'éditeur qui a fait de ce texte un livre, et au jury du concours des 20 ans de Folio SF qui l'a sélectionné et lui permet aujourd'hui d'être lu.

Derniers jours d'un monde oublié leur doit beaucoup, à tous.

À mon mari, merci d'avoir eu le courage de décrypter un manuscrit illisible, de m'écouter lire à voix haute plus de deux cents pages sans jamais t'endormir, et d'y avoir discerné mieux que moi les chemins à tracer. Merci de m'avoir tenu tête sans t'émouvoir de mes lamentations ni de mes susceptibilités face aux nécessaires corrections. Merci d'avoir fêté avec moi 217 fois (à ce jour) la publication de ce livre. Ni ce roman ni cette vie n'auraient les mêmes contours sans toi.

À mes parents, merci pour l'accent et les mots que j'ai perdus mais que vous gardez pour moi, afin que je les retrouve chaque fois que je reviens et qu'ils imprègnent mon écriture. Merci pour la petite sœur que vous m'avez donnée ; et merci à toi, ma sœur, d'avoir partagé – parlons au passé, ça fera plus sérieux – mon amour de Poudlard et de la Bièraubeurre, et de toujours voir en moi ce que j'ai du mal à trouver.

À mes amis et bêta-lecteurs, merci pour votre soutien, vos mots d'encouragement, votre regard affûté qui a allégé ce texte de nombreuses inepties. Merci pour nos sessions d'écriture qui, souvent, contiennent finalement très peu d'écriture.

À mon éditeur et à chaque membre du jury du concours Folio SF du premier roman d'imaginaire, merci de m'avoir lue, et merci d'avoir choisi mon texte. Vous m'avez ouvert des portes nouvelles et offert l'opportunité de m'affirmer enfin comme autrice. Merci.

Et à vous qui avez pris le risque et le temps de vous pencher sur le premier roman d'une inconnue, à vous qui lisez ces lignes, merci. Il ne suffit pas à un texte de naître pour vivre ; s'il peut faire son chemin, c'est grâce à vous. À travers ces pages, vous m'avez déjà un peu rencontrée. Rendez-vous sur mon compte Instagram, @chris.vuklisevic : je suis impatiente de faire à mon tour votre connaissance.

DE LA MÊME AUTRICE

Aux Éditions Gallimard

DERNIERS JOURS D'UN MONDE OUBLIÉ (Folio Science-Fiction n° 660)

Dans la même collection

401.	Ray Bradbury	*Les pommes d'or du soleil*
402.	Laurent Genefort	*Mémoria*
403.	Maïa Mazaurette	*Rien ne nous survivra*
404.	Eoin Colfer	*Encore une chose…* (H2G2, VI)
405.	Robert Charles Wilson	*Mysterium*
406.	Serge Lehman	*Le Haut-Lieu et autres espaces inhabitables*
407.	Isaac Asimov	*L'homme bicentenaire*
408.	Catherine Dufour	*L'accroissement mathématique du plaisir*
409.	Ian McDonald	*Brasyl*
410.	James Patrick Kelly	*Regarde le soleil*
411.	Alfred Bester	*L'homme démoli*
412.	Jack Vance	*Les chroniques de Durdane*
413.	Alfred Bester	*Terminus les étoiles*
414.	Isaac Asimov	*Cher Jupiter*
415.	Carol Berg	*L'Esclave* (Les livres des rai-kirah, I)
416.	Ugo Bellagamba	*Tancrède*
417.	Christopher Priest	*Le Glamour*
418.	Catherine Dufour	*Outrage et rébellion*
419.	Robert Charles Wilson	*Axis*
420.	Nick DiChario	*La vie secrète et remarquable de Tink Puddah*
421.	Thomas Day	*Du sel sous les paupières* (INÉDIT)
422.	Pierre Pelot	*La guerre olympique*
423.	Jeanne-A Debats	*La vieille Anglaise et le continent*
424.	Karl Edward Wagner	*Kane* (L'intégrale, I)

425. Karl Edward Wagner *Kane* (L'intégrale, II)
426. Karl Edward Wagner *Kane* (L'intégrale, III)
427. Jean-Claude Dunyach *Le jeu des sabliers*
428. Jean-Michel Truong *Le Successeur de pierre*
429. Ray Bradbury *Un remède à la mélancolie*
430. Roger Zelazny *Seigneur de Lumière*
431. Clifford D. Simak *Voisins d'ailleurs*
432. Ian McDonald *Roi du Matin, Reine du Jour*
433. Thomas Day *Sympathies for the devil*
434. Hal Duncan *Velum* (Le Livre de Toutes les Heures, I)
435. Hal Duncan *Encre* (Le Livre de Toutes les Heures, II)
436. Steven Amsterdam *Ces choses que nous n'avons pas vues venir*
437. Serge Lehman présente *Retour sur l'horizon*
438. Carol Berg *L'insoumis* (Les livres des rai-kirah, II)
439. Henri Courtade *Loup, y es-tu ?*
440. Lord Dunsany *La fille du roi des Elfes*
441. Maurice Leblanc *Le formidable événement*
442. John Varley *Le système Valentine*
443. Philip K. Dick *Le dernier des maîtres*
444. Pierre Pevel *Les Lames du Cardinal* (Les Lames du Cardinal, I)
445. George R. R. Martin, Gardner Dozois & Daniel Abraham *Le chasseur et son ombre*
446. Loïc Henry *Loar*
447. Ray Bradbury *Léviathan 99*
448. Clive Barker *Hellraiser*
449. Robert Charles Wilson *À travers temps*
450. Serge Brussolo *Frontière barbare* (INÉDIT)
451. L. L. Kloetzer *CLEER*

452. Cédric Ferrand	*Wastburg*
453. Jean-Claude Marguerite	*Le Vaisseau ardent*
454. Jean-Philippe Depotte	*Les jours étranges de Nostradamus*
455. Walter M. Miller Jr.	*L'héritage de saint Leibowitz*
456. Carol Berg	*Le vengeur* (Les livres des rai-kirah, III)
457. Philip K. Dick	*Question de méthode*
458. Leandro Ávalos Blacha	*Berazachussetts*
459. Alden Bell	*Les faucheurs sont les anges*
460. Pierre Pevel	*L'Alchimiste des Ombres* (Les Lames du Cardinal, II)
461. Xavier Mauméjean	*Rosée de feu*
462. Arkadi et Boris Strougatski	*Stalker*
463. Ian McDonald	*Le fleuve des dieux*
464. Barry Hughart	*La magnificence des oiseaux* (Une aventure de Maître Li et Bœuf Numéro Dix)
465. Serge Brussolo	*Trajets et itinéraires de la mémoire*
466. Barry Hughart	*La légende de la Pierre* (Une aventure de Maître Li et Bœuf Numéro Dix)
467. Jack McDevitt	*Seeker*
468. Glen Duncan	*Moi, Lucifer*
469. Barry Hughart	*Huit honorables magiciens* (Une aventure de Maître Li et Bœuf Numéro Dix)
470. Daniel Polansky	*Le baiser du rasoir*
471. Thomas Geha	*Le sabre de sang*, 1

472. Thomas Geha — *Le sabre de sang*, 2
473. Pierre Pevel — *Le dragon des Arcanes* (Les Lames du Cardinal, III)
474. Alain Damasio — *Aucun souvenir assez solide*
475. Laurent Genefort — *Les opéras de l'espace*
476. Roger Zelazny — *Dilvish le Damné*
477. Thomas Day — *Dæmone*
478. Philip K. Dick — *Ne pas se fier à la couverture*
479. Léo Henry — *Le casse du continuum* (INÉDIT)
480. Frank M. Robinson — *Destination ténèbres*
481. Joël Houssin — *Le Temps du Twist*
482. Jean-Marc Ligny — *La mort peut danser*
483. George R. R. Martin — *Armageddon Rag*
484. Lewis Shiner — *Fugues*
485. Collectif — *Alternative Rock*
486. Arnaud Duval — *Les Pousse-pierres*
487. Christian Léourier — *Le cycle de Lanmeur*, I
488. Lisa Tuttle — *Ainsi naissent les fantômes*
489. Pablo de Santis — *La soif primordiale*
490. Norbert Merjagnan — *Treis, altitude zéro*
491. Robert Charles Wilson — *Julian*
492. Patrick Ness — *La voix du Couteau* (Le Chaos en marche, I)
493. Patrick Ness — *Le Cercle et la Flèche* (Le Chaos en marche, II)
494. Patrick Ness — *La guerre du Bruit* (Le Chaos en marche, III)
495. S.G. Browne — *Comment j'ai cuisiné mon père, ma mère… et retrouvé l'amour*
496. Glen Duncan — *Le dernier loup-garou*
497. Christian Léourier — *Le cycle de Lanmeur*, II
498. Mira Grant — *Feed* (Feed, I)

499.	Richard Matheson	*Par-delà la légende*
500.	Dan Simmons	*L'échiquier du mal*
501.	Mira Grant	*Deadline* (Feed, II)
502.	Robert Holdstock	*Avilion*
503.	Graham Joyce	*Lignes de vie*
504.	Mira Grant	*Red Flag* (Feed, III)
505.	Jean-Philippe Jaworski	*Même pas mort* (Rois du monde, I)
506.	Arkadi et Boris Strougatski	*Il est difficile d'être un dieu*
507.	Laurent Genefort	*Omale*, 1
508.	Laurent Genefort	*Omale*, 2
509.	Laurent Whale	*Les étoiles s'en balancent*
510.	Robert Charles Wilson	*Vortex*
511.	Anna Starobinets	*Je suis la reine*
512.	Roland C. Wagner	*Rêves de Gloire*
513.	Roland C. Wagner	*Le train de la réalité*
514.	Jean-Philippe Depotte	*Le chemin des dieux*
515.	Ian McDonald	*La maison des derviches*
516.	Jean-Michel Truong	*Reproduction interdite*
517.	Serge Brussolo	*Anges de fer, paradis d'acier* (INÉDIT)
518.	Christian Léourier	*Le Cycle de Lanmeur*, III
519.	Bernard Simonay	*Le secret interdit*
520.	Jean-Philippe Jaworski	*Récits du Vieux Royaume*
521.	Roger Zelazny	*Les princes d'Ambre* (Cycle 1)
522.	Christopher Priest	*Les insulaires*
523.	Jane Rogers	*Le testament de Jessie Lamb*
524.	Jack Womack	*Journal de nuit*
525.	Ray Bradbury	*L'Arbre d'Halloween*
526.	Jean-Marc Ligny	*Aqua™*
527.	Bernard Simonay	*Le prince déchu* (Les enfants de l'Atlantide, I)

528. Isaac Asimov — *Fondation 1*
529. Isaac Asimov — *Fondation 2*
530. J. G. Ballard — *La forêt de cristal*
531. Glen Duncan — *Talulla*
532. Graham Joyce — *Les limites de l'enchantement*
533. Mary Shelley — *Frankenstein*
534. Isaac Asimov — *Les vents du changement*
535. Joël Houssin — *Argentine*
536. Martin Millar — *Les petites fées de New York*
537. Mélanie Fazi — *Le jardin des silences*
538. Graham Joyce — *Au cœur du silence*
539. Bernard Simonay — *L'Archipel du Soleil* (Les enfants de l'Atlantide, II)
540. Christopher Priest — *Notre île sombre*
541. Bernard Simonay — *Le crépuscule des Géants* (Les enfants de l'Atlantide, III)
542. Jack Vance — *Le dernier château*
543. Hervé Jubert — *Magies secrètes* (Une enquête de Georges Hercule Bélisaire Beauregard)
544. Hervé Jubert — *Le tournoi des ombres* (Une enquête de Georges Hercule Bélisaire Beauregard)
545. Hervé Jubert — *La nuit des égrégores* (Une enquête de Georges Hercule Bélisaire Beauregard, INÉDIT)
546. L. L. Kloetzer — *Anamnèse de Lady Star*
547. Paul Carta — *La quête du prince boiteux* (Chroniques d'au-delà du Seuil, I)
548. Bernard Simonay — *La Terre des Morts* (Les enfants de l'Atlantide, IV)

549.	Jo Walton	*Morwenna*
550.	Paul Carta	*Le Siège des dieux* (Chroniques d'au-delà du Seuil, II)
551.	Arnaud Duval	*Les ombres de Torino*
552.	Robert Charles Wilson	*La trilogie Spin*
553.	Isaac Asimov	*Période d'essai*
554.	Thomas Day	*Sept secondes pour devenir un aigle*
555.	Glen Duncan	*Rites de sang*
556.	Robert Charles Wilson	*Les derniers jours du paradis*
557.	Laurent Genefort	*Les vaisseaux d'Omale*
558.	Jean-Marc Ligny	*Exodes*
559.	Ian McDonald	*La petite déesse*
560.	Roger Zelazny	*Les princes d'Ambre* (Cycle 2)
561.	Jean-Luc Bizien	*Vent rouge* (Katana, I)
562.	Jean-Luc Bizien	*Dragon noir* (Katana, II)
563.	Isaac Asimov	*Cher Jupiter*
564.	Estelle Faye	*Thya* (La voie des Oracles, I)
565.	Laurent Whale	*Les damnés de l'asphalte*
566.	Serge Brussolo	*Les Geôliers* (INÉDIT)
567.	Estelle Faye	*Enoch* (La voie des Oracles, II)
568.	Marie Pavlenko	*La Fille-Sortilège*
569.	Léo Henry	*La Panse* (INÉDIT)
570.	Graham Joyce	*Comme un conte*
571.	Pierre Pevel	*Les enchantements d'Ambremer* (Le Paris des Merveilles, I)
572.	Jo Walton	*Le cercle de Farthing*
573.	Isaac Asimov	*Quand les ténèbres viendront*

574.	Grégoire Courtois	*Suréquipée*
575.	Pierre Pevel	*L'Élixir d'oubli* (Le Paris des Merveilles, II)
576.	Fabien Cerutti	*L'ombre du pouvoir* (Le Bâtard de Kosigan, I)
577.	Lionel Davoust	*Port d'âmes*
578.	Pierre Pevel	*Le Royaume Immobile* (Le Paris des Merveilles, III)
579.	Jean-Pierre Boudine	*Le paradoxe de Fermi*
580.	Fabrice Colin	*Big Fan*
581.	Fabien Cerutti	*Le fou prend le roi* (Le Bâtard de Kosigan, II)
582.	Jo Walton	*Hamlet au paradis*
583.	Robert Charles Wilson	*Les Perséides*
584.	Charles Yu	*Guide de survie pour le voyageur du temps amateur*
585.	Estelle Faye	*Un éclat de givre*
586.	Ken Liu	*La ménagerie de papier*
587.	Chuck Palahniuk et Cameron Stewart	*Fight Club 2*
588.	Laurence Suhner	*Vestiges* (QuanTika, I)
589.	Jack Finney	*Le voyage de Simon Morley*
590.	Christopher Priest	*L'adjacent*
591.	Franck Ferric	*Trois oboles pour Charon*
592.	Jean-Philippe Jaworski	*Chasse royale – De meute à mort* (Rois du monde, II-1)
593.	Romain Delplancq	*L'appel des illustres* (Le sang des princes, I)
594.	Laurence Suhner	*L'ouvreur des chemins* (QuanTika, II)
595.	Estelle Faye	*Aylus* (La voie des Oracles, III)
596.	Jo Walton	*Une demi-couronne*

597. Robert Charles Wilson — *Les affinités*
598. Laurent Kloetzer — *Vostok*
599. Erik L'Homme — *Phænomen*
600. Laurence Suhner — *Origines* (QuanTika, III)
601. Len Deighton — *SS-GB*
602. Karoline Georges — *Sous-béton*
603. Martin Millar — *La déesse des marguerites et des boutons d'or*
604. Marta Randall — *L'épée de l'hiver*
605. Jacques Abeille — *Les jardins statuaires*
606. Jacques Abeille — *Le veilleur du jour*
607. Philip K. Dick — *SIVA*
608. Jacques Barbéri — *Mondocane*
609. Romain d'Huissier — *Les Quatre-vingt-un Frères* (Chroniques de l'Étrange, I)
610. David Walton — *Superposition*
611. Christopher Priest — *L'inclinaison*
612. Jacques Abeille — *Un homme plein de misère*
613. Romain Lucazeau — *Latium I*
614. Romain Lucazeau — *Latium II*
615. Laurent Genefort — *Étoiles sans issue*
616. Laurent Genefort — *Les peaux-épaisses*
617. Loïc Henry — *Les océans stellaires*
618. Romain d'Huissier — *La résurrection du dragon* (Chroniques de l'Étrange, II)
619. Romain Delplancq — *L'Éveil des Réprouvés* (Le sang des princes, II)
620. Jean-Philippe Jaworski — *Chasse Royale – Les grands arrières* (Rois du monde, II-2)
621. Robert Charles Wilson — *La cité du futur*
622. Jacques Abeille — *Les voyages du fils*
623. Iain M. Banks — *Effroyabl Angel*

624. Louisa Hall — *Rêves de Machines*
625. Jean-Pierre Ohl — *Redrum*
626. Fabien Cerutti — *Le Marteau des Sorcières* (Le Bâtard de Kosigan, III)
627. Elan Mastai — *Tous nos contretemps*
628. Michael Roch — *Moi, Peter Pan*
629. Laurent Genefort — *Ce qui relie* (Spire, I)
630. Rafael Pinedo — *Plop*
631. Jo Walton — *Mes vrais enfants*
632. Raphaël Eymery — *Pornarina*
633. Scott Hawkins — *La Bibliothèque de Mount Char*
634. Grégory Da Rosa — *Sénéchal*
635. Jonathan Carroll — *Os de Lune*
636. Laurent Genefort — *Le sang des immortels*
637. Estelle Faye — *Les Seigneurs de Bohen*
638. Laurent Genefort — *Ce qui divise* (Spire, II)
639. Ian McDonald — *Luna – Nouvelle Lune* (Luna, I)
640. Lucie Pierrat-Pajot — *Les mystères de Larispem, I* (Le sang jamais n'oublie)
641. Adrian Tchaikovsky — *Dans la toile du temps*
642. Karin Tidbeck — *Amatka*
643. Jo Walton — *Les griffes et les crocs*
644. Grégory Da Rosa — *Sénéchal II*
645. Saad Z. Hossain — *Bagdad, la grande évasion !*
646. Al Robertson — *Station : La chute*
647. Peter Cawdron — *Rétrograde*
648. Fabien Cerutti — *Le Testament d'involution* (Le Bâtard de Kosigan, IV)
649. Yoon Ha Lee — *Le gambit du Renard*
650. Sabrina Calvo — *Toxoplasma*
651. Karoline Georges — *De synthèse*
652. George R. R. Martin / Lisa Tuttle — *Elle qui chevauche les tempêtes*
653. Katherine Arden — *L'Ours et le Rossignol*

Composition : IGS-CP à L'Isle-d'Espagnac (16)
Achevé d'imprimer par Novoprint,
à Barcelone, le 23 octobre 2021
Dépôt légal : octobre 2021
1er dépôt légal dans la collection : mars 2021

ISBN : 978-2-07-293107-9 / Imprimé en Espagne

433622

654. Laurent Genefort — *Ce qui révèle* (Spire, III)
655. Léo Henry — *Thecel* (INÉDIT)
656. Grégory Da Rosa — *Sénéchal III*
657. Romain d'Huissier — *Les Gardiens célestes* (Chroniques de l'Étrange, III)
658. Thomas Spok — *Uter Pandragon*
659. Estelle Faye — *Les nuages de Magellan*
660. Chris Vuklisevic — *Derniers jours d'un monde oublié* (INÉDIT)
661. Annalee Newitz — *Autonome*
662. Nicolas Texier — *Opération Sabines* (Monts et merveilles, I)
663. Ray Bradbury — *Le Pays d'octobre*
664. Patrick K. Dewdney — *L'enfant de poussière* (Le cycle de Syffe, I)
665. Mary Robinette Kowal — *Lady astronaute* (INÉDIT)
666. Lucie Pierrat-Pajot — *Les mystères de Larispem, II* (Les jeux du siècle)
667. Lionel Davoust — *La messagère du ciel* (Les dieux sauvages, I)
668. Thibaud Latil-Nicolas — *Chevauche-Brumes*
669. Nicolas Texier — *Opération Jabberwock* (Monts et merveilles, II)
670. Ernest Callenbach — *Écotopia*
671. Adam Roberts — *Jack Glass, l'histoire d'un meurtrier*
672. Élisabeth Vonarburg — *Chroniques du Pays des Mères*
673. Pierre Alferi — *Hors sol*
674. Alain Damasio — *Les Furtifs*
675. Michael Roch — *Le livre jaune*
676. Yoon Ha Lee — *Le stratagème du corbeau*
677. Ian McDonald — *Luna – Lune du loup* (Luna, II)
678. Gareth L. Powell — *Braises de guerre*